Diario de un escándalo

Diario de un escándalo

Zoë Heller

Traducción de Isabel Ferrer y Carlos Milla

Rocaeditorial

Título original inglés: *Notes on a Scandal*
© Zoë Heller, 2004

Primera edición: febrero de 2005
© de la traducción: Isabel Ferrer y Carlos Milla

© de esta edición: Roca Editorial de Libros, S.L.
Marquès de l'Argentera, 17. Pral. 1.ª
08003 Barcelona

Impreso en U.S.A.

ISBN-13: 978-84-96284-54-8

Prólogo

Primero de marzo de 1998

*L*a otra noche en la cena, Sheba habló de la primera vez que ella y aquel chico, Connolly, se besaron. Yo ya lo había oído casi todo antes, claro, pues eran pocos los aspectos del asunto Connolly que Sheba no me hubiese contado ya varias veces. Pero en esta ocasión surgió un elemento nuevo. De pronto le pregunté si le había sorprendido algo en ese primer abrazo. Se rió. Sí, el olor en general había sido una sorpresa para ella, contestó. No había previsto su olor personal y, de haberlo hecho, seguramente habría esperado algo más propio de la adolescencia: chicle, coca-cola, pies.

«Cuando llegó el momento, lo que realmente inhalé fue un aroma a jabón, a ropa recién salida de la secadora. Olía a un cuidado personal esmerado. ¿Sabes esa vaharada que a veces te envuelve cuando pasas junto a los respiraderos del sótano de un edificio de apartamentos? Pues eso. Así de limpio, Barbara. Nada que ver con ese aliento a queso y cebolla que tienen otros chicos…»

Así me ha hablado Sheba cada noche desde que vinimos a casa de Eddie. Se sienta a la mesa de la cocina con la mirada fija en la oscuridad verde del jardín. Yo, sentada enfrente, observo sus dedos nerviosos, que trazan sinuosas líneas en el mantel de plástico como las huellas de unos patines en el hielo. Lo que me cuenta con esa voz suya de locutora de telediario es, por lo general, bastante fuerte. Aunque, por otro lado, una de las muchas cosas que siempre he admirado en Sheba es su capacidad para hablar de temas indecorosos como si fuesen de lo más decente. No tenemos secretos, Sheba y yo.

«Barbara, ¿sabes en qué pensé la primera vez que lo vi desnudarse? En hortalizas frescas envueltas en un pañuelo blanco y limpio. En setas recién cogidas. Sí, en serio. Era comestible. Se lavaba el pelo todas las noches. ¿Te imaginas? De tan limpio, le caía totalmente lacio. La vanidad de la adolescencia, quizá. O no, tal vez la ansiedad que genera. Su cuerpo era todavía un juguete nuevo: no había aprendido a tratarlo con el abandono indiferente de los adultos.»

Sus explicaciones volvían a territorio conocido. Debo de haber oído su loa al pelo por lo menos quince veces en los últimos meses. (Personalmente nunca me ha gustado el pelo de Connolly. Siempre me ha parecido un tanto siniestro, como esa nieve de fibra de vidrio que vendían antes para adornar los árboles de Navidad.) De todos modos, yo seguía incitándola a hablar.

—¿Y te pusiste nerviosa cuando lo besaste, Sheba?

«Ah, no. Bueno, sí… No exactamente. [Risa.] ¿Es posible estar nerviosa y tranquila a la vez? Recuerdo que no usó la lengua, y para mí fue un alivio. Antes tienes que conocer un poco a la otra persona, ¿no te parece? Si no, es demasiado, tanto baboseo. Y esa sensación un poco embarazosa de que el otro intenta ser creativo en un espacio limitado… En cualquier caso, me relajé demasiado o algo así, porque se cayó la bicicleta —hizo un ruido espantoso— y luego, claro, me fui corriendo…»

En momentos así no digo gran cosa. La cuestión es hacerla hablar. Pero en nuestra relación, incluso en circunstancias normales, acostumbro a ser yo quien escucha. No es que Sheba sea más lista. En una comparación objetiva, yo quedaría como la más culta, creo. (Sheba entiende algo de arte, eso lo reconozco; pero, pese a todas las ventajas propias de su clase, ha leído poquísimo.) No, Sheba habla porque simplemente es más locuaz y abierta que yo. Yo soy circunspecta por naturaleza y ella… en fin, ella no lo es.

Para la mayoría de la gente, la sinceridad es una desviación tan inusitada de su *modus operandi* habitual —una aberración tan grande ante su mendacidad cotidiana— que se siente obligada a avisar cuando se acerca un momento de franqueza. «Para serte sincero», dicen, o «A decir verdad», o «¿Me permites que te hable sin rodeos?». A menudo intentan arrancarte una promesa de discreción antes de seguir. «Que esto quede estrictamente entre nosotros, ¿vale?…» «Debes prometerme que no se lo contarás a nadie…» Sheba no dice nada de eso. Suelta verdades íntimas y poco halagüeñas sobre sí misma continuamente, sin pensárselo dos veces. «De pequeña era una masturbadora obsesiva hasta la exageración —me explicó una vez cuando empezábamos a conocernos—. Mi madre casi tuvo que pegarme las bragas con celo para que no me tocase en público.» «¿Ah, sí?», dije yo, intentando aparentar que estaba acostumbrada a hablar de esas cosas ante un café y un KitKat.

Es un rasgo de su clase, pienso, esa franqueza despreocupada. Si yo hubiese tratado más con la gente bien a lo largo de mi vida, seguramente estaría familiarizada con ese estilo y no me cogería de nuevo. Pero Sheba es la única persona que he conocido de clase verdaderamente alta. Su sinceridad espontánea me resulta tan exótica, a su modo, como un disco en el labio de un indio del Amazonas. Ahora se supone que está echándose una siesta. (Por las noches no duerme bien.) Pero sé, por los crujidos del entarimado en el piso de arriba, que anda trajinando en la habitación de su sobrina. Suele subir por las tardes. Era su dormitorio de pequeña, por lo visto. Se pasa horas toqueteando las cosas de la niña: reor-

9

denando los frascos de brillantina y pegamento en el estuche de manualidades, haciendo inventario de los zapatos de plástico de las muñecas. A veces se queda dormida ahí arriba y tengo que ir a despertarla para cenar. Siempre me parece un poco triste y extraña, estirada en la cama de princesa rosa y blanca, con los pies grandes y ásperos colgando por el borde, como una giganta que, por equivocación, se ha metido donde no debía.

Ahora la casa es de su hermano, Eddie. Tras la muerte del padre, la madre decidió que era demasiado grande para una sola persona, y Eddie se la compró. A Sheba le sentó mal, creo. No es justo, dice, que sólo porque Eddie sea rico haya podido comprarla y apropiarse del pasado que compartieron los dos.

En estos momentos Eddie y su familia están en Nueva Delhi. El banco americano para el que trabaja lo ha enviado allí por un periodo de seis meses. Cuando empezaron los problemas, Sheba lo llamó a la India y él accedió a dejarle la casa hasta que encontrase un sitio permanente. Estamos aquí desde entonces. A saber qué haremos en junio, cuando Eddie vuelva. Dejé mi pequeño piso de alquiler hace unas semanas y no hay el menor peligro de que el marido de Sheba, Richard, nos acoja, ni siquiera temporalmente. No creo que tengamos dinero para alquilar otra vivienda y además, ahora mismo, dudo que algún casero de Londres nos aceptase como inquilinas. Pero intento no preocuparme. Como decía mi madre, con los males de hoy nos basta y nos sobra, y mañana lo que tenga que ser será.

No soy yo el personaje principal de esta historia. Pero como ha recaído en mí la tarea de contarla, y como desempeño un pequeño papel en los acontecimientos que voy a narrar, lógico es que explique brevemente quién soy y cuál es mi relación con la protagonista. Me llamo Barbara Covett. (A veces alguna de mis colegas me llama «Barb» o, peor aún,

«Babs», pero yo procuro disuadirlas.) Hasta que me jubilé en enero, vivía en Archway, en el norte de Londres, y desde hacía veintiún años daba clases de historia en el Saint George, un instituto del mismo barrio. Fue en el Saint George, hace algo menos de dieciocho meses, donde conocí a Bathsheba Harta. Seguramente a la mayoría de ustedes les sonará su nombre. Es la profesora de cerámica de cuarenta y dos años a la que acaban de acusar de abusos deshonestos en la persona de un menor después de descubrirse su relación sexual con uno de sus alumnos: un chico que tenía quince años cuando empezó la relación.

Desde que el caso salió a la luz, Sheba ha recibido una atención casi incesante por parte de los medios. Yo intento mantenerme al día, aunque, la verdad, es una tarea muy deprimente. Hubo un tiempo en que confiaba relativamente en la integridad de la prensa de este país, pero ahora, tras ver de cerca cómo llevan a cabo su labor los periodistas, me doy cuenta con pesar de lo equivocada que estaba. En los últimos quince días debo de haber localizado veinte datos erróneos sobre el caso de Sheba, y eso sólo en los periódicos. El pasado lunes un listillo del *Daily Mirror* describió a Sheba como una «pechugona explosiva». (Basta un simple vistazo para darse cuenta de que es tan plana como una tabla.) Y ayer el *Sun* publicó un «revelador» artículo sobre el marido de Sheba, donde se decía que Richard, profesor de teoría de la comunicación en Londres, es «un profesor progre que da seminarios provocadores sobre cómo leer revistas porno».

Sin embargo, al final lo que sorprende de su manera de informar no es tanto la negligencia o la desenfadada mendacidad, como la mojigatería. ¡Dios santo, qué inexorable mojigatería! Cuando empezó todo esto, yo ya sabía que se armaría un escándalo. No esperaba que Sheba recibiera compasión. Pero nunca habría previsto la lascivia histérica de la reacción, la furia desatada. Los periodistas escriben so-

11

bre Sheba como niños de siete años que se enfrentan por
primera vez a la sexualidad de sus padres. Una de sus palabras grandilocuentes es «despreciable»; otra, «malsano». La
atracción de Sheba por el chico era «malsana». Su matrimonio también era «malsano». El chico tenía un interés «malsano» en ganarse su aprobación. Para esta gente, cualquier
clase de atracción sexual que no haya sido documentada en
una postal de un pueblo de la costa no supera la prueba de
salubridad. Cualquier enredo sexual que se salga de los es-
trechos cauces establecidos por los convencionalismos de
un periódico familiar queda relegado al enorme y siniestro
paréntesis de las perversidades grotescas. Los periodistas
son personas cultas, ¿o no? Algunos, licenciados. ¿Cómo es
posible tal estrechez de miras? ¿Acaso nunca han deseado a
nadie por debajo del límite de edad que la ley y las costumbres locales consideran apropiado? ¿Nunca han sentido un
impulso que estaba fuera del círculo mágico de la ortodoxia
sexual?

Al final, fueron los periódicos los que dieron al traste con
el matrimonio de Sheba y Richard, creo. Cuando ella quedó
en libertad bajo fianza, intentaron aguantar un tiempo juntos. Pero la presión fue excesiva, excesiva para cualquier pareja. Si uno piensa en los periodistas apiñados delante de su
casa, los espantosos titulares a diario —«Profesora del sexo
pasa con matrícula los orales», «Profesora muestra un vivo
interés por el cuerpo estudiantil», etcétera—, lo sorpren-
te es que durasen tanto. Poco antes de que Sheba compa-
reciese por primera vez ante el tribunal de instrucción,
Richard le dijo que su presencia en la casa estaba convirtiendo la vida de los niños en un suplicio. Pensó, sospecho, que
ésa era una razón más benévola para echarla que su propia
aversión.

En ese momento intervine yo. Sheba vivió en mi casa alrededor de una semana y después, cuando consiguió que

Eddie le dejara la suya, me vine aquí con ella. ¿Cómo no iba a hacerlo? La soledad de Sheba era digna de lástima. Habría que ser muy insensible para abandonarla. Todavía le queda al menos una vista —posiblemente dos— antes de comparecer ante el tribunal de lo penal y, la verdad, no creo que Sheba, sola, lo resista. Según su abogado, evitaría el juicio si se declarase culpable. Pero Sheba no quiere ni oír hablar de eso. Para ella, es inconcebible plantearse siquiera la declaración de culpabilidad, aun cuando se desmienta rotundamente que hubo «coacción, presión o chantaje». Como insiste en decir: «No se produjo la menor agresión y no hice nada indecente».

Al convertirme en guardiana de Sheba durante estas últimas semanas, he atraído inevitablemente parte de la atención de los medios. Por lo visto, los periodistas encuentran gracioso y a la vez alarmante el hecho de que una respetable señora mayor, con casi cuarenta años de experiencia docente, haya decidido vincularse a Sheba. Todos y cada uno de los periodistas que han cubierto el caso —absolutamente todos— han puesto especial interés en describir, con distintos grados de sorna, mi bolso: un objeto anodino, con el asa de madera y dos gatitos bordados. Es evidente que habrían preferido que yo anduviese por ahí con las demás viejecitas mofletudas, alardeando de mis nietos y jugando al bingo. En cualquier caso, no ante la puerta de un banquero rico de Primrose Hill, defendiendo la reputación de una presunta culpable de abusos deshonestos.

Según la prensa, la única explicación posible de mi voluntaria vinculación al libertinaje de Sheba es que también yo, de una manera todavía un tanto oscura, sea una libertina. En las semanas posteriores a la detención de Sheba, he tenido que hablar varias veces en nombre de ella con la prensa y ahora, para los lectores del *Sun*, soy la «vocera de la maestra disipada». (Los que me conocen pueden dar fe de lo

13

poco que se ajusta a mi manera de ser semejante apodo.) Al hablar en nombre de Sheba, albergaba la ingenua esperanza de contrarrestar, en cierta medida, la hostilidad moralista contra mi amiga y arrojar un poco de luz sobre la verdadera naturaleza de su compleja personalidad. Pero, por desgracia, mi contribución no ha servido para eso ni mucho menos. O bien la han distorsionado de manera cruel y deliberada, o bien ha pasado inadvertida en medio de una sarta de mentiras difundidas por personas que no conocían a Sheba y que, con toda probabilidad, tampoco la habrían entendido en caso de conocerla.

Ésa es la principal razón por la que he decidido arriesgarme a ser objeto de más calumnias escribiendo mi propia versión de la caída de Sheba. Tengo la presunción de creer que soy la persona más indicada para narrar esta historia. Es más, hasta me atrevería a decir que soy la *única* persona. En los últimos dieciocho meses, Sheba y yo hemos pasado un sinfín de horas juntas intercambiando toda clase de confidencias. Sin duda, Sheba no tiene ninguna otra amiga ni familiar que haya conocido de manera tan íntima los detalles cotidianos de su aventura con Connolly. En muchos casos, yo misma presencié los acontecimientos que relato. En otros, cuento con las detalladas explicaciones de la propia Sheba. No cometeré la imprudencia de afirmar que mi versión de la historia carece de errores, pero sí creo que mi narración servirá para ayudar al público a entender en gran medida quién es realmente Sheba Hart.

De buen principio debo reconocer que, desde un punto de vista moral, no podemos fiarnos plenamente del testimonio de Sheba acerca de su conducta. Aun ahora tiende a dar a la relación una imagen romántica y a subestimar la irresponsabilidad —la incorrección— de sus acciones. Si de algo se arrepiente, es de haber sido descubierta. Pero, por confusa y atribulada que esté, Sheba sigue siendo igual de sincera. Si bien puedo discrepar de su *interpretación* de determinados hechos, no he encontrado motivo alguno para dudar de los detalles objetivos de su relato. De hecho, estoy segura de que todo lo que me ha contado sobre el cómo, cuándo y dónde de su aventura es, en lo que a ella se refiere, la pura verdad.

Son casi las seis, así que ya no falta mucho. Dentro de media hora, una a lo sumo, Sheba bajará. Primero la oiré arrastrar los pies por la escalera y esconderé mi cuaderno. (Sheba todavía no sabe nada de este proyecto mío. Me temo que en estos momentos sólo la pondría nerviosa, de modo que he decidido mantenerlo en secreto hasta que haya avanzado un poco más.) Pocos segundos después, aparecerá ahí, en la puerta del salón, en camisón y calcetines.

Al principio está siempre muy callada. La mayoría de las veces ha llorado. Tengo que infundirle ánimo y ayudarla a olvidarse de sí misma, así que intento mostrarme alegre. Le cuento alguna anécdota divertida, algo que ha ocurrido en el supermercado, o hago un comentario malévolo acerca del perro ladrador del vecino. Al cabo de un rato, me levanto para preparar la cena. He descubierto que, con Sheba, no conviene forzar las cosas. Ahora mismo se encuentra en un estado de nerviosismo extremo, muy sensible a la «presión». Así pues, no le pido que me acompañe a la cocina. Simplemente voy y empiezo a trajinar. Ella se queda un rato en el salón, deambulando, tarareando y toqueteando los objetos; luego, al cabo de diez minutos, siempre se rinde y viene a mí en silencio.

No cocino nada especial. Sheba no tiene mucho apetito y a mí nunca me han entusiasmado las salsas. Nos alimentamos básicamente de comida de niños: tostadas con judías, pan con queso fundido, palitos de pescado. Sheba se apoya en el horno y me observa mientras guiso. De pronto me pide vino. He intentado convencerla de que no beba hasta haber comido algo, pero se pone de mal talante cuando insisto, así que ahora tiendo a ceder enseguida y le sirvo una copita del tetrabrik de la nevera. Uno elige sus batallas. Por lo que se refiere a la bebida, Sheba es un poco esnob y no para de quejarse y pedirme que compre algo mejor. «Un vino de botella, por lo menos», dice. Pero yo sigo comprándolo en tetrabrik. Últimamente nuestro presupuesto es muy limitado. Y pese a sus protestas, no le cuesta mucho despacharse el vino barato.

En cuanto tiene su copa, se relaja y empieza a interesarse un poco más en lo que digo. A veces incluso me pide que le encargue alguna tarea y yo le doy una lata para abrir o queso para rallar. Y entonces, de repente, como si nunca hubiéramos dejado el tema, se lanza a hablar de Connolly.

Nunca parece cansarse de la historia. Resulta increíble cuántas veces está dispuesta a volver sobre el mismo hecho insignificante, examinando los pormenores en busca de pistas y símbolos. Me recuerda a esos judíos que dedican años a analizar un único pasaje del Talmud. Observándola, no salgo de mi asombro. Pese a lo apagada que está de un tiempo a esta parte, cuando habla, le brillan los ojos y se endereza. A veces se altera demasiado y se le saltan las lágrimas. Pero no creo que le haga daño hablar. A decir verdad, pienso que le beneficia. Sheba no puede contar estas cosas a nadie más. Además, según dice, le sirve de ayuda explicarlo todo, tal como sucedió.

Uno

$\mathcal{V}$i a Sheba por primera vez un lunes por la mañana, a principios del trimestre de invierno de 1996. Yo estaba en el aparcamiento del Saint George, sacando libros del maletero de mi coche, cuando ella atravesó la verja en bicicleta: un modelo antiguo, de repartidor, con un cesto delante. Llevaba el pelo cuidadosamente despeinado: varios mechones sueltos en torno a la mandíbula y una especie de palillo chino ensartado en un moño rudimentario. Era el tipo de peinado que lucen las actrices de cine en el papel de doctora sexy. No recuerdo cómo iba vestida exactamente. Los modelos de Sheba tienden a ser muy complicados, con muchas telas flotantes. Sé que calzaba unos zapatos púrpura. Y llevaba una falda larga, eso sin duda, porque pensé que corría peligro inminente de enredarse entre los radios. Cuando se bajó —con un brinco ágil y un tanto irritante—, vi que la falda era de un tejido diáfano. La palabra que me vino a la cabeza fue «fantasiosa». «Una persona fantasiosa», pensé. A continuación cerré el coche con llave y me alejé.

La presentación oficial de Sheba tuvo lugar más tarde ese mismo día cuando Ted Mawson, el subdirector, la llevó a la sala de profesores durante el descanso de la tarde para «la bienvenida». El descanso de la tarde no es buen momento para conocer a los profesores. Si uno elaborase un gráfico del estado de ánimo de un profesor a lo largo de la jornada escolar, el descanso de la tarde se representaría como el punto más bajo de la curva. En la sala se respira un aire estancado y viciado. El alegre parloteo de primera hora de la mañana se ha apagado y los profesores que no deambulan de acá para allá, consultando horarios y demás, están repantigados en lúgubre silencio. (En justicia debo decir que esa postura es tanto fruto del pésimo diseño de los tres viejos sofás de gomaespuma de la sala como expresión de la baja moral de los profesores.) Algunos permanecen inmóviles con la mirada perdida, los hombros caídos. Otros leen —sobre todo las páginas de cultura y espectáculos de periódicos liberales o ediciones de bolsillo de la peor ficción—, no tanto por el contenido como por tener una excusa para no verse obligados a conversar con sus colegas. Se consume un gran número de barras de chocolate y raciones de fideos instantáneos.

El día de la llegada de Sheba, la sala estaba un poco más concurrida que de costumbre, porque se había estropeado la calefacción en el Pabellón Viejo. (Además de sus tres estructuras modernas —el gimnasio, el centro de arte y el edificio de ciencias—, las instalaciones del Saint George incluyen dos construcciones de obra vista bastante decrépitas, el Pabellón Viejo y el Pabellón Medio, que se remontan a la época victoriana, cuando la escuela era un orfanato.) Esa tarde varios profesores, que tal vez en otras circunstancias se habrían refugiado en sus aulas del Pabellón Viejo, a la hora del descanso habían tenido que buscar cobijo en la sala de profesores, donde los radiadores seguían en funcionamiento. Yo estaba en un rincón cuando Mawson trajo a Sheba, de modo que pude observar durante unos minutos su lenta evolución por la sala antes de dibujar en mi rostro la pertinente sonrisa.

El pelo de Sheba ofrecía un aspecto más caótico que esa mañana. Los mechones sueltos habían degenerado en greñas y, allí donde debía estar liso y tirante, asomaban pequeños rizos formando una especie de corona alrededor del cráneo. Era una mujer muy delgada, advertí en ese momento. Al inclinarse para estrechar la mano a los profesores sentados, parecía doblarse por la cintura como una hoja de papel.

—¡Nuestra nueva profesora de cerámica! —bramó el señor Mawson con su espeluznante buen humor de siempre cuando Sheba y él se plantaron frente a Antonia Robinson, una de nuestras profesoras de literatura inglesa. Sheba sonrió y se atusó el pelo.

«Cerámica.» Repetí la palabra para mis adentros. Era demasiado perfecto: me la imaginé, la doncella soñadora ante el torno, moldeando hasta dar forma a jarras de leche delicadamente veteadas.

Sheba señaló las ventanas.

—¿Por qué están corridas todas las cortinas? —la oí preguntar.

Ted Mawson, nervioso, se frotó las manos.

—Ah —contestó Antonia—, porque así los chicos no nos ven ni nos hacen muecas.

Al oírlo, Bill Rumer, el responsable de química, sentado al lado de Antonia en uno de los sofás de goma espuma, soltó un resoplido.

—En realidad, Antonia —dijo—, es para que nosotros no los veamos a ellos. Así pueden matarse, violar y saquear, y no tenemos que intervenir.

Antonia se echó a reír, simulando escandalizarse.

Muchos profesores del Saint George adoptan esta pose cínica respecto a los alumnos, pero ninguno de manera tan extrema como Bill. Es un personaje, lamento decir, bastante repulsivo: la clase de hombre que se sienta agresivamente despatarrado y muestra el contorno de la entrepierna sucia más allá de los límites de la elemental decencia. Uno de sus rasgos más insoportables es que se cree muy descarado y provocativo: una falsa ilusión que las mujeres como Antonia se prestan a fomentar.

—¡Vamos, Bill! —exclamó Antonia, ciñéndose la falda contra los muslos.

—No te preocupes —dijo Bill a Sheba—, te acostumbrarás a la penumbra.

Le dirigió una sonrisa magnánima, como un gerifalte autorizándola a entrar en el restringido recinto de su deferencia. A continuación, cuando la recorrió con la mirada, vi que su sonrisa vacilaba por un momento.

Las mujeres que observan a otras mujeres tienden a abstraerse en los detalles: las nimiedades del cuerpo, los pormenores de la ropa. Nos quedamos tan absortas en el hoyuelo solitario, las orejas demasiado grandes, el botón caído, que tardamos más que los hombres en organizar los rasgos individuales para formarnos una impresión global. Esto lo digo para explicar por qué fue entonces, al observar a Bill, cuando advertí la belleza de Sheba. «Claro —pensé—. Es muy guapa.» Sheba, que había mantenido una sonrisa fija en los labios durante el intercambio de bromas entre Bill y Antonia, volvió a atusarse el pelo con gesto nervioso. Cuando levantó los brazos largos y delgados para arreglarse el palillo del moño, estiró el torso y sacó el pecho ligeramente. Tenía senos de bailarina, dos prominencias pequeñas y tersas sobre las costillas. Bill abrió los ojos; Antonia los entrecerró.

Mawson y ella siguieron recorriendo la sala. El cambio que tenía lugar en los rostros de los profesores al posar la mirada en Sheba confirmó mi valoración de la valoración que había hecho Bill. Los hombres sonreían y se la comían con los ojos. Las mujeres se encogían ligeramente y se mostraban hurañas. La única excepción fue Elaine Clifford, una ex alumna del Saint George que da clases de biología a los cursos inferiores. Mostrando una familiaridad inmerecida, como es propio de ella, se acercó a Sheba y la asaeteó con su parloteo insolente. Ahora ya estaban muy cerca de mí.

Poco después, Mawson se volvió y me hizo una seña.

—¡Barbara! —gritó, interrumpiendo a Elaine en medio de una frase—. Ven a conocer a Sheba Hart.

Me acerqué al grupo.

—Sheba dará clases de cerámica —dijo Mawson—. Como sabes, hemos tenido que esperar mucho tiempo para sustituir a la señora Sipwitch. Nos sentimos muy afortunados y complacidos de tenerla aquí.

En reacción a estas palabras, un pequeño y bien definido círculo de rubor asomó a las mejillas de Sheba.

—Te presento a Barbara Covett —siguió Mawson—. Es una de nuestras incondicionales. Si Barbara nos dejase, me temo que el Saint George se vendría abajo.

Sheba me miró con atención. Tendría unos treinta y cinco años, calculé. (En realidad eran cuarenta y estaba a punto de cumplir cuarenta y uno.) Le estreché la mano, grande, roja y un poco áspera al tacto.

—Está bien eso de ser tan indispensable —dijo con una sonrisa. Costaba interpretar su tono, pero me pareció discernir un indicio de auténtica afinidad, como si entendiese lo exasperante que resultaba soportar la condescendencia de Mawson.

—Sheba… ¿como la reina? —pregunté.

—No, como Bathsheba.

—Ah. ¿Tus padres te lo pusieron por la Biblia o por Hardy?

Sonrió.

—No lo sé. Creo que simplemente les gustó el nombre.

—Si alguna vez necesitas saber algo de este colegio, Sheba —continuó Mawson—, debes preguntárselo a Barbara. Es la experta en el Saint George.

—Estupendo. Lo recordaré —dijo Sheba.

Según dicen, las personas de clases privilegiadas hablan como si tuviesen ciruelas en la boca, pero no fue eso lo que

21

pensé al oír a Sheba. Por el contrario, parecía tener la boca vacía y limpia, como si nunca hubiera comido nada.

—¡Me encantan tus pendientes! —exclamó de pronto Elaine. Tendió las manos como un simio para toquetearle las orejas a Sheba, y cuando levantó los brazos, alcancé a ver sus axilas, muy rojas, como inflamadas, y moteadas de puntos negros. Me molesta profundamente que las mujeres no se cuiden hasta en el más mínimo detalle. Prefiero las pelambreras de las francesas a esos repulsivos salpicones de limaduras de hierro—. ¡Son tan bonitos! —dijo Elaine, refiriéndose a los pendientes—. ¿Dónde los has comprado?

A Sandy Pabblem, el director, le gusta tener a ex alumnos como Elaine entre el profesorado. Opina que el hecho de que quieran volver y «dar algo a cambio» dice mucho en favor de la escuela. Pero la verdad es que los antiguos alumnos del Saint George son pésimos profesores. No se debe sólo a que no sepan nada de nada. (Como así es.) Ni siquiera a que se complazcan en su ignorancia. (Una vez oí a Elaine identificar alegremente a Boris Yeltsin como «ese ruso con pájaros en la cabeza».) El verdadero problema tiene que ver con la personalidad. Los alumnos que vuelven a dar clases al Saint George son, sin excepción, personas emocionalmente sospechosas: gente que llegó a la conclusión de que, fuera, el mundo era aterrador y reaccionó quedándose en la escuela. Nunca tendrán que intentar volver a casa porque nunca se marcharán. A veces me asalta una visión: los alumnos de estos ex alumnos deciden que también ellos qüieren ser profesores del Saint George, y estos ex alumnos de ex alumnos generan más ex alumnos que vuelven al Saint George a dar clases, y así sucesivamente. Bastaría sólo un par de generaciones para que la escuela se poblara por entero de imbéciles.

Mientras Sheba hablaba de sus joyas, aproveché la oportunidad para examinar su rostro con mayor detenimiento. Desde luego los pendientes eran preciosos: pequeñas piezas de oro con aljófares. Tenía el rostro alargado y enjuto, la nariz ligeramente torcida en la punta. Y los ojos —no, no tanto los ojos como los párpados— eran prodigiosos: grandes bóvedas ribeteadas de espesas pestañas. Como la diadema erizada de púas de la Estatua de la Libertad.

—Ésta es la primera vez que Sheba trabaja de profesora —informó Ted cuando Elaine paró de hablar un momento.

—Pues sin duda será un bautismo de fuego —comenté.

Ted se echó a reír demasiado efusivamente y se interrumpió de golpe.

—Bueno —dijo, consultando su reloj—, deberíamos seguir, Sheba. Permíteme que te presente a Malcolm Plummer...

Elaine y yo observamos a Sheba y Mawson mientras se alejaban.

—Es encantadora, ¿verdad? —dijo Elaine.

Sonreí.

—No, yo no diría «encantadora».

Elaine chascó la lengua para expresar su sentimiento de afrenta.

—Pues a mí me parece simpática —murmuró.

El primer par de semanas en la escuela, Sheba iba bastante a su aire. A la hora del recreo, rara vez salía de su taller de cerámica. Y cuando se decidía a ir a la sala de profesores, se quedaba de pie junto a una ventana, sola, contemplando el patio a través de las cortinas. En el trato con sus colegas era de una corrección irreprochable, o sea, cruzaba los cumplidos de rigor sobre el tiempo. Pero no se aproximó de manera espontánea a ninguna otra profesora para iniciar un intercambio de autobiografías. Ni se apuntó al contingente del Saint George que se uniría a la inminente manifestación convocada por el Sindicato Nacional de la Docencia. Ni participó con los demás en las sarcásticas conversaciones sobre el director. Su reticencia a los habituales ritos de iniciación despertó ciertos recelos entre los demás profesores. Las mujeres tendieron a formarse la idea de que Sheba era «una creída»; los hombres, por su parte, se decantaron por la hipótesis de que era «fría». Bill Runner, reconocido experto en estas cuestiones, observó en más de una ocasión que «no le pasaba nada que no se curase con un buen polvo».

Para mí, el hecho de que Sheba no trabase amistad con nadie de inmediato era una buena señal. Por experiencia sé que los recién llegados —sobre todo las mujeres— muestran excesiva predisposición a tomar partido por cualquier camarilla que los acepte. Jennifer Dodd, que antes era mi mejor amiga en la escuela, se pasó las primeras tres semanas en el Saint George pegada a las acogedoras faldas de Mary Horsely y Diane Nebbins. Mary y Diane son dos hippies del Departamento de Matemáticas. Ambas llevan paquetes de «té para mujeres» en el bolso y usan trozos irregulares de cristal de roca en lugar de desodorante. Tanto por su carácter y sentido del humor como por su visión del mundo, eran las menos indicadas para entablar amistad con Jennifer. Sin embargo, fueron las primeras en acercarse a ella, y Jennifer, por simple agradecimiento a esas muestras de amabilidad, decidió alegremente pasar por alto sus sandeces sobre la leche de soja. Me atrevería a decir que durante su primera semana en el Saint George se habría prometido en matrimonio con un miembro de la Iglesia de la Unificación si éste hubiese actuado con presteza suficiente.

Sheba no adoleció en absoluto de ese nerviosismo de la novata, y yo la admiraba por eso. Tampoco me eximió a mí de su actitud distante. Debido a mi antigüedad en el Saint George y al hecho de que soy más formal que la mayoría de mis colegas, estoy acostumbrada a cierta deferencia por parte de los demás. Pero Sheba no parecía conceder importancia a mi posición. A decir verdad, durante mucho tiempo apenas dio señales de percatarse siquiera de mi presencia. A pesar de eso, yo albergaba la extraña certeza de que algún día seríamos amigas.

Al principio, hicimos un par de intentos de aproximación. En algún momento de su segunda semana en el colegio, Sheba me saludó en el pasillo. (Dijo «hola», advertí con agrado, en lugar de recurrir a alguna de esas expresiones que se han impuesto por influencia americana y que tanto gustan a los demás profesores de la escuela.) Y en otra ocasión, a la vuelta del centro de arte después de una asamblea, cruzamos unos breves comentarios desfavorables sobre la actuación del coro que acababa de tener lugar. Pero mi sentimiento de afinidad con Sheba no se basaba en estos pequeños intercambios. El vínculo que presentía, incluso en ese momento, iba más allá de cualquier cosa que pudiera expresarse en la charla cotidiana. Era una similitud intuida. Un entendimiento tácito. ¿Queda demasiado melodramático si lo llamo reconocimiento espiritual? Debido a nuestra reserva mutua, supe que tardaríamos en hacernos amigas. Pero cuando llegó ese momento, no me cupo duda de que nuestra amistad sería de una intimidad y confianza poco habituales: una relación de *chaleur* como dicen los franceses.

Mientras tanto, yo observaba a distancia y escuchaba con interés las habladurías que circulaban sobre ella en la sala de profesores. Para la mayoría de los profesores, la digna discreción de Sheba actuaba como una especie de barrera, repeliendo las habituales preguntas impertinentes acerca de la vida familiar o la ideología política. Pero la elegancia pierde su fuerza ante los estúpidos de remate, y algunos no se dejaron disuadir. De vez en cuando veía a algún que otro profesor abalanzarse sobre Sheba en el aparcamiento o el patio, aturdiéndola hasta someterla con su curiosidad vulgar. Nunca consiguieron la intimidad inmediata que buscaban. Pero le sonsacaban algún dato como premio de consolación. Por medio de estas ávidas verduleras, el resto del profesorado se enteró de que Sheba estaba casada y tenía dos hijos; de que su marido era profesor universitario; de que sus hijos estudiaban en un colegio privado; de que vivía en una «casa megaenorme» de Highgate.

Inevitablemente, dado el carácter de los intermediarios, gran parte de esta información llegaba de manera un tanto confusa. En cierta ocasión oí a Theresa Shreve, profesora de orientación pedagógica, contar a Marian Simmons, jefa de estudios del primer curso, que el padre de Sheba era famoso.

—Sí —dijo—, ya palmó. Pero fue un académico muy importante.

Marian preguntó cuál era su disciplina.

—Su ¿qué? —preguntó Theresa.

—¿Cuál era su especialidad académica? —aclaró Marian.

—¡Ah, pues ahora que lo dices, no lo sé! —contestó Theresa—. Se llamaba Donald Taylor e inventó la palabra «inflación», creo.

Así me enteré de que el padre de Sheba era Ronald Taylor, el economista de Cambridge, que había muerto cinco años antes, poco después de rechazar la Orden del Imperio Británico. (Como razón, adujo que no estaba de acuerdo con el sistema de otorgamiento de honores, pero los periódicos especularon con la posibilidad de que se hubiese ofendido porque no le concedieran el título de sir.)

—Has de saber, Theresa —interrumpí en ese momento—, que el padre de la señora Hart se llamaba Ronald. No «inventó la inflación», como dices. Postuló una importante teoría acerca de la relación entre la inflación y las expectativas de los consumidores.

Theresa me miró con esa expresión hosca que adoptan tantas personas de su generación cuando una intenta poner en evidencia su ignorancia.

—Ah —dijo.

También se supo en esas primeras semanas que Sheba experimentaba «problemas de desplazamiento social». Eso ya se veía venir. Como Highgate forma parte de su distrito escolar, mucha gente cree que el Saint George es uno de esos colegios tranquilos, seguros, llenos de niños bien que van con su violonchelo a los ensayos de la orquesta. Pero las familias bien no dejan a sus hijos en manos del Saint George. Los violonchelistas, si son niñas, son enviados al Saint Boyolphs y, si son niños, al King Henry, o a colegios privados de otras zonas de Londres. El Saint George es un apartadero para la prole adolescente: los chicos de las viviendas de protección oficial que tienen que aguantar en esta escuela durante un mínimo de cinco años, entre agobios y trompicones, hasta cumplir su destino de fontaneros y dependientes. El año pasado se presentaron 240 de nuestros alumnos a los exámenes de ingreso a la universidad y sólo seis, ni uno más ni uno menos, consiguieron superar el aprobado. La escuela tiene —¿cómo decirlo?— un ambiente muy «volátil». Las agresiones al profesorado no son raras. El año anterior a la llegada de Sheba, tres chicos del tercer curso, asomados a la ventana del laboratorio de ciencias, lanzaron quemadores Bunsen a la secretaria de la escuela, Deirdre Rickman. (Las lesiones resultantes incluyeron una fractura de clavícula y una brecha en la cabeza que requirió catorce puntos.)

Como es natural, los chicos son los más problemáticos, pero las chicas tampoco les van a la zaga. Aunque no están tan predispuestas a la violencia, son igual de malhabladas y tienen un don especial para el insulto. Hace poco, una alumna de mi clase de cuarto curso —una tal Denise Callaghan, menuda e irascible, un auténtico marimacho en ciernes— me llamó, sin pensárselo dos veces, «cabrona, cara de perra». Estas cosas no suelen ocurrir en mi clase y cuando ocurren, en casi todos los casos, las atajo en el acto. Pero para los profesores más jóvenes del Saint George, mantener un mínimo orden es una batalla constante y a menudo sangrienta. Para una novata como Sheba —una novata etérea con un acento un tanto cadencioso y faldas transparentes—, las posibilidades de catástrofe son considerables.

Me enteré más tarde en detalle de lo que aconteció en la primera clase de Sheba. Le habían asignado lo que, con cierta presunción, llaman el «taller» de la escuela: un barracón prefabricado, contiguo al centro de arte, utilizado como almacén desde que se fue la última profesora de cerámica, hacía ya unos años. Era un lugar bastante lúgubre y húmedo, pero Sheba se había esforzado por alegrarlo con carteles de museos y esquejes de geranios que había cortado en su jardín esa mañana.

Había preparado la lección del día a conciencia. Tenía la intención de empezar su primera clase de cuarto curso con una breve explicación sobre qué era la cerámica: el primario impulso creativo que representaba y el importante papel que desempeñó en los albores de la civilización. Posteriormente dejaría que los chicos trabajasen con la arcilla. Les pediría que moldeasen un cuenco, de cualquier tipo, a su libre elección; luego cocería las piezas y las tendría listas para el día siguiente. Cuando sonó el timbre para anunciar la primera clase y sus alumnos empezaron a entrar en el aula, estaba de un humor rayano en la euforia. Aquello, había decidido, iba a ser muy divertido.

Esperó, y cuando consideró que ya había entrado la mayoría de los alumnos, se puso de pie y saludó. Pero en medio de la presentación la interrumpió Michael Beale —un chico enjuto, con un diente delantero gris y siniestro—, que corrió hacia ella desde el fondo del aula gritando: «¡Usted me gusta, señorita!». Ella, animosa, se rió y le pidió que se sentara. Sin hacerle el menor caso, Michael permaneció allí inmóvil. Poco después un segundo alumno se acercó a él. Tras mirar a Sheba de arriba abajo, este segundo muchacho —se llamaba James Thornham, creo— anunció a la clase, en tono burlón, que su profesora tenía «las tetas pequeñas». Mientras los demás reían aún la ocurrencia, otro chico se subió a una de las mesas de trabajo y empezó a vociferar: «Enséñenos las tetas». Al parecer, despertó una reacción desdeñosa entre algunas de sus compañeras, que invitaron al chico en cuestión a «enseñar el pito» y, para ello, le ofrecieron una lupa.

Llegados a ese punto, Sheba intentaba contener las lágrimas. Con tono severo, instó a la clase a calmarse y, para su sorpresa, se restableció relativamente el orden por un momento. Cuando empezó a presentarse otra vez, una chica de ascendencia asiática en quien Sheba había creído identificar a una de las alumnas más modosas y educadas, se recostó contra el respaldo de su silla y gritó: «¡Eh, la señorita lleva una falda transparente! ¡Casi se le ven las bragas!». La clase entera prorrumpió en una ovación. «Señorita, ¿cómo es que no lleva una combinación? Vamos, señorita, enséñenos las tetas... Señorita, señorita, ¿dónde se compró esa falda? ¿En Intermón Oxfam?». Para entonces Sheba ya había empezado a llorar. «Por favor —gritaba por encima del barullo—. Por favor, ¿queréis parar de comportaros como animales por un momento?»

Por aquel entonces yo no estaba al tanto de estos pormenores. Pero sí me había hecho una idea general de los problemas de Sheba a partir de los desenfadados chismorreos de la sala de profesores. Se decía de Sheba que tenía el genio vivo, que era de esas que estallaban enseguida. Un día a la hora de comer, unas dos semanas después de empezar el trimestre, oí a Elaine Clifford contar lo que le había dicho de Sheba un alumno de tercero.

—Se ve que los chicos se desmadran con ella —explicó Elaine—. Y ella, por lo visto, primero les pide que se porten bien. Pero acto seguido pierde los estribos. Los maldice, y que si «mierda» por aquí, «joder» por allá. De todo.

Eso me dejó muy preocupada. El director tiende a ser

bastante tolerante con los tacos. Pero, en rigor, proferir improperios delante de los alumnos se penaliza con el despido. No es raro que los profesores —sobre todo los más inexpertos— primero negocien con los alumnos indisciplinados y luego, cuando esa táctica fracasa, recurran de pronto a la ira. No obstante, en la mayoría de los casos estas transiciones incluyen cierto grado de ferocidad calculada o fingida. El profesor interpreta el enfado. Si los chicos ven que alguien como Sheba pierde el control —gritando, diciendo tacos y esas cosas—, disfrutan. Piensan, y con razón, que han logrado una victoria. De muy buena gana me habría llevado a Sheba aparte y le habría explicado, con mucho tacto, en qué se equivocaba. Pero yo era tímida. No sabía cómo abordar el tema sin quedar como una metomentodo. Así que callé y esperé.

La tercera semana de Sheba en el Saint George, un profesor de geografía, Jerry Samuels, patrullaba por el recinto escolar en busca de chicos que hacían novillos y, al pasar por delante del centro de arte, oyó alboroto en el barracón de Sheba. Cuando entró a ver qué ocurría, se encontró un tumulto en el taller. Todos los alumnos de tercero se habían enzarzado en una batalla de arcilla. Varios chicos estaban desnudos de cintura para arriba. Dos de ellos intentaban volcar el horno. Samuels vio a Sheba encogida y llorosa detrás de su escritorio. «En los diez años que llevo de profesor, nunca he visto nada igual —contó después en la sala—. Aquello parecía *El señor de las moscas*.»

Dos

$\mathcal{U}$no nunca se da cuenta de en qué medida la memoria es un conglomerado hasta que intenta disponer los acontecimientos del pasado en una secuencia racional. A fin de asegurar la mayor precisión en esta narración, he empezado a elaborar una línea cronológica del año que pasó Sheba en el Saint George. Por la noche la escondo debajo del colchón junto con el manuscrito. En realidad no es más que una línea insignificante en un papel milimetrado, pero creo que será muy útil. Ayer compré un paquete de estrellas doradas adhesivas en el quiosco. Las usaré para señalar los acontecimientos realmente fundamentales. Ya he puesto una estrella, por ejemplo, para señalar la primera vez que Sheba y yo hablamos en la sala de profesores. Después de eso hay un espacio vacío hasta la cuarta semana desde su llegada al Saint George, cuando, si mis cálculos son correctos, conoció a Connolly.

El motivo del encuentro fue una sesión del Club de Tareas de la escuela. Pese a sus dificultades para imponer orden, se esperaba que Sheba participase en todas las responsabilidades del profesorado: la vigilancia en el patio, los turnos en el comedor y, quizá lo más arriesgado, la supervisión del Club de Tareas. El CT, como lo llaman los alumnos, desarrolla sus actividades en el Pabellón Medio todos los días de tres y media a seis de la tarde. Lo creó el director hace unos años, teóricamente para «proporcionar un ambiente de trabajo tranquilo a quienes podrían tener dificultades para encontrarlo en sus casas». Se trata de una institución muy impopular entre el profesorado, sobre todo porque tiende a usarse como vertedero para los chicos castigados después de clase. Por lo general, los supervisores del Club tienen que lidiar con los peores alumnos de la escuela a la hora del día en que están más nerviosos e intratables.

La tarde que le tocó a Sheba había diez chicos en el Club de Tareas. Nada más empezar a pasar lista, estalló una violenta disputa entre dos chicas de cuarto, una de las cuales acusó a la otra de haberle pegado un chicle en el pelo. Durante los siguientes tres cuartos de hora, más o menos, Sheba se centró exclusivamente en mantener separadas a las dos chicas. Cuando por fin envió a una de ellas al jefe de estudios de cuarto, se calmaron los ánimos y pudo prestar atención a los demás alumnos del aula. Quedaban tres chicas y seis chicos, y todos, según las notas de los profesores que los chicos habían llevado consigo, estaban en CT castigados. Devolvieron la mirada a Sheba con espontánea hosquedad. Sólo un chico, sentado al fondo del aula, trabajaba tranquilamente. Sheba recuerda que le conmovió su postura infantil de concentración: su manera de sacar la lengua y doblar el brazo izquierdo en un gesto protector en torno a sus papeles. Era Steven Connolly.

Poco después, tras recordar a todos, como es norma, que debían acabar las tareas asignadas antes de las cinco, Sheba se levantó y se dirigió hacia donde estaba sentado el chico. Él hizo una mueca cuando la vio acercarse y se enderezó. «¿Qué pasa? —dijo—. No estoy haciendo nada malo.» Desde el otro extremo del aula, Sheba había supuesto que era un alumno de tercero o cuarto. Pero de cerca aparentaba más edad. Su torso ofrecía un aspecto robusto, triangular. Tenía las manos y los antebrazos inesperadamente grandes. Se adivinaba una barba incipiente en su barbilla.

Sheba siempre ha dicho que Connolly era un muchacho

increíblemente atractivo y, para ser justos con ella, varias periodistas han hecho observaciones parecidas. («Irresistible y exótico», como lo describió una mujer del *Mail* hace unas semanas.) A mí no me lo parece, debo admitir. Yo, desde luego, nunca me he sentido físicamente atraída por uno de mis alumnos, así que tal vez no soy la persona más indicada para valorar los encantos del chico. Ahora bien, si mis gustos hubieran ido en esa dirección, creo que me habría fijado en alguien de rasgos más hermosos, tal vez un chico de rostro aterciopelado y huesos delicados de los cursos inferiores. Las facciones de Connolly no tienen nada de hermosas. Es un muchacho de aspecto tosco con el pelo lacio de color orina y los labios flácidos y carnosos. Debido a un accidente de la infancia (un bache imprevisto cuando, jugando con excesivo ardor, perseguía a una niña para darle un beso), tiene la nariz aplastada. Los ojos, de párpados muy caídos y arqueados, recuerdan la máscara de una tragedia. Sheba insiste en que tiene un cutis magnífico y es verdad, supongo, que se ha librado de esos forúnculos supurantes tan comunes en los chicos de su edad. Pero lo que ella llama su «tez aceitunada» a mí siempre me ha parecido sucia. Cada vez que pongo la vista en él me entran ganas de darle unos restregones con una manopla caliente.

En el pupitre de Connolly, Sheba vio un anuncio arrancado de una revista publicitaria de Harrods. La ilustración consistía en uno de esos estilizados dibujos a tinta de una mujer con cintura de avispa y mirada altiva envuelta en una estola de piel. Connolly copiaba la imagen en la última página de su cuaderno de matemáticas. Sheba le aseguró que no se había acercado para reñirlo. Sólo quería ver qué hacía. El dibujo estaba bien, dijo. Por vergüenza o tal vez por el placer que le produjo el elogio, Connolly se revolvió en su silla. (Sheba recuerda que torció la cabeza a un lado y a otro, «como un ciego».)

—Pero, oye —prosiguió—, no tienes por qué copiar. ¿Y si dibujas algo al natural? ¿O incluso de tu imaginación?

El rostro de Connolly, que se había suavizado por un momento con los halagos, revirtió a su anterior hermetismo. Se encogió de hombros en un gesto de irritación.

—No —intentó rectificar Sheba—, lo digo porque seguro que podrías hacer dibujos preciosos. Éste está muy pero que muy bien.

Le dirigió varias preguntas acerca de él. ¿Cómo se llamaba? ¿Qué edad tenía? Se mostró decepcionada cuando supo que el chico no asistía a su clase de cerámica. ¿Qué optativa había elegido en su lugar? Connolly hizo una mueca de aflicción cuando se lo preguntó y murmuró algo que Sheba no entendió.

—¿Cómo has dicho? —preguntó.

—Educación especial, señorita —repitió con voz ronca.

Contrariamente a lo que han afirmado algunos artículos posteriores, Connolly no era «débil mental» ni «retrasado». Al igual que a más del veinticinco por ciento de los alumnos del Saint George, le habían diagnosticado «problemas de alfabetización» —dificultades de lectura y escritura— y, por lo tanto, tenía derecho a asistir a diario a clases de educación especial. Al interrogar un poco más al chico, Sheba descubrió que la educación especial le impedía asimismo participar en las clases de arte. Le dijo que eso la sorprendía y comentó que quizá podía hacerse algo para enmendar la situación. Mientras Connolly se encogía de hombros en actitud evasiva, alguien llamó de pronto a Sheba. Uno de sus alumnos de tercero intentaba quemar a otro de segundo con un mechero desechable.

Esa noche, cuenta Sheba, se acordó de su breve conversación con Connolly y escribió una nota en su diario para acordarse de averiguar si era posible cambiar el horario de Connolly. A su juicio, era una equivocación no dejar que el

chico cursara una asignatura —tal vez la única asignatura—
que se le daba bien. Quería ayudarlo.

Hoy día tales fantasías de beneficencia no son raras en
las escuelas públicas. Muchas de las profesoras más jóvenes
albergan la secreta esperanza de «cambiar las cosas». Todas
han visto esas películas americanas en las que hermosas
mujeres doman a matones de los barrios más deprimidos re-
citándoles a Dylan Thomas. Quieren conquistar los corazo-
nes de los chicos a su cargo con poesía y compasión. Cuando
yo estudiaba en la universidad, eso no se daba en absoluto.
Mis compañeros y yo nunca nos planteamos fomentar la
autoestima o hacer realidad los sueños. Nuestras expectativas no iban más allá de inculcar a nuestros futuros alumnos
las cuatro reglas y dar unas cuantas recomendaciones sobre
higiene personal. Quizá nos faltaba idealismo. Pero no es ca-
sualidad, creo, que en esta época en que las ambiciones peda-
gógicas se han inflado y vuelto presuntuosas los niveles bá-
sicos de alfabetismo y cálculo matemático hayan disminuido
radicalmente. Puede que antes no nos preocupáramos demasiado por las almas de nuestros chicos, pero al menos cuando terminaban sabían hacer una división larga.

Naturalmente, Sheba no consiguió cambiar el horario de
Connolly. Incluso fue a ver a Ted Mawson, el responsable
de los horarios. Pero Mawson rechazó su solicitud con brusquedad, explicando que diseñar horarios simultáneos para
mil trescientos chicos era «como jugar al ajedrez tridimen-
sional» y que si se andaba con vacilaciones acerca de la clase
de arte que se perdía uno y la de carpintería que se perdía
otro, sería el cuento de nunca acabar. Por miedo a quedar como una persona conflictiva, Sheba se deshizo en disculpas.
«Ten en cuenta que esto es una escuela pública británica —dijo Mawson en tono de reproche jocoso cuando ella salía de
su despacho—, no un maldito *Lycée*.» Por lo visto, este último comentario indignó a Sheba, que detectó en él una pulla

a su ingenuidad de persona privilegiada. En ese momento se prometió a sí misma seguir adelante con el asunto: incluso hablaría con el director, si hacía falta. Pero al final desistió. Surgieron otras cosas, dice. Estaba demasiado ocupada. O tal vez, cabe suponer, igual que tantos aspirantes a reformista antes que ella, simplemente perdió interés.

Pocos días después de conocer a Connolly, Sheba encontró un dibujo en su casilla. Era un esbozo rudimentario de una mujer, trazado en papel pautado, al estilo romántico propio de los pintores callejeros. La mujer tenía ojos grandes y brumosos, brazos muy largos y unas extrañas manos sin dedos semejantes a paletas. En su mirada perdida se advertía una bizquera vagamente erótica. La escotada blusa dejaba a la vista el nacimiento de unos pechos muy sombreados. En el ángulo inferior derecho el artista anónimo del esbozo había escrito en amplia y torpe letra bastardilla las palabras «Señora imponente».

Sheba entendió, casi de inmediato, que ella era la señora imponente en cuestión, que el dibujo pretendía ser un retrato, y que lo había hecho el chico rubio que había conocido en el CT la semana anterior. No se alarmó. Al contrario, se sintió complacida y bastante halagada. En el ambiente brutal del Saint George, lo tomó como un gesto de excéntrica inocencia. No buscó a Connolly para darle las gracias por el dibujo. Supuso que, como lo había enviado de manera anónima, saberse identificado lo abochornaría. Pero intuyó que, tarde o temprano, se acercaría a ella. Y efectivamente un día, poco antes de las vacaciones de mitad de trimestre, lo encontró merodeando delante del taller cuando ella se iba a comer.

Sheba recuerda que Connolly no vestía de manera apropiada para el tiempo que hacía. Era un día ventoso de octubre, y él sólo llevaba una camiseta y una cazadora de algodón muy ligera. Cuando se levantó la camiseta para rascarse la barriga distraídamente, Sheba vio cómo le sobresalía la pelvis, creando una cavidad amplia y poco profunda justo encima de la entrepierna. Se había olvidado de que los cuerpos de los jóvenes eran así, dice.

—¿Le llegó el dibujo? —preguntó Connolly.

—¿Cómo? —respondió ella con fingida sorpresa—. ¿Así que era tuyo?

Con timidez, Connolly reconoció que eso era lo más probable.

Sheba le dijo que el dibujo era precioso y que si realmente lo había hecho él, tendría que haberlo firmado.

—Espera —dijo. Abrió la puerta y volvió al taller, donde sacó el dibujo del cajón inferior de su escritorio.

—¿Por qué no me lo firmas ahora? —preguntó.

Connolly, que seguía de pie en el umbral de la puerta, la miró vacilante.

—¿Por qué, señorita? —preguntó.

Sheba se echó a reír.

—Porque sí. Simplemente he pensado que estaría bien. No tienes por qué hacerlo. Pero en general a los artistas les gusta que se reconozca su trabajo.

Connolly se acercó al escritorio y miró el dibujo. No era tan bueno como otros que había hecho, le dijo. No sabía dibujar manos. Sheba coincidió en que las manos eran muy difíciles y a continuación lo animó hablándole de la importancia de practicar y estudiar modelos al natural. En un momento dado, advirtió que él le miraba las manos y se avergonzó, recuerda, porque las tenía muy ásperas y descuidadas. Dejó el dibujo en la mesa y cruzó los brazos.

—He hablado con el señor Mawson sobre la posibilidad de cambiar tus horarios —dijo—. Se ve que no es tan fácil como pensaba.

Connolly asintió, sin sorprenderse.

—Pero no me he dado por vencida —se apresuró a aña-

37

dir Sheba—. Desde luego seguiré intentándolo y, mientras tanto, lo más importante es que no dejes de dibujar.

Se produjo un breve silencio. Por fin Connolly, titubeando, confesó que el dibujo pretendía ser un retrato de ella. Sheba asintió y le dijo que ya se había dado cuenta. El chico se puso nervioso y empezó a tartamudear. En un torpe intento de tranquilizarlo, Sheba bromeó acerca del pecho generoso que le había dibujado. «Que más quisiera», dijo. Pero eso no sirvió más que para exacerbar la vergüenza del muchacho. Se puso de un color rojo subido, por lo visto, y se quedó callado durante mucho rato.

A Sheba este episodio la conmovió. Era una novedad, cuenta, que la admirasen de una manera tan abierta. Recuerdo que la primera vez que me lo dijo manifesté cierta incredulidad. Podía creer que el afecto de Richard, con el tiempo, hubiese degenerado en cierta apatía, o tal vez que para ella no contase porque lo daba por sentado. Pero sin duda no podía estar afirmando que le habían faltado admiradores antes de Connolly. ¿Sheba, que volvía locos a los hombres de la sala de profesores del Saint George con sus vaporosas blusas? No, insistió. Esto era muy distinto. Siempre hubo hombres que le lanzaban miradas furtivas de admiración, hombres que le dejaban claro que la encontraban atractiva. Pero antes de Connolly nadie la había perseguido. Entonces creía que era por respeto a su condición de mujer casada. Pero tenía que haber otra razón. Si todo el mundo era tan respetuoso con la institución del matrimonio, ¿cómo se cometía tanto adulterio? Tal vez, dijo, la explicación más verosímil residía en la clase de hombres con los que había tratado. La mayoría de los amigos de Richard eran académicos, y a todos les horrorizaba la idea de que pudieran considerarlos «ordinarios» o insensibles. Si flirteaban, siempre era en broma, con picardía. Incluso cuando alababan un vestido, añadían unas comillas por si la mujer se ofendía y los abofeteaba.

Hubo un hombre, varios años antes, un profesor visitante de lingüística, finlandés, que la acompañó a su casa después de la ópera una noche en que Richard tuvo que retirarse antes debido a una intoxicación. Se le insinuó de manera bastante clara cuando ella se apeaba del taxi. Pero ni siquiera entonces pasó nada. Sheba dijo que había percibido cierto resentimiento en él, como si le reprochase la atracción que le despertaba. En cuanto ella se resistió —o vaciló, para ser más exactos—, él se puso muy desagradable y grosero. Ya desde el principio había sospechado que era una «provocadora», le dijo. Sólo Connolly, que era demasiado joven o demasiado obtuso para apreciar la desmesura de su ambición, se había atrevido a abordarla con cierto encanto o tenacidad. Él no le tuvo miedo, ni se enfadó con ella. No se perdió en una maraña retórica en un intento de sentirse a la altura de su belleza. Cuando la miraba, era como si se la comiese con los ojos, decía ella. «Como a un melocotón.»

39

Durante la primera mitad del trimestre de invierno me había ido armando de valor para abordar a Sheba y hablarle del problema de la disciplina en el aula. En la semana anterior a las vacaciones de mediados de trimestre quizá me habría atrevido por fin, pero el lunes por la mañana advertí una novedad: algo tan inesperado y decepcionante que me frenó en el acto.

Estaba yo en mi aula a la segunda hora de la mañana, que casualmente ese día tenía libre, cuando vi por la ventana a Sheba atravesar el patio desde el edificio de ciencias en dirección al Pabellón Antiguo. Iba con Sue Hodge, la directora de música. Hasta ese momento ignoraba que se conociesen. Pero algo en el lenguaje corporal de Sheba —cierta vivacidad en los gestos— me indujo a pensar que la relación entre ellas era bastante cercana. Caminaban muy juntas, tanto que el bolso de lona de Sue, lleno a rebosar, golpeaba la delgada cadera de Sheba. Ésta parecía no darse cuenta. Se reía de algo que decía Sue, echando la cabeza atrás de tal modo que yo le veía el largo cuello blanco y los dos orificios oscuros de la nariz. Sue también reía. Es una mujer corpulenta y en ella el regocijo suele tener un efecto bastante indecoroso. Juntas, organizaban suficiente alboroto para oírse desde mi aula. Al cabo de un momento temí que me sorprendiesen espiándolas y corrí las cortinas.

No soy alarmista por naturaleza y me cuidé de sacar conclusiones drásticas a partir de la escena que había presenciado. Pero tres días después, el jueves, oí a Bob Baker, un profesor de ciencias, comentar con cierta malicia a Antonia Robinson que Sheba parecía «hacer buenas migas» con la Hodge. Según contó Bob, días antes Sue, por la tarde, había metido la bicicleta de Sheba en el maletero de su coche y la había llevado a su casa.

Eso confirmó mis más sombrías sospechas. Sheba había elegido a Sue Hodge como amiga. ¡Sue Hodge! Si eso hubiese sucedido a comienzos del trimestre, habría dado por supuesto que la relación era un simple error: uno de esos pactos efímeros dictados por las circunstancias más que por un verdadero sentimiento de compañerismo. Pero en vista del tiempo que Sheba había permanecido en un inaccesible aislamiento respecto al resto del profesorado, esa amistad debía considerarse una elección voluntaria y deliberada. Mi sorpresa inicial pronto dio paso a la indignación. Durante semanas, Sheba había mantenido una actitud reservada, había eludido cualquier proposición, ¿y todo eso para qué? ¿Para sucumbir luego ante aquel personaje ridículo?

Me encontraba con Sue Hodge a menudo. Como las dos somos fumadoras, a la hora de comer nos escapábamos a La Traviata, un restaurante italiano a un paso del Saint George, para fumar un cigarrillo. Nunca nos sentábamos juntas. Existía cierta frialdad entre nosotras, que se remontaba a algo que sucedió unos años antes, cuando Sue me pilló burlándome de una de sus hojas de ejercicios titulada «*Dem Bones*: raíces culturales del espiritual negro». Sue es una mujer en extremo pretenciosa, empeñada siempre en hacer bailar a los chicos danzas expresivas al son de Pink Floyd y en cantar con ellos *American Pie* mientras toca su horrible banjo. Pero tras todas esas paparruchas de hippy desenfadada, en realidad es una mojigata de la peor calaña: el tipo de mujer que lleva protege-slips todos los días del mes, como si considerase cualquier secreción de su cuerpo tan repugnante que debe ser absorbida con algodón, envuelta en bolsas de papel y arrojada al fondo de la papelera. (He estado en el lavabo de profesores después de ella y sé de qué hablo.)

Además —y por eso el interés de Sheba en Sue resulta especialmente incomprensible— es soporífera. Un auténtico compendio de opiniones mediocres. Una mujer para quien una ocurrencia divertida consiste en acercarse a alguien un caluroso día de verano y, con entusiasmo, bramar: «¿Está bastante caliente para ti?». Hace muchos años, antes del incidente de los espirituales negros, tuve la mala suerte de esperar media hora con Sue en la parada del autobús. En un momento dado, se volvió hacia mí y, con el júbilo y la exaltación propios de una persona que acaba de componer un epigrama delicioso, declaró: «Ya verás: cuando por fin llegue el autobús, vendrán otros cinco justo detrás».

El viernes de esa semana a la hora de comer, yo estaba sentada a mi mesa de siempre en La Traviata cuando llegó Sue acompañada de Sheba. Al entrar en el restaurante, reían y parloteaban. Por lo visto, la inminencia de las vacaciones las había puesto de un humor excelente. O tal vez, pensé, cierta hilaridad afectada era la rúbrica de su amistad. Incluso después de sentarse prorrumpían cada tanto en carcajadas. Sue miraba alrededor sin cesar, como para asegurarse de

41

que su diversión desenfrenada recibía suficiente atención en todo el restaurante. A fin de no darle esa satisfacción, saqué un libro y me dispuse a leer. Aunque apenas miré hacia ellas durante el resto de la comida, seguí oyendo sus risas. Cuando salí del restaurante, había cinco colillas en el pequeño cenicero de estaño de mi mesa y estaba de muy mal humor.

Para entender bien el efecto de este episodio en mi estado de ánimo, debería explicar que hace unos años recibí un duro golpe cuando mi amiga Jennifer Dodd anunció que no quería saber nada más de mí. Habíamos sido íntimas durante más de un año y ella previamente no había dado la menor señal de este cambio radical. Yo me quedé estupefacta. Jennifer acababa de entablar una relación con un joven —un pintor y decorador que había trabajado en la casa de su hermana en Richmond—, pero ella insistió en que él no había tenido nada que ver con su repentina decisión. Tras misteriosas alusiones al supuesto hecho de que yo era «demasiado intensa», se negó a dar ningún tipo de explicación. Cuando intenté defenderme, ella se cerró en banda y cuanto más la interrogué e insistí con buenas palabras, más fría y desagradable se volvió su actitud. En la última conversación que mantuvimos, llegó a amenazarme con pedir un mandamiento judicial contra mí si no la dejaba en paz.

Un sábado, unas seis semanas más tarde, cuando yo me dirigía en tren al West End para hacer compras de Navidad, Jennifer y su pretendiente se subieron en Mornington Crescent. Se sentaron en el otro lado del vagón, a unos cuantos asientos del mío. Jennifer volvió la cabeza en cuanto me vio; en cambio el joven —Jason, se llamaba— fijó la vista en mí con expresión irrespetuosa y desafiante. Era uno de esos sujetos de cara lustrosa y mirada vacía, con ese cuerpo «desarrollado» propio de los hombres que levantan pesas en un gimnasio. La única vez que nos habíamos visto yo me había esforzado en ser amable con él, y después le transmití mis dudas a Jennifer con la mayor delicadeza posible. Por tanto, yo no alcanzaba a comprender por qué él adoptaba esa actitud agresiva conmigo. Sin dejarme intimidar, sostuve su mirada con total frialdad. De pronto él, en un evidente arrebato de rabia, se volvió hacia Jennifer, la cogió por los hombros y la besó. Su intención, al parecer, era afirmar su derecho de propiedad sobre mi amiga. Cuando por fin la soltó, me dirigió una horrenda sonrisa y un gesto obsceno, allí mismo, en el vagón lleno de gente, delante de todo el mundo. No me lo podía creer. Cuando el tren se detuvo en la siguiente estación, huí. Después me quedé media hora llorando en un banco del andén de Goodge Street.

Cuando vi a Sue arrimarse a Sheba en La Traviata, me vino a la memoria aquella ingrata experiencia, y el recuerdo actuó como una especie de alarma. Mi relación con Jennifer había sido mucho más importante y profunda que el incipiente afecto que podía albergar por Sheba. Pero el daño que me causó fue análogo al que sentí en ese momento. Mi error con Jennifer estribó en atribuirle una inteligencia que en realidad nunca tuvo. Durante las últimas seis semanas, comprendí, había cometido el mismo error con Sheba. Por suerte, ella había revelado su verdadera naturaleza en ese momento, antes de que yo depositase en ella mis sentimientos. Me había equivocado una vez más, pensé. Sheba no era mi alma gemela. No era un espíritu afín. De hecho, no tenía nada que ver conmigo.

Tras las vacaciones de mediados de trimestre, abandoné los signos de cordialidad con que había intentado transmitir a Sheba mi buena voluntad. Con toda deliberación, dejé que mi afable actitud de antes degenerase en desprecio. De vez en cuando, debo admitir, me pasé de la raya e incurrí en insultos un tanto pueriles. Tosía para disimular una risa reprimida cuando Sheba hablaba con alguien o, para expresar mi desaprobación por su atuendo, reaccionaba de manera desmedida cuando entraba en la sala de profesores. Una vez le colgaba el dobladillo de la falda por detrás, y yo, sin el menor recato, le ofrecí un imperdible delante de varios colegas.

Ninguno de esos gestos mezquinos me procuró el menor consuelo. Sheba no respondió a mis provocaciones. De hecho, en general no parecía darse cuenta siquiera de que la estaba provocando. El día que le ofrecí el imperdible se ruborizó, pero después sonrió y me dio las gracias efusivamente, como si no hubiera percibido mi animadversión en absoluto.

Al final, en mi desesperación, intenté un ataque más directo. Sheba entró en la sala a primera hora de la mañana antes de empezar las clases y se colocó a mi lado en la *kitchenette* para enjuagar una de las tazas manchadas de taninos que son de uso general. La mayoría de los profesores del Saint George se traía sus propias tazas de casa, pero por alguna razón Sheba nunca se molestó en venir con la suya. Justo cuando yo estaba a punto de hacer un comentario sardónico sobre la dudosa higiene de su taza, Brian Bangs, un profesor de matemáticas, se interpuso entre las dos.

—¿Qué tal, señoras? —prorrumpió—. ¿Ha ido bien el fin de semana?

Bangs es un hombre un tanto patético. En la cara luce una irritación casi crónica a causa del afeitado y siempre está muy, muy nervioso. Incluso en sus ocurrencias más intrascendentes se advierte un punto de angustia y falta de espontaneidad, y tiende a elevar la voz un par de molestos decibelios por encima del registro habitual. Hablar con él es casi como intentar entablar conversación con los personajes de una obra de teatro escolar. Lo saludé con un ademán cortante; Sheba, por su parte, se mostró más magnánima.

—Hola, Brian —dijo—. El fin de semana bastante bien, gracias. ¿Y el tuyo?

—Genial —contestó Bangs—. El sábado fui a ver al Arsenal.

—¿Ah, sí? —preguntó Sheba.

—Un partido excelente —aseguró Bangs—. Sí, magnífico...

Sheba asintió.

—Ganamos al Liverpool por tres a cero —exclamó Bangs con tono inexpresivo. Cerró el puño y golpeó el aire en actitud triunfal—. Ah, sí.

—Vaya —dijo Sheba, concentrada en exprimir la bolsita de té contra un lado de la taza—. ¡Qué bien! —Sacó la bolsita con la cuchara y se sirvió leche.

—Esa... esa blusa que llevas es preciosa —observó Bangs señalando un tanto groseramente el pecho de Sheba.

—¿Cómo? —Sheba se quedó desconcertada por un momento. Como para recordarse a sí misma qué llevaba, se cogió una esquina de la blusa y la miró con escepticismo—. Ah, pues gracias.

—¿Es nueva? —se apresuró a preguntar Bangs.

—No, la tengo desde hace años, la verdad.

—¿Ah, sí? ¿No me digas? Pues no se ve nada vieja. Es muy bonita. Deberías ponértela más.

—Ah... de acuerdo —contestó Sheba, riéndose.

Yo ya tenía listo mi té. Elaine Clifford y un profesor de francés, Michael Self, se acercaron a la encimera para prepararse un café instantáneo, pero yo me quedé donde estaba, escuchando con una mezcla de enojo y fascinación el intercambio de comentarios entre Sheba y Bangs. No me podía creer que Sheba prodigase tales atenciones a semejante cretino mientras que a mí no me hacía el menor caso.

—Esto... mmm... ¿y qué te parece mi camisa? —decía Bangs.

Retrocedió y, en jarras, dio un par de vueltas imitando a un modelo. Era el tipo de payasada que los hombres como él —desgarbados, sin las mínimas dotes cómicas— deberían evitar.

La prenda para la que solicitaba la aprobación de Sheba
era una camisa azul celeste de vestir, con un cuello blanco rígido y un gran bolsillo delantero que llevaba estampado el
logo de la marca. A juzgar por los pliegues simétricos que
recorrían la pechera, se la acababa de comprar.

Sheba dejó la taza en la encimera y, muy seria, miró a
Bangs.

—Sí —dijo—. Es preciosa.

No resultó muy convincente. Habló como si elogiase un
torpe dibujo de un niño. No obstante, Bangs reaccionó a su
aprobación con sincero placer, sin un asomo de duda.

—¿Ah, sí? ¿Te gusta?

—Sí —contestó Sheba—. Está muy bien. Es elegantísima.

—No lo tenía muy claro… con el cuello y tal, ya sabes.
Pensaba que a lo mejor era demasiado ostentosa para mí.

—Ah, no —negó Sheba—. Es una camisa fantástica.

No pude resistirlo más. Los dos cotorreaban como si yo
no existiera. Pensé algo ingenioso que decir para reafirmar
mi presencia.

—Tus hijos van a una escuela privada, ¿verdad, Sheba?
—solté.

Sheba se inclinó hacia mí con una sonrisa y, acercando
una mano ahuecada a la oreja, preguntó:

—Perdona, Barbara, ¿cómo has dicho?

—He dicho que llevas a tus hijos a escuelas privadas, ¿no
es así?

Se produjo un silencio.

—¿No es verdad? —añadí.

Bangs, Elaine y Michael me miraron, perplejos. Luego los
tres sonrieron con malicia. Para entonces todos los profesores sabían que los dos hijos de Sheba iban a escuelas privadas
—Linda Preel, profesora de francés, se lo había sonsacado a
principios del trimestre—, pero hasta entonces nadie la había
desafiado por eso. Eran todos demasiado timoratos. Personal-

mente no tengo nada en contra de la educación privada. Mi primer empleo de profesora fue en una escuela privada de Dumfries y, de no haber sido por problemas personales con algunos profesores de aquella institución, aún seguiría dando clases allí. Sin embargo, para mis colegas de miras estrechas, la educación privada es un pecado, lisa y llanamente. Junto con los abrigos de piel y la caza del zorro, figura en su lista de las diez Cosas Realmente Reprobables.

Sheba se volvió hacia mí, con una expresión confusa en el rostro.

—Sí —contestó—, de hecho, mi hija va a un internado. Fue un tiempo al Maitland Park Comp, pero no le gustó mucho.

—Ya veo —dije—. ¿Y tu hijo? ¿También ha puesto reparos a los patanes de las escuelas públicas?

Sheba sonrió sin alterarse.

—Bueno, Ben va a un sitio especial…

—¡Ah! —interrumpí—. Un sitio especial.

—Sí. —Sheba hizo una pausa—. Tiene síndrome de Down.

Las sonrisas de expectación de Elaine y Michael se desvanecieron. Bangs parecía a punto de desmayarse.

—Ah —exclamé—, lo siento, no…

Sheba negó con la cabeza.

—Por favor, no te preocupes.

Elaine, Michael y Bangs habían recompuesto sus expresiones para esbozar sensibleros visajes de compasión. Me entraron ganas de abofetearlos.

—No, lo siento —corregí—, no quería decir que lo sintiese…

—Ya lo sé —me interrumpió Sheba—. Es simplemente una de esas cosas para las que, cuando las oyes, no encuentras la respuesta adecuada.

Ahí estaba otra vez presente aquel perverso rechazo a reconocer mi hostilidad. La vi como un lago mágico en un

47

cuento de hadas: nada podía alterar la calma especular de su superficie. Mis comentarios insidiosos y acerbas bromas se hundían silenciosamente en sus profundidades sin dejar siquiera la menor onda.

Me gustaría decir que me avergoncé de mí misma. Sin duda ahora me avergüenzo. Pero lo que sentí entonces fue rabia: la rabia virulenta de la derrota. Tras este incidente, ya no volví a acosar a Sheba y me mantuve a distancia de ella. A veces, si nos cruzábamos en los pasillos de la escuela, la saludaba con una parca inclinación de cabeza; pero con mayor frecuencia miraba estoicamente a lo lejos y pasaba a toda prisa por su lado.

Tres

$\mathcal{N}$o me pasa inadvertida la ironía de mi preocupación por la amistad de Sheba con Hodge la Gorda cuando en realidad se estaba preparando para fornicar con un menor. Es triste y un poco mortificante ver que perdí todo ese tiempo pensando en el misterio de los encantos de Sue mientras se cocía ante mis narices una relación mucho más letal. Sin embargo, tampoco puedo decir que mis inquietudes fuesen del todo mal encaminadas. Creo que si Sheba hubiese sido más sensata al elegir a una amiga —si me hubiese elegido a mí en lugar de a Sue desde el principio—, muy posiblemente habría evitado el lío con Connolly. No pretendo exagerar los efectos beneficiosos de mi amistad ni, si a eso vamos, la influencia nociva de Sue. Siempre he procurado escapar a las explicaciones sencillas y generales de lo que hizo Sheba y sin duda sería absurdo atribuir la responsabilidad de sus actos a otra persona. Pero si Sheba, en ese momento tan delicado de su vida, hubiese recibido el apoyo emocional de un adulto sensato, quizá no la habría tentado tanto el consuelo engañoso que podía ofrecerle Connolly. De hecho, cuando me acuerdo de esa época, lo que me llama la atención no es lo inexacto de mis inquietudes acerca de Sheba sino, por el contrario, lo mucho que acerté al intuir su vulnerabilidad. Toda la angustia que sentí por ella y Hodge —toda la frustración que sentí al verme excluida de su vida— aparece ahora como algo muy a propósito. De todos sus amigos, parientes y colegas, sólo yo, por lo visto, había percibido su necesidad desesperada de que alguien la guiara.

Justo después de la mitad del trimestre, Connolly se presentó otra vez en el taller de Sheba. Llegó cuando las clases ya habían acabado y ella, sola en el barracón, recogía unas estatuillas de animales que habían modelado sus alumnos de tercero. Llevaba unos dibujos para enseñarle, dijo. Había estado lloviendo de manera intermitente a lo largo del día. Connolly tenía el pelo pegado a la cabeza y desprendía un olor dulce a ropa mojada. Cuando se acercó a Sheba, le llegó una vaharada de su aliento, también dulce, pensó, casi acaramelado. Se sentaron y miraron los dibujos: por deferencia a su consejo, los había hecho todos a partir de modelos reales. Después examinaron unos cuantos leones y pandas de los alumnos de tercero, riéndose de los más toscos. En determinado momento, Sheba intentó explicarle los principios del vidriado. La impresionó la atención con que el chico la escuchaba. Parecía realmente interesado, pensó. Interesado y deseoso de aprender. Así debía ser la enseñanza, se dijo.

Poco antes de marcharse esa tarde, Connolly alzó la vista hacia un cartel del Museo Británico en que aparecía representada una urna de la antigua Roma y comentó lo extraño que resultaba pensar que una persona real —«un tío de verdad, hace miles de años»— había creado ese objeto. Sheba lo miró con cautela. Hasta entonces ningún alumno había mostrado el menor interés en sus carteles. El comentario de Connolly reflejaba hasta tal punto el tipo de sentimiento que ella deseaba inspirar que casi sospechó que se burlaba de ella.

—Es alucinante, ¿no le parece? —añadió, apartándose el flequillo. En su rostro no se advertía indicio alguno de intención satírica.

—Sí —contestó ella con entusiasmo—. Sí, exacto. Tienes toda la razón. Es alucinante.

Connolly se dispuso a marcharse. Sheba le dijo que pasara a verla con sus dibujos cuando quisiera y añadió:

—Tal vez la próxima vez que vengas probemos a hacer algo con arcilla.

Connolly asintió, pero no dijo nada, y Sheba temió haber ido demasiado lejos. Al ver que Connolly no se presentaba el martes, el miércoles ni el jueves de la semana siguiente, lo interpretó como una confirmación de sus temores.

Pero el viernes, justo cuando Sheba llenaba el horno, Connolly volvió. No había podido ir antes, explicó, porque se lo habían impedido los castigos después de clase. Sheba, decidida a no mostrarse dominante esta vez, se encogió de hombros y dijo que se alegraba de verlo. Él llevaba más dibujos y de nuevo examinaron su obra largo rato antes de pasar a charlar más ampliamente de la escuela y otros temas. Él se quedó con ella casi dos horas. Hacia el final de la visita, mientras Sheba explicaba la importancia de las temperaturas de cocción, él la interrumpió para comentarle lo bien que hablaba. No necesitaba trabajar de profesora, le dijo muy serio. Podía dedicarse a «dar el parte del tiempo por la tele o algo así». Sheba encontró graciosa su torpeza y sonrió. Tendría en cuenta el consejo profesional, le dijo.

Cuando él volvió la semana siguiente, no llevó su cuaderno de dibujo. Esa semana no había podido hacer nada, dijo. Pasaba por allí sólo para charlar. Sheba, complacida de que él ya no necesitara la excusa de sus consejos artísticos para visitarla, le dio una calurosa acogida. Tenía un libro con reproducciones de Degas en su escritorio —lo había llevado con la esperanza de encandilar a las chicas de cuarto con las bailarinas— y cuando Connolly lo cogió, lo animó a mirarlo.

El chico empezó a hojear el libro, deteniéndose de vez en cuando para que Sheba aclarase el comentario de alguna pintura o escultura en particular. Le agradó mucho la reacción de él ante un cuadro titulado *Malhumor*. Según el libro, explicó ella, la relación entre el hombre y la mujer era un misterio y nadie sabía con certeza cuál de los dos estaba de peor humor.

Tras volver a mirar el cuadro, Connolly afirmó que no había ningún misterio: era evidente que el malhumorado era el hombre. La mujer, inclinada hacia él, intentaba obtener algo y la postura encorvada y hosca de él reflejaba su contrariedad. Sheba quedó impresionada de semejante análisis y felicitó a Connolly por su sutil observación del lenguaje corporal. Cuando el chico se fue, no pudo evitar reírse sola. ¡El profesor de educación especial de Connolly se habría llevado una sorpresa, pensó, si hubiese visto a su alumno con problemas de aprendizaje hablar con tanto entusiasmo de Degas!

Conforme pasó el tiempo y las visitas se convirtieron en rutina, Connolly se creció y empezó a expresar otras ideas sobre el arte y el mundo. En ocasiones, cuando Sheba y él hablaban o miraban cuadros, de pronto se levantaba y se acercaba a la ventana del taller para hacer algún comentario sobre la forma de las nubes o el color púrpura del cielo crepuscular. Una vez, en lo que sin duda fue un momento de desesperación, incluso acarició la áspera tela mostaza de las cortinas del taller y afirmó que era un «tejido interesante».

Para mí, es bastante obvio que había un marcado elemento de cálculo en esos pequeños estallidos de nostalgia y asombro. No quiero decir que el chico actuase con cinismo, no es eso. Simplemente quería agradar. Se había dado cuenta de que gustaba más a Sheba cuando hacía comentarios sensibles sobre cuadros y cosas así, y por consiguiente exageraba sus fantasiosas cavilaciones. Si eso es cinismo, habría que reconocer que todo cortejo es cínico. Connolly hacía lo que hace todo el mundo en semejantes situaciones: adornar su tenderete pensando en lo que más complacerá a su cliente.

Pero durante mucho tiempo Sheba no vio nada de eso. Ni

se le ocurrió que la pueril profundidad de los pensamientos de Connolly o su «pasión» por el horno no fueran sinceras. Y cuando por fin se dio cuenta, más que desilusionarse, se conmovió. Hasta el día de hoy defiende con ardor la «brillantez» y la «imaginación» de Connolly. Si simuló intereses que no eran los suyos, dice, el fingimiento puso de manifiesto una «capacidad de adaptación social muy desarrollada» por su parte. Para la escuela, la posibilidad de que Connolly sea listo es motivo de vergüenza, sostiene, «porque siempre lo tacharon de corto de luces».

Por supuesto, la escuela nunca tachó a Connolly de corto de luces. El hecho de que considerasen que necesitaba educación especial —que debía recibir ayuda por su dislexia— indica todo lo contrario. Ningún otro profesor de la escuela se interesó tanto por sus aptitudes intelectuales como Sheba, es cierto. Pero la verdad es que Connolly no es un chico muy interesante. Es un muchacho corriente con una inteligencia también corriente.

¿Por qué, pues, incurrió Sheba en una valoración tan desproporcionada de sus virtudes? ¿Por qué insistió en verlo como si fuera su Helen Keller en un mar de patanes? Los periódicos dirán que el deseo le nubló la razón: Connolly la atraía, y para justificar esa atracción, se convenció de que era una especie de genio. Eso tiene su lógica. Pero no lo explica todo, a mi modo de ver. Para entender realmente la reacción de Sheba ante Connolly hay que tener en cuenta también su muy limitado conocimiento —y sus escasas expectativas— de los individuos de la clase social de Connolly. Antes de conocerlo, Sheba nunca había trabado una relación íntima con un auténtico miembro del proletariado británico. Su contacto con ese estrato no iba —ni va— mucho más allá de lo que había visto en los culebrones más descarnados y las numerosas mujeres de limpieza que habían trabajado en su casa a lo largo de los años.

Naturalmente, ella lo negaría. Como muchos miembros de la alta burguesía londinense, Sheba se aferra a una falsa idea de sí misma como mujer de mundo. Cada vez que digo que es de clase alta, lanza un alarido de protesta. (Es de clase media, insiste; como mucho, media alta.) Le encanta ir de compras conmigo al mercadillo de Queenstown o al Shop-A-Lot, al lado de las viviendas de protección oficial de Chalk Farm. La imagen de sí misma como habitante de la jungla urbana se ve reforzada cuando hace cola en una caja junto a madres adolescentes que compran macarrones de cocción rápida en forma de Teletubbies para sus hijos. Pero pueden estar seguros de que si cualquiera de esas chicas con la tez ajada prematuramente le dirigiera la palabra, Sheba se llevaría un susto de muerte. Aunque no pueda decirlo, y ni siquiera pueda reconocerlo en sus adentros, para ella la clase obrera es una entidad misteriosa y homogénea: gente irascible, de rostro rubicundo, aturdida por los aditivos de los productos alimenticios y el alcohol.

Con razón Connolly le pareció tan fascinantemente anómalo. Aquí, en medio de los vándalos del norte de Londres, había encontrado a un joven que de hecho buscaba su compañía, que la escuchaba, boquiabierto, cuando ella le hablaba de los grandes artistas, que hacía comentarios fantasiosos sobre las cortinas. La pobre Sheba veía a Connolly con un asombro y un placer semejantes al que ustedes o yo sentiríamos al ver un mono salir de un bosque tropical y pedir un gin-tonic.

Connolly lo sabía, creo. Con esto tampoco quiero decir que hubiese sido capaz de expresar, o siquiera formular de manera consciente, el papel que desempeñaba la clase social en su relación con Sheba. Pero no me cabe duda que percibía la dimensión antropológica del interés de Sheba en él y le siguió el juego. Al describirle su familia y su casa, se esforzó aparentemente por no alterar el concepto ingenuo que Sheba tenía de las costumbres proletarias. Le habló de la caravana en la que su familia pasaba las vacaciones en Maldon, Essex, del empleo a tiempo parcial de su madre como supervisora en un comedor escolar y del trabajo de su padre al volante de un taxi, pero omitió que su madre tenía un título universitario, o que su padre era aficionado a la historia, con especial interés en la guerra de Secesión estadounidense. Estos hechos, ahora que han salido a relucir en la prensa, sorprenden tanto a Sheba —concuerdan tan poco con los matones caricaturescos que la habían inducido a imaginar—, que tiende a pasarlos por alto o no darles crédito. En una entrevista reciente para un periódico, la madre de Connolly mencionó que cuando sus hijos eran pequeños, su marido y ella solían ponerles discos como *El lago de los cisnes* y *Pedro y el lobo*. Al leerlo, Sheba tiró el periódico. La señora Connolly mentía, dijo: intentaba dar una imagen de la vida familiar de su hijo más sana y feliz de lo que en realidad era. «A Steven su padre le pega, ¿sabes? —exclamó—. Le da palizas. Eso no lo cuenta, ¿verdad?»

Esta acusación se basa en algo que le contó Connolly una vez, al principio de la relación. Sheba había hablado de esta conversación a menudo porque, al mencionarle Connolly la violencia de su padre —verdadera o no—, se produjo su primer gesto de intimidad hacia el muchacho. Ocurrió casi al final del trimestre de invierno. Connolly había ido a verla al taller y los dos miraban por la ventana el patio cada vez más oscuro, hablando de la posibilidad de que nevara. Connolly comentó que la nieve siempre ponía de mal humor a su padre. Cuando el señor Connolly «estaba de mala gaita», añadió, solía pegarle. A Sheba no la sorprendió mucho semejante confesión. Había visto varios telefilmes sobre la violencia doméstica, y se consideraba bien informada sobre la brutalidad reinante en las viviendas de protección oficial. Le susurró palabras de consuelo y luego tendió la mano para acariciarle la cabeza. Cuando apartó los dedos, unos mechones de pelo se elevaron tras ellos en una descarga eléctrica. Sheba se rió e hizo un desenfadado comentario sobre la electricidad estática que había ese día en el aire. Connolly cerró los ojos y sonrió. «Hágalo otra vez, señorita», dijo.

Antes de este incidente, Sheba se había preguntado alguna vez hasta dónde llegaría la experiencia sexual de Connolly. El grado de sofisticación sexual entre los chicos del último curso varía bastante. Algunos siguen en la fase de hablar, riendo como tontos, del «árbol que se corre» —un ciclamen del jardín del director—, así llamado porque se supone que desprende un olor parecido al semen. Otros alardean de haber recibido «mamadas» y haberles «metido el dedo» a las chicas. Y luego hay otros que hacen alusiones convincentes a su experiencia sexual. Sheba no podía saber con certeza dónde encajaba Connolly en este espectro, pero se inclinaba a colocarlo en el extremo más inocente de la escala. Tal vez no fuera virgen estrictamente hablando, pero sí inexperto. Sin embargo, en aquel momento, algo en su sonrisa —la seguridad con que le ordenó que volviera a tocarlo— la hizo replantearse su primera impresión.

Sheba no quiso repetir el gesto. Ya era hora de irse a casa, le dijo. Se puso el abrigo y el extraño sombrero peruano que llevaba ese invierno. Después cerró la puerta del taller con llave y los dos atravesaron el patio hacia el aparcamiento. Aunque Sheba le dijo que no se molestara, Connolly se quedó a acompañarla mientras ella abría el candado de la bicicleta. Cuando salieron a la calle, se detuvieron un momento, incómodos, sin saber cómo despedirse. Sheba resolvió la situación dándole de pronto un ligero codazo a Connolly en las costillas y saltando al sillín de su bicicleta. «¡Hasta la vista!», gritó mientras se alejaba. Cuando miró hacia atrás, vio que él seguía en la acera, donde lo había dejado. Ella se despidió con la mano y, poco después, él le devolvió el saludo con un gesto triste.

Siempre me ha parecido interesante preguntar a Sheba el momento exacto en que tomó conciencia de sus sentimientos amorosos hacia Connolly o, más exactamente, de los sentimientos amorosos de él. La he presionado en varias ocasiones para que hablase con precisión al respecto, pero sus respuestas son de una incoherencia exasperante. A veces insiste en que sólo fue culpable de sentir un cariño maternal por Connolly, y cayó «en una encerrona» cuando él la besó por primera vez. Otras veces reconoce tímidamente que se «encaprichó» del chico desde el principio. Me atrevo a decir que nunca conoceremos con certeza la evolución exacta de sus sentimientos románticos. Pero salta a la vista que en esa primera época Sheba no era muy sincera consigo misma acerca de lo que sentía por el chico. El episodio de la caricia en el pelo es un ejemplo. Al volver a casa esa tarde, estaba preocupada, dice. Inquieta. No paraba de dar vueltas a lo sucedido en el taller y decirse que no había por qué darle importancia. Le había alborotado el pelo al chico porque sí, igual que habría hecho una tía. Pero ¿por qué, entonces, sentía la sospecha de que había hecho algo mal? ¿Por qué necesitaba tranquilizarse? Cuando algo es realmente inocente no hace falta decir que lo es. Si lo que había entre el chico y ella era tan sencillo y legítimo, ¿por qué nunca le había mencionado sus visitas a Sue? Se sentía culpable por aquello. ¡Sí, se sentía culpable!

Si Sheba hubiese seguido interrogándose de ese modo con un mínimo de rigor, las cosas quizá habrían sucedido de una manera muy distinta. Pero cerró de golpe la prometedora línea de investigación casi tan pronto como se hubo abierto. No le había hablado a Sue de Connolly, se dijo, porque con toda seguridad habría reaccionado con preocupación desmedida. Habría dicho que los encuentros después de clase eran «inapropiados». Y Sheba sabía con absoluta certeza que no lo eran. ¿Qué importaba lo que pudieran pensar los demás mientras ella supiese que no hacía nada malo? En los últimos tiempos, la gente estaba demasiado alerta con el asunto de los abusos deshonestos. En la obsesión por protegerse de los psicópatas, el mundo había enloquecido un poco. Había quienes ya no tomaban fotos de sus hijos desnudos por temor a que las tiendas de revelado los denunciasen. ¿Cómo iba a sucumbir a esa clase de locura y convertirse en una tiránica Vigilante del Barrio de su propio comportamiento? Le había alborotado el pelo. El pelo. Sólo había pretendido consolar al muchacho, se dijo. Tal vez le habría costado más hacer ese mismo gesto con otro alumno menos atractivo. Pero ¿y qué? No podía esperarse que permaneciese ajena al aspecto y el olor de los chicos. Se pasaba el día enfrentándose a su realidad corpórea: inhalando sus pedos, mirando con lástima su acné. Algunos tenían un aspecto espantoso y otros eran atractivos. ¿Qué clase de santo no vería la diferencia? Cualquier placer que le produjese el físico de Steven no era más o menos sospechoso que el placer que sintió en su día con los cuerpos aterciopelados y rollizos de sus propios bebés. Sin duda se trataba de un placer sensual, pero desde luego no sexual.

Un viernes por la tarde, no mucho antes de las vacaciones de Navidad, Connolly se presentó en el Club de Tareas que vigilaba Sheba. No se habían encontrado en público desde el inicio de su amistad y Sheba se sintió un poco incómoda. Connolly llegó tarde, acompañado de un chico delgado y risueño llamado Jackie Kilbane. Según las notas que entregaron, los habían cogido a principios de esa semana compartiendo un cigarrillo en los ruinosos lavabos exteriores de la escuela. Como castigo, tenían que quedarse una hora después de clase durante quince días. Cuando Connolly se detuvo ante su escritorio, Sheba percibió en él cierta actitud maliciosa y furtiva. Al sonreírle, no la miró a los ojos.

Después de apuntarlos en la lista, Connolly y Kilbane

se retiraron al fondo del aula, donde empezaron a mecerse en sus sillas y cuchichear. Sheba no pudo oír qué decían, pero tuvo la molesta sensación de que era algo obsceno y de que tenía que ver, de algún modo, con ella. La sospecha fue en aumento cuando Kilbane se levantó y se acercó a su escritorio para pedir más papel. Kilbane es un muchacho desagradable, de rostro feo y amarillento y actitud descarada, insinuante. Tiene una fina línea de vello sobre el labio superior, como una pequeña oruga. A Sheba le daba grima. Cuando revolvió en el cajón del escritorio para sacar el papel, el chico se colocó incómodamente cerca de su silla; pero sólo cuando se levantó, se dio cuenta de que intentaba mirarle debajo de la blusa. Le dio el papel y, con aspereza, le ordenó que volviera a su pupitre. «Vale, vale —dijo él en tono burlón mientras se alejaba—. No se ponga nerviosa.» Sheba miró a Connolly. Había estado observándolos con atención. Cuando sus miradas se cruzaron, él tenía una expresión dura, hostil. Toda la suavidad de sus rasgos había desaparecido.

Sheba se sintió traicionada. Lo había creído especial y ahora estaba allí, lanzando bolas de papel, intrigando con su espantoso amigo para verle los pechos. Al mismo tiempo, sintió una clara punzada de… ¿qué era? ¿Agitación? ¿Excitación? Por un instante, se vio a sí misma imaginando cómo sería yacer debajo de él, recorrer su cuerpo con las manos. Asustada, sacudió la cabeza. No debía haber sido tan indulgente y considerada con él, se dijo. Ahora tendría que dar marcha atrás.

Hacia el final de la primera media hora, Kilbane y Connolly empezaron a pelear en broma: revolcándose por el suelo mientras el resto del grupo del CT los jaleaba a gritos. Ninguno de los dos reaccionó, cuenta Sheba, cuando se levantó del escritorio y se plantó ante ellos, ordenándoles en voz alta que acabasen con aquello. Al final amenazó con llamar al·señor Mawson si no paraban de inmediato y la acompañaban afuera. Los chicos se levantaron del suelo, sin dejar de reír, y salieron al pasillo. Pero en cuanto Sheba cerró la puerta del aula y se encontró cara a cara con los dos, no supo qué hacer. Con eso, sólo pretendía alejarlos de aquel público que los incitaba. Una vez conseguido esto, no sabía cuál debía ser su siguiente estrategia.

Casualmente, yo pasaba por el Pabellón Medio, de camino a una reunión con el director, cuando aparecieron Sheba y los dos chicos. Oí la voz de Sheba, aguda y reprobatoria, antes de verla. Al doblar la esquina, divisé el pequeño corrillo en conflicto en la otra punta del pasillo. Sheba, con los pies separados y firmemente plantados, parecía dispuesta a hacer un *plié*. Tenía las manos apoyadas en las caderas. Recordaba al símbolo de la ira en las cartas del tarot. Los chicos, muy versados en las posturas del cuadro vivo formado por profesor y alumno, estaban reclinados contra una pared, con las manos hundidas en los bolsillos.

Dado que ya corría peligro de llegar tarde a mi cita con Pabblem, y dado que mi relación con Sheba había llegado a un punto tan difícil, estuve tentada de pasar por alto el contratiempo que pudiera tener con los dos chicos y limitarme a seguir de largo. Pero al acercarme oí claramente al chico más alto llamarla «vaca estúpida».

—¿Qué has dicho? —pregunté con aspereza. Al margen de mis sentimientos personales hacia Sheba, me sentí obligada a responder a la grosería del chico. Lo contrario habría sido incumplir con mi deber.

Los tres se volvieron hacia mí. Sheba tenía una expresión ligeramente enloquecida en la mirada y una reveladora mancha escarlata en las mejillas.

—¿Están causándole problemas estos chicos, señora Hart? —pregunté.

—Me temo que sí, señorita Covett —contestó Sheba. Le

temblaba la voz—. No han parado de hablar y armar jaleo desde el principio del CT. Y ahora se han puesto a pelear.

Las dos observamos a los chicos. El más alto, Kilbane, había sido unos de mis peores alumnos de historia el año anterior. Sus compañeros lo llamaban «Lurch». Al rubio no lo conocía. No se le veía tan seguro de sí mismo como a Kilbane y cuando le pregunté el nombre, contestó en voz baja mirando el suelo.

—¿Perdón? —dije—. Habla más alto, por favor.

Levantó la cabeza.

—Steve Connolly, señorita —contestó. La voz aún conservaba algo de infantil: un chirriante sonido de clarinete.

Seguí el proceso habitual en esos casos ante los chicos: indignación fría, amenazas calientes, admoniciones para hacerlos «entrar en vereda». Supongo que cargué un poco las tintas por Sheba. Mientras hablaba, Connolly mantenía la vista fija en el suelo y levantaba la cabeza de vez en cuando para mirar a Sheba.

—Mírame cuando te hablo —le ordené.

¿Percibí algo sexual en su actitud en aquel momento? Es posible. Pero el trato con los alumnos masculinos de esa edad rara vez está exento de cierto cariz sexual. Una escuela de secundaria viene a ser como una sopa de hormonas. Es inevitable que todos esos cuerpos apretujados —rebosantes de pubertad y fantasías adolescentes de bajo nivel— generen cierta atmósfera. Incluso yo, una mujer de sesenta y pocos años y no precisamente una belleza —cosa en la que todo el mundo coincide—, he incitado alguna vez la curiosidad hormonal de mis alumnos de quince años. Es algo a lo que una se acostumbra. Muy de vez en cuando, la tensión sexual se libera mediante algún tipo de pequeño estallido: un toqueteo, una amenaza. En 1982 se produjo un incidente con un chico de la peor especie, un tal Mark Roth, que atacó a la joven que en esa época daba clases de conversación en francés. (Por lo visto, estaba encima de ella cuando sus gritos alertaron a un profesor que pasaba casualmente por allí.) Pero eso fue un caso excepcional. En general, la angustia sexual de la población estudiantil de la escuela no es más que un indistinto zumbido de fondo: como ruido blanco.

Cuando acabé de reñir a los chicos, los acompañé de vuelta al aula y los observé mientras se sentaban para cumplir con las tareas asignadas. Yo no había manejado la situación con mucho tacto. Según las normas de etiqueta de la escuela, cuando la autoridad moral de un profesor ante los chicos es claramente superior a la de otro miembro del profesorado, debe intentar minimizar la diferencia para que no se note. En lugar de eso, yo me había desviado de la pauta para exhibir mis mayores dotes disciplinarias. Me acerqué a Sheba, que estaba de pie al frente del aula.

—No dudes en llamarme si estos dos te dan más problemas —le dije.

Pensé que estaría irritada. Pero cuando me alejé, fue detrás de mí, con una gran sonrisa en el rostro estrecho. En la puerta, se acercó y me puso la mano en el hombro.

—Muchísimas gracias por salvarme —susurró.

Tan desconcertada me quedé que no supe qué contestar. De hecho, hasta que salí al pasillo y cerré la puerta, no pensé que habría debido dar algún tipo de respuesta.

Cuatro

*P*or supuesto, llegué tarde a mi cita con Pabblem. Cuando entré en su despacho, lo encontré arrodillado en su silla ergonómica sin respaldo, emanando una especie de remilgado descontento.

—¡Por fin! —exclamó al verme. A continuación me saludó con la cortesía un poco excesiva de quien se propone dispensar un trato desagradable—. Por favor... —Señaló una silla (no ergonómica, un modelo normal) al otro lado de su escritorio.

Me senté. El centro administrativo de la escuela se encuentra en un feo anexo en forma de ele del edificio de ciencias, y el despacho de Pabblem, situado al final del anexo, da a un pequeño recuadro de hierba y arriates llamado «el jardín del director». Esa tarde, Phelps, el portero de la escuela, y Jenkins, su depresivo ayudante, estaban en el jardín instalando una pila para pájaros. Yo observaba sus maniobras cómicamente torpes por encima del hombro de Pabblem mientras éste hablaba.

—¿Ha ido bien la semana? —preguntó Pabblem.

Asentí. No iba a malgastar energía en mostrarme afable.

—Ya, ya —prosiguió—. Veo que ya tienes una taza de café, así que... vayamos al grano.

Apenas quince días antes, otros tres miembros del Departamento de Historia habían llevado a ochenta alumnos del último curso de excursión a la catedral de Saint Albans como parte de un trabajo trimestral sobre las iglesias. Mientras estaban allí, un grupo de unos quince chicos se escapó y saqueó las tiendas del centro. Pillaron a unos cuantos in fraganti y los llevaron a la comisaría, donde se presentaron cargos contra ellos. Al día siguiente, Pabblem se vio inundado de quejas y amenazas de los dueños de las tiendas de Saint Albans, y luego, esa misma semana, el ayuntamiento de Saint Albans comunicó a la escuela que sus alumnos tenían prohibido volver a visitar el pueblo. Yo no fui a la excursión pero, como miembro más antiguo del Departamento de Historia, Pabblem me encargó un informe sobre el incidente. Mi cometido oficial consistía en explicar aquella «falta de disciplina» y sugerir maneras de evitar semejantes problemas en el futuro. Pero, en realidad, mi misión era dejar constancia de que no podía atribuirse la menor responsabilidad de este lamentable episodio a Pabblem en su calidad de director. El informe acabado, que había entregado a Deirdre Rickman esa misma mañana, no cumplía ninguna de esas funciones, de un modo bastante ostensible.

—En primer lugar —dijo Pabblem—, quiero darte las gracias por lo mucho que has trabajado para escribir este trabajo. —Pabblem siempre llama «trabajos» a los informes que encarga, como si la vida en el Saint George fuera una perpetua cumbre internacional de médicos especializados en el sida—. Sean cuales sean las objeciones que voy a plantear —prosiguió—, quiero que sepas que no menoscaban mi valoración de tus esfuerzos. —En este punto hizo una pausa para darme ocasión de agradecer su imparcialidad salomónica. Al ver que permanecía callada, carraspeó afectadamente y siguió—. Debo ser franco contigo, Barbara. Al leer tu trabajo, me he quedado un poco confuso. De hecho, me ha decepcionado, lamento decir.

De pronto sonó en el despacho un timbre estridente. Pabblem, con un suspiro, se inclinó para pulsar un botón del intercomunicador.

—¿Sí?

—Colin Robinson al teléfono —anunció la voz de Deirdre Rickman.

—Ahora no puedo hablar con él —dijo Pabblem con irritación—. Dile… —Se pasó los dedos por el ralo cabello rojo, cual ejecutivo agobiado—. No, espera. Pásamelo.

Levantó el auricular y se encogió de hombros en un gesto de disculpa.

—¿Colin? ¿Qué tal?

Durante la breve conversación que tuvo lugar, Pabblem ladeó la cabeza y sujetó el auricular entre el hombro y la oreja, dejando las manos libres para colocar en un orden simétrico aún más perfecto los pulcros montones de documentos de su escritorio. Mientras observaba los melindrosos gestos de sus manos blancas, se me puso la carne de gallina en los brazos. Miré por la ventana. Phelps y Jenkins seguían enfrascados en su misteriosa payasada con la pila para pájaros.

—Perfecto, sí. Sería fantástico —decía Pabblem—. Colin, eres genial…

Cuando Pabblem llegó al Saint George hace siete años, el consejo escolar lo recibió como «una bocanada de aire fresco». El profesorado no cabía en sí de entusiasmo. Entonces contaba treinta y siete años —el director más joven que había tenido la escuela— y, a diferencia de su predecesor, el melancólico Ralph Simpson, se decía que «era un excelente comunicador». En su antiguo cargo de subdirector de una escuela en Stoke Newington, había creado un Departamento de Teatro y desarrollado un «programa ecológico de barrio» que recibió un premio.

Desde entonces, sin duda Pabblem había cumplido esas expectativas de innovación. Gracias a él, ahora el Saint George cuenta con una ensalada entre las opciones del menú diario y con una revista anual de escritura creativa llamada

El ojo a la virulé. (El logo es un retrato de un niño con un ojo morado.) También hay un «día de la subversión»: ese día se invierten los papeles y los alumnos tienen la oportunidad de enseñar a sus profesores (Pabblem se une a la diversión encarnando al «Señor del Desgobierno» y se pasea por las aulas tocado con un gorro de bufón.)

Sin embargo, Pabblem no es un director popular ni siquiera entre los profesores a quienes gustan estas cosas. Tras su apariencia de hombre de trato fácil, resultó ser un individuo en extremo pedante, un déspota mezquino obsesionado con los gráficos de puntualidad del personal, las «charlas» obligatorias para el profesorado y todas esas nimiedades burocráticas que sólo sirven para perder el tiempo. Al menos una vez al trimestre Pabblem obliga a todo el profesorado a asistir a una charla especial que da algún joven avinagrado del Departamento de Enseñanza. Como hace alarde de su progresismo, los temas están siempre en la línea de «Cómo enfrentarse al reto de la diversidad» o «La formación de los discapacitados». Poco antes de llegar Sheba a la escuela, creó un sistema llamado «Vigilancia del Ánimo», por el cual todos los profesores deben rellenar un informe semanal sobre su salud mental y anímica. (El menor reconocimiento de insatisfacción se premia con angustiosas entrevistas de seguimiento, así que lógicamente todo el mundo contesta con grandes manifestaciones de júbilo.) Los defensores originales de Pabblem intentan ampararse en el pretexto de que el poder lo ha cambiado. En mi opinión, el poder simplemente le ha dado la oportunidad de desarrollar una molesta tendencia autoritaria que siempre estuvo presente. En cualquier caso, ya nadie dice que es una bocanada de aire fresco.

Cuando Pabblem terminó de hablar por teléfono, llamó a Deirdre por el intercomunicador:

—No me pases más llamadas a menos que sea algo urgente. —A continuación se volvió hacia mí—. Bien. —Cogió mi informe—. En fin, Barbara, creo no equivocarme al decir que se te pidió un análisis sobre la falta de disciplina en la excursión a Saint Albans y, si era posible, sugerencias para mejorar en el futuro nuestros procedimientos de seguridad en esta clase de excursiones.

—De hecho… —empecé a decir.

Pabblem levantó una mano para interrumpirme.

—Pero no me has… —dije.

—Ajá. —Sacudió la cabeza—. Un momento, Barbara, permíteme acabar. Fueran cuales fuesen los términos exactos que empleé, creía haber dejado muy claro que quería un trabajo de orientación práctica sobre los problemas relacionados con el control escolar. Lo que has entregado es… en fin… un ataque al programa de historia del Saint George.

—No sé muy bien a qué te refieres por «orientación práctica»… —contesté.

Pabblem entornó los ojos.

—Barbara, por favor. —Enseguida volvió a abrir los ojos—. Coincidirás conmigo en que he creado un entorno de trabajo bastante relajado. Estoy muy abierto a distintos enfoques e ideas. Pero tú y yo sabemos que este informe no es lo que pedí. ¿No es así? —Se humedeció el índice con la lengua y empezó a pasar las hojas del informe—. En serio, Barbara…

Lo miré sin entender nada.

—A mi juicio, me ceñí perfectamente al objetivo del informe —contesté.

Se quedó mirando a lo lejos con el entrecejo fruncido y al cabo de un momento empujó el informe hacia mí por encima del escritorio.

—Lee eso —dijo. Estaba abierto en la última página, donde rezaba el título «Conclusión».

—No me hace falta. Lo escribí yo.

—No, no, quiero que vuelvas a leerlo. Desde mi punto de vista. Quiero que pienses si esto puede mejorar mi capacidad, como director, para responder a la crisis de Saint Albans.

—Estoy dispuesta a aceptar que no te parece útil. No necesito volver a leerlo.

—Barbara —Pabblem se inclinó hacia delante en la silla y sonrió, visiblemente tenso—, por favor, haz lo que te pido.

Hombrecillo odioso. Crucé las piernas y agaché la cabeza para leer.

En el margen de la página, Pabblem había trazado tríos y a veces cuartetos de pequeños signos de exclamación e interrogación. El último párrafo le había provocado tal agitación o rabia que lo había pintado por entero con un rotulador amarillo fosforescente.

Gavin Breech, a quien considero el cabecilla de la expedición infractora, es un chico muy desagradable: iracundo, violento e incluso, me atrevería a decir, un poco loco. Dudo que le sirva ninguno de los procedimientos de rehabilitación proporcionados por el Saint George. Lo mejor que podríamos hacer, a mi juicio, es expulsarlo. Sin embargo, insisto en que este tipo de solución no garantiza el fin de estos incidentes. Parece que la erupción periódica de una conducta indisciplinada, incluso delictiva, entre nuestros alumnos será una constante de la vida escolar en el futuro inmediato. Dado el perfil socioeconómico de nuestra zona de captación, sería una estupidez pensar lo contrario.

—¿Y? —preguntó Pabblem cuando levanté la vista—. ¿Crees que eso es una aportación útil?

—Creo que podría serlo —contesté—. Me pediste que planteara sugerencias y eso hice. Escribí lo que pienso de verdad.

—¡Por el amor de Dios! —Pabblem golpeó en el escritorio con su puño blanco.

Se produjo un silencio, durante el cual se apartó un mechón de pelo que le había caído ante el ojo.

—Mira, Barbara —siguió en voz más baja—, al encargarte este trabajo, te daba la oportunidad de dejar tu impronta en algo. —Sonrió—. Este proyecto, si se aborda con el adecuado planteamiento creativo, convierte a una profesora en aspirante a la subdirección...

—Pero es que yo no quiero ser subdirectora —repliqué.

—Al margen de eso —dijo él, y la sonrisa desapareció de su rostro—, la falta de esperanza que preconizas aquí no tiene cabida en el Saint George. Sintiéndolo mucho, debo pedirte que vuelvas a intentarlo.

—Así que me estás censurando.

Se rió con amargura.

—Vamos, Barbara, no seamos infantiles. Te estoy dando la posibilidad de superar tu primer intento. —Se levantó de la silla y se dirigió hacia la puerta—. Se acercan las vacaciones. Eso te dará tiempo de sobra para pensarlo. Si puedes entregarme un nuevo borrador a principios del próximo trimestre, ya estará bien.

—Si no te gusta lo que digo, ¿por qué no se lo pides a otro? —pregunté.

Pabblem abrió la puerta.

—No, Barbara —contestó con firmeza—. Quiero que lo hagas tú. Será un buen aprendizaje para ti.

El lunes siguiente, cuando un camarero me acompañaba a una mesa en La Traviata, alguien tendió el brazo como una barrera de peaje para interceptarme el paso. Era Sheba, sentada en un reservado con Sue.

—¡Barbara! —dijo—. ¡Te he estado buscando! Quería volver a darte las gracias por tu ayuda del viernes.

Me encogí de hombros.

—De nada. —A continuación señalé al camarero que me llevaba a mi mesa—. Tengo que irme.

—Ah, ¿por qué no te sientas con nosotras? —ofreció Sheba, y me dirigió una radiante sonrisa. Sue, sentada frente a ella, tamborileó con los dedos regordetes en la mesa de formica y frunció el entrecejo.

—Esto… —dije.

—Va, por favor —rogó Sheba—. Aún no hemos pedido.

Era evidente que no estaba al corriente de la guerra fría entre Sue y yo. Para mí, fue un alivio y al mismo tiempo una vaga decepción. ¿Cómo era posible que ni siquiera hubiesen hablado de mí?

—¿Seguro? —pregunté—. No quiero irrumpir…

—No seas tonta —dijo Sheba.

—Bueno, de acuerdo. —Me volví hacia el camarero—. Me quedaré aquí, gracias.

—¡Qué bien!

Sheba se apartó para dejarme sitio junto a ella en el reservado. Sue encendió un cigarrillo. Su expresión sugería el tipo de suplicio absolutamente incomunicable y profundamente íntimo de alguien a quien acaban de atrapar el pulgar con la puerta de un coche.

—Barbara estuvo maravillosa la otra tarde —comentó Sheba mientras examinábamos el menú en la pizarra colgada de la pared encima de nosotras—. Cuando ya iba a perder el control con dos chavales del CT, apareció ella y me sacó del apuro. —Se volvió hacia mí—. Espero que no llegases tarde a la reunión con el director por mi culpa.

Negué con la cabeza y contesté:

—Ojalá hubiese llegado tarde. Desde luego esa reunión no merecía puntualidad.

—Vaya —dijo—, ¿así que no fue bien?

—No le gustó el informe que me encargó por lo de Saint Albans.

—¿Y qué escribiste? —preguntó Sue.

Les hice un resumen. Cuando acabé, Sheba se reía.

—¡Dios santo, qué valiente eres! ¿Estaba muy enfadado?

—A su manera inútil y nerviosa, sí.

Volvió a reírse.

—Sí que es un poco estúpido, ¿verdad? El otro día me arrinconó en el jardín del director y me preguntó mi opinión sobre lo que pensaba plantar en primavera. Me pareció todo muy chillón, ya sabes, tulipanes por todas partes, pero me temo que no fui ni la mitad de valiente que tú. Dije que me parecía todo precioso. ¡Se quedó tan contento que resultaba patético! Da rabia cuando los hombres hacen eso: preguntar algo que te obliga a contestar con una mentira.

Sue se rió en señal de aprobación.

—Bueno, retiro lo dicho —corrigió Sheba, ahora frunciendo el entrecejo—. Ha sido una maldad por mi parte. Seguro que yo también busco cumplidos…

—Nada de eso —interrumpió Sue—. Es verdad, los hombres son como críos. Siempre quieren oír lo maravillosos que son. Su problema es que son muy inseguros. Necesitan que les alimenten el ego, ¿no?

Esperé a que callara, para que Sheba pudiera acabar lo que quería decir. Pero siguió hablando.

—Las mujeres somos demasiado astutas para dejarnos engañar por los halagos. Si Ted me dice algo agradable, sé que quiere echar un polvo. Porque ésa es otra. Los hombres son como perros, ¿no? ¡Tienen el cerebro entre las piernas!

Nunca me han gustado esas conversaciones entre mujeres, en particular esa tendencia a considerar al sexo opuesto un caso perdido. Antes o después, siempre parecen degenerar en críticas al miembro masculino entre risas ahogadas. Es una estupidez. Está muy por debajo de las mujeres. Y curiosamente las que caen en este tipo de misandria de baja categoría son las que más se someten a los hombres. Miré a

71

Sheba. Escuchaba el parloteo de Sue con aparente interés. ¿Sería ése el tipo de conversación que la había seducido hasta el punto de hacerse amiga de Sue?

—Os aseguro —explicaba Sue— que cuando Ted me dice «Sí, estás preciosa, querida», siempre sé cuándo miente. En cambio, si yo le digo a Ted que parece un dios griego, siempre se traga el anzuelo.

Ted era la pareja de Sue. Cuando todavía nos tratábamos, lo llamaba su «amante» o, peor aún, su «viejo». «Cállate, cállate —pensé, mientras seguía con sus quejas—. Cállate, vaca aburrida. Deja hablar a Sheba.»

Al final paró de hablar.

—Bueno, tal vez tengas razón, Sue —dijo Sheba—. Pero a veces pienso que se trata más bien de un problema mío. Tampoco estoy obligada a dar la respuesta que busca Pabblem o quien sea. A lo mejor sólo lo culpo de mi propia pusilanimidad. ¿Por qué siempre necesito decir a la gente lo que quiere oír? Mi marido sostiene que tengo mucha empatía, pero me temo que eso sólo es una manera amable de decir que quiero complacer a todo el mundo.

—Pues no intentes complacer a los alumnos —dije, pensando en sus problemas disciplinarios—. Eso siempre acaba mal.

Llegó el camarero y tomó nota de nuestros pedidos. Sue quería lasaña. (Es una glotona incorregible.) Sheba había pensado en una ensalada, pero cuando me oyó pedir minestrone, decidió que quería lo mismo. Eso enojó a Sue, no pudo disimularlo. Y cuando se alejó el camarero, me lanzó una mirada de reprobación acompañada de una estúpida sonrisa.

—¿Qué decías, Barbara? —preguntó—. ¿Que no había que intentar complacer a los alumnos? Me temo que eso no te lo puedo dejar pasar. No estoy en absoluto de acuerdo contigo. No tiene nada de malo querer hacer felices a los chicos, ¿sabes? Cuando se sienten a gusto, están receptivos, y cuando están receptivos, aprenden. Creo, muy apasionadamente, que gran parte de la enseñanza consiste en crear un ambiente cálido que permita aprender.

Hacía mucho tiempo que no oía las majaderías de Sue. Eran tan ridículas como las recordaba.

—Mmm, eso es muy interesante, Sue —opiné—. Pero, claro, tú tienes tu maravilloso instrumento para ayudarte, para amansar a las fieras... Porque todavía tienes tu banjo, ¿no es así?

Sue me fulminó con la mirada.

—Pues sí. Pero no es cuestión del instrumento en sí...

—Ah, no, claro.

—Ay, ojalá yo supiera tocar algo —intervino Sheba—. Mis padres me obligaron a estudiar piano de pequeña, pero...

—¡Vaya, Sheba! ¡No lo sabía! —En el tono de Sue se adivinaba cierta indignación por el hecho de que existiesen aún detalles de la biografía de Sheba que ella, a esas alturas, no conociese.

—Sí, pero sólo hasta los doce años. Después, desistieron. Se me daba realmente mal...

—¡Ah, no! —protestó Sue—. ¡Eso es imposible! Tú y yo tenemos que intentar hacer dúos juntas. ¡Sería divertidísimo!

Sheba se echó a reír.

—Es que no lo entiendes, Sue. Fue la profesora de piano quien sugirió que lo dejara. No tengo el menor oído musical. Me da pánico que me pidan que dé palmadas para acompañar una canción en un lugar público.

—¿Ah, sí? —observé—. A mí me pasa lo mismo.

—Tonterías —objetó Sue sin hacerme caso—. No dejaré que te salgas con la tuya, Sheba. Lo que pasa es que has tenido una mala profesora.

—No, créeme. Era una causa perdida —dijo Sheba. Se volvió hacia mí—. ¿A ti también te obligaron a tocar un instrumento, Barbara?

—Pues sí —asentí—. La flauta dulce.

—Bueno, la flauta dulce es casi como no haber hecho nada —afirmó Sue, y dejó escapar una risotada aguda—. Es como decir que has estudiado la pandereta...

—Eso no es verdad —objetó Sheba—. ¿Acaso no hay flautistas de talla mundial, igual que violonchelistas y demás?

Sue frunció el entrecejo.

—Bueno, sí...

En ese momento llegó el camarero con las sopas para mí y Sheba.

—¡Qué rica! —exclamó Sheba al probar la suya—. ¡Qué buena idea has tenido, Barbara!

Vi que Sue me dirigía una mirada furibunda desde el otro lado de la mesa. Sonreí, me encogí de hombros y soplé la sopa para enfriarla. Empezaba a divertirme.

Llegaron las vacaciones de Navidad. Sheba y su familia celebraron el día de Navidad en su casa, junto con la ex mujer de su marido y los dos hijos de ese primer matrimonio. Yo fui a Eastbourne, como cada año, a pasar unos días con mi hermana pequeña, Marjorie. Marjorie y su marido, Dave, son miembros devotos de la Iglesia Adventista del Séptimo Día. Ellos y sus hijos —Martin, de veinticuatro años, y Lorraine, de veintiséis— dedican casi todo el día de Navidad a servir sopa a los mendigos como parte del programa de servicios sociales de la parroquia. Yo me quedo en la cama, viendo la televisión. Puedo tolerar perfectamente a la gente que cree en los cuentos de hadas, pero no llego al extremo de participar en el engaño. Mi hermana y yo tenemos un acuerdo tácito acerca de mi no participación en las actividades religiosas. Ella está dispuesta a aceptarlo, siempre y cuando yo finja que me siento «fatal». He pasado tantas Navidades en su casa tumbada en el sofá del salón, simulando beber a sorbos limón con miel, que a estas alturas mis sobrinos me consideran una inválida más o menos permanente.

A principios del siguiente trimestre volví a la escuela un poco alicaída. Las fiestas siempre tienden a deprimirme. No había escrito el nuevo informe para Pabblem, así que no me quedó más remedio que ir a verlo y contarle una mentira sobre «un problema familiar» que me había impedido concederle toda mi atención. Esperaba que por entonces estuviera tan impaciente que anulase el encargo, pero no tuve esa suerte. Tras obligarme a prosternarme durante un rato, me concedió una prórroga de un mes.

Lo único bueno de esos días fue Sheba, que siguió muy amable conmigo. Empecé a reunirme con ella y Sue para comer en La Traviata cada vez más a menudo. No era un trío cómodo. A Sue le molestaba mi intrusión y nunca perdía ocasión de demostrar que su relación con Sheba era más íntima e importante. Una de sus tácticas más transparentes era señalar la enorme diferencia de edad que me separaba de Sheba y ella. Una vez me preguntó, muy seria, si tenía buenos recuerdos de «la era del jazz». Otra vez se detuvo en mitad de una frase para explicarme que Bob Marley era «un famoso cantante jamaicano». Pero en realidad lo hacía todo mal. Sus tácticas eran tan burdas que sólo se perjudicaba a sí misma. Sheba no podía evitar darse cuenta de lo celosa que estaba. Yo me reclinaba y observaba, disfrutando al ver cómo Sue cavaba su propia fosa.

Según mis notas, Sheba no volvió a ver a Connolly tras el desastroso encuentro en el CT hasta un par de semanas después de empezar el segundo trimestre. Una tarde estaba ella en su taller, poniendo orden tras la última clase del día, cuando apareció él con su cuaderno de dibujo. Sheba alzó la vista y luego siguió con lo que estaba haciendo.

Connolly se detuvo en la puerta con actitud vacilante y se quedó mirándola.

—¿Señorita? —dijo tras una pausa—. He traído algo para enseñárselo, señorita.

Sheba se volvió y lo miró fijamente.

—¿Por qué habría de molestarme en mirar tus dibujos cuando has sido tan grosero y desagradable conmigo? —preguntó.

Connolly gimió y puso los ojos en blanco.

—Bah, venga, señorita —dijo con voz cantarina—. Sólo me estaba divirtiendo.

Sheba cabeceó. Eso no bastaba, le dijo. No podía esperar que ella lo tratara como a un adulto —que le dedicara su precioso tiempo— si se comportaba como un niño.

—Y no sé qué le has contado a tu amigo Jackie sobre mí —añadió, enfadada—, pero tampoco me gustó su actitud.

—¡Pero si no le he contado nada! —exclamó Connolly.

Al caer en la cuenta del sentido último de estas palabras, Sheba quedó desconcertada. Quiso objetar que no había «nada» que contar. Y sin embargo, sintió alivio —no lo podía negar— cuando él le aseguró que había sido discreto.

Connolly empezó a decir algo más y de pronto calló.

—¿Qué? —preguntó Sheba.

—Es sólo que… no puedo ser amable con usted delante de los demás —dijo—. Pensarían que soy un pelele.

Sheba se rió y Connolly la miró, alegrándose de haber sido gracioso sin haberlo pretendido.

—Está usted como una cabra, señorita —dijo con tono de aprobación.

Después, la tensión se disipó. Connolly se ofreció a ayudarla a recoger el aula y Sheba aceptó. El chico prácticamente se había disculpado, se dijo ella; sería infantil por su parte guardarle rencor. Connolly empezó a corretear por el aula y recoger papeles y trozos de arcilla con actitud enérgica. Una vez ordenada el aula, se sentó ante el escritorio de Sheba y hojeó un libro de Manet. Sheba le mostró una reproducción a doble página de *Desayuno sobre la hierba*. Era un cuadro muy famoso, le explicó, y provocó un gran escándalo cuando se exhibió por primera vez. Sheba, según cuenta, medio esperaba que él se riera de la mujer desnuda, pero al observarlo vio que tenía una expresión de reverente atención.

—En esa época el ideal físico de la mujer era muy distinto —comentó ella—. Mucho me temo que esas damas no saldrían en el *Playboy*. —Hablaba un poco atropelladamente, advirtió. No quería que el aula quedase en silencio.

Connolly asintió y siguió mirando el cuadro sin decir nada. Sheba contempló su perfil atento. Desde ese ángulo, con los párpados caídos y la nariz chata y torcida, tenía algo de viejo boxeador, pensó ella. Salvo por la piel, claro, que era dorada e impoluta. La asaltó un intenso deseo de acercar la mano a su mejilla.

—¿Qué clase de mujer…? —empezó a decir.

Connolly se volvió hacia ella.

—¿Cómo dice, señorita?

—Nada —contestó rápidamente—. Se me ha ido el santo al cielo.

Iba a preguntarle qué clase de mujer le gustaba. Qué clase de figura femenina le parecía más atractiva. Pero al darse cuenta de lo impropia que era la pregunta se contuvo.

Poco después, Sheba le dijo que tenía que irse. Todavía le quedaba mucho trabajo por hacer antes de volver a casa, explicó. Connolly se mostró reacio a marcharse y preguntó si podía quedarse allí sentado en silencio mientras ella trabajaba. Pero Sheba, ya impaciente por quitárselo de encima, le respondió con firmeza que necesitaba estar sola. Él se encogió de hombros y dijo que volvería el viernes. Se despidieron amigablemente.

Una hora y media después, cuando ella sacaba la bicicleta del aparcamiento, lo encontró esperándola. Eran las seis y en la calle que discurre por el lado oeste del recinto de la escuela circulaba el denso tráfico de hora punta. Todos los alumnos, incluidos los asistentes al Club de Tareas, se habían marchado a casa. Envoltorios de caramelos y bolsas de patatas —los restos del éxodo de la tarde—revoloteaban por la acera bajo la luz amarillenta de las farolas. Sheba saludó a Connolly con una sonrisa y le preguntó qué hacía allí. Él hizo una mueca, como si le doliera decir: «La esperaba».

En ese momento supo qué iba a pasar, cuenta Sheba. Lo vio, como a veces suceden esas cosas, como una revelación perfecta y totalmente formada. Él estaba enamorado de ella, hacía ya tiempo que lo estaba. Ella lo había animado o, al menos, no lo había desanimado. Ahora se le iba a declarar, y ella —dado que no se le ocurría ninguna otra manera de reaccionar— se mostraría sorprendida y horrorizada.

—¿Y por qué querías verme? —preguntó Sheba—. Steven, si necesitas hablar conmigo de cualquier cosa, puedes hacerlo en la escuela, ya lo sabes.

Empezó a caminar a paso rápido, empujando la bicicleta a su lado. Connolly trotó para alcanzarla.

No, dijo él, negando con la cabeza, no podía decírselo en la escuela.

—Pues en ese caso —contestó Sheba—, tienes que pedir un…

—Usted me gusta —interrumpió.

Ella se quedó callada.

—No paro de pensar en usted. Estaba… —La miró con semblante compungido.

Sheba sonrió.

—Me alegro de gustarte —dijo ella, manteniendo el tono brusco propio de una profesora—, pero ahora no puedo hablar contigo. Tengo que ir a casa.

—No es sólo que me guste, es algo más —objetó Connolly con impaciencia.

Habían llegado a un cruce. Sheba vaciló. Para llegar a su casa, tenía que girar a la izquierda por una larga calle comercial llamada Grafton Lane. Necesitaba quitarse al chico de encima —no podía permitir que la siguiera hasta su casa—, pero le pareció cruel abandonarlo allí, en la esquina de una calle. Tras una pausa, dobló a la izquierda y continuó caminando con él. Dejaron atrás la zapatería barata con cestos de alambre llenos de zapatillas de ocasión a la entrada; el Dee-Dar, un viejo restaurante indio donde los profesores del Saint George celebran sus cenas de personal; la oficina de correos; la tienda donde vendían pescado y patatas fritas, y la antigua farmacia con polvorientas cajas de Radox en el escaparate.

Connolly permaneció un tiempo callado. Y luego, como si hubiera estado conteniendo la respiración, soltó de pronto:

—Me va usted mucho, señorita.

Sheba percibió algo en su voz que le hizo pensar que estaba al borde del llanto, aunque no habría podido asegurarlo porque tenía la cabeza gacha.

—Steven —dijo ella—. Esto no... —Hizo una pausa, sin saber cómo seguir—. Simplemente... ¡esto no puede ser! —Se puso a horcajadas en la bicicleta, dispuesta a montarse.

—No puedo evitarlo —dijo Connolly, alzando la vista—. Se lo juro, no puedo evitarlo.

Sheba no se había equivocado. Tenía lágrimas en los ojos.

—Ay, Steven —dijo. Se disponía a tender la mano y darle una palmada en el hombro cuando de pronto él apretó su rostro contra el suyo.

Sheba dice que me sería imposible entender qué se siente, tras veinte años de fidelidad conyugal, cuando te besa alguien que no es tu marido, cuando notas la presión de los labios de un extraño en los tuyos. «Las cosas se adormecen en un matrimonio —me dijo una vez—. Es inevitable. Has de perder esa actitud de alerta sexual que tenías cuando ibas por ahí sola. En todos esos años con Richard no creo haber reprimido nada conscientemente. Me alegraba de estar casada; para mí, representaba un gran alivio no tener que volver a estar desnuda delante de un extraño. Pero me había olvidado de lo excitante que era exponerse... estar un poco asustada. En cuanto Steven me besó, volvió a venirme todo de golpe. Ese..., ya sabes, ese «subidón». Me sorprendió que hubiera podido vivir sin eso durante tantos años.»

Debieron de ofrecer una imagen bastante cómica: el pequeño pretendiente de puntillas para llegar a su amante de mediana edad mientras la bicicleta se caía al suelo. Pero no parece que Sheba haya visto nunca el lado absurdo de su primer abrazo. Si lo ha visto, desde luego nunca lo ha mencionado. Ha hablado de la calidez de Connolly, de su olor a jabón, el vello en la nuca, la textura de su jersey y todo tipo de detalles aburridos en relación con su primer abrazo. Pero nunca de lo inmensamente tonta que debió de parecer la escena.

Justo después de caerse la bicicleta, se produjo confusión y mudo bochorno. Connolly intentó ayudar a Sheba a levantarse pero ella lo apartó con un gesto. Recuerda que echó un vistazo alrededor para ver quién podía haber presenciado el beso. Una mujer mayor con un carrito de la compra de mimbre los miró con cierta malevolencia al pasar por su lado. Pero nada más.

—¿Puedo verla en algún sitio como es debido? —preguntó Connolly cuando ella todavía estaba poniéndose en pie.

—No —contestó Sheba. Sostenía la bicicleta delante de ella, como a la defensiva—. No. Oye... Basta ya, por favor. —Se subió al sillín.

—Señorita —rogó Connolly, pero ella negó con la cabeza y se alejó.

Esa noche, mientras preparaba la cena y bañaba a Ben, Sheba no paró de repetir en un murmullo aterrorizado: «Oh, no; oh no. ¿Qué estoy haciendo?». Todavía intentaba convencerse de que no era culpable de nada. Quería creer que no había hecho nada malo, que todavía no se había comportado de una manera inaceptable. Cuando se miró en un espejo, se sorprendió al ver su rostro encendido y feliz. «¿Has ido a correr hoy? —preguntó su marido esa noche en la cena—. Tienes muy buena cara.»

Más o menos en esa misma época una profesora de química que se llamaba Heidi Greening comentó a unos cuantos profesores que había visto varias veces a un chico del último curso entrar furtivamente en el taller de Sheba después de clase. Heidi era una mujer impopular, con fama de hacerle la pelota a Pabblem, y nadie mostró especial interés en lo que contó. Marian Simmons sí le comentó algo a Sheba, creo, pero Sheba respondió con una calma tan inocente y afable —dejó tan claro que no había nada inconveniente en las visitas de Connolly— que todo el mundo lo olvidó rápidamente.

Cinco

*E*scribo esto un sábado por la noche. Debería estar en la cama, pero no he podido hacer nada en toda la semana y si no trabajo un rato ahora, voy a retrasarme mucho. Pensaba aprovechar unas horas de tranquilidad esta mañana cuando Ben ha venido a casa en su visita semanal. Pero en el último momento a Sheba se le ha ocurrido ir al cine y, como llovía, al final me ha embaucado para que los llevara en coche. La verdad es que nos lo hemos pasado estupendamente. La película era una de esas bobadas de Disney, pero a Ben le ha encantado. Eso ha hecho feliz a Sheba, y por tanto también a mí. Ben es un encanto de niño. Todo el mundo ha estado muy preocupado por cómo reaccionaría ante la situación actual. Pero, toquemos madera, parece llevarlo bastante bien. Echa de menos a su madre, claro. Todavía no acaba de entender por qué se ha ido a vivir a casa de su tío Eddie y a menudo hay escenas de lágrimas cuando Richard viene a buscarlo. Pero, en general, es un chico muy alegre.

Sheba y Richard siempre han procurado no mimarlo y ahora han intentado ser lo más sinceros y claros posible. No se lo han contado todo. Pero sí le han dado una cantidad sorprendente de información. Sabe que su mamá tiene problemas por ser amiga de uno de sus alumnos. De hecho, hoy le ha estado planteando a Sheba preguntas bastante difíciles sobre por qué él no podía conocer a su amigo. Sheba, tal vez llevando la política de la sinceridad demasiado lejos, ha explicado que tampoco ella podía volver a ver a su amigo. «Ah —ha dicho Ben—, ¿y eso te da pena?» Sí, ha contestado Sheba. Sí que le da pena. Ha seguido un largo momento de reflexión. Y de pronto Ben ha preguntado: «¿Tu amigo te gusta más que papá?». Tras un instante de vacilación, Sheba, para mi alivio, ha respondido que no.

Después de marcharse Ben a su casa, Sheba ha tenido un bajón. Suele ocurrirle después de sus visitas. He intentado consolarla, pero mis esfuerzos enseguida la han impacientado. «No lo entiendes —me ha dicho—. No entiendes lo que es ser madre de un niño como Ben. Ya de por sí, tiene tantas cosas en contra… Y ahora ni siquiera tiene a su madre.»

Cuando Sheba habla así, resulta muy irritante: como si fuera una víctima pasiva del destino, en lugar de la principal causante de su sufrimiento. A estas alturas ya es un poco tarde para ese papel de madre afligida. Debería haber pensado en el bienestar de Ben cuando empezó a hacerle caídas de ojos a Connolly. Sin embargo, he contenido el impulso de decírselo y me he conformado con recomendarle que se acostara pronto.

Al día siguiente de besar a Sheba por primera vez, Connolly fue a su barracón. En cuanto entró, ella se levantó del escritorio y le ordenó que se fuese. No tenía nada más que decirle, añadió. La halagaba que le gustase, pero no quería saber nada más de él. Connolly le rogó y suplicó. En un momento dado, dice ella, él propuso que se viesen fuera de la escuela.

—No la tocaré si no quiere —prometió.

Sheba montó en cólera al oírlo.

—Claro que no quiero, Steven, por el amor de Dios. —Se acercó a la puerta, donde estaba Connolly.

—Señorita, por favor… —gimió él.

—¡No! —dijo Sheba, y le cerró la puerta en las narices.

Actuar así tenía algo de emocionante, recuerda ella. Nunca había representado el papel de la *belle dame sans merci*.

Connolly se quedó varios minutos llamando a la puerta y pidiendo que lo dejara entrar. Sheba empezó a temer que pasara alguien y lo viera. Justo cuando estaba a punto de desistir y abrir la puerta, el chico dejó de llamar. Por la ventana, lo vio alejarse, encorvado para protegerse del viento. Se hundió en una silla y se felicitó por su fortaleza.

Connolly volvió al día siguiente. Sheba había tomado la precaución de cerrar la puerta con llave y no contestó cuando él llamó. «Seguiré viniendo hasta que me deje entrar», gritó antes de retirarse. Y volvió. Se presentó cada día de la semana. Sheba apoyó sillas contra la puerta para mayor protección pero, en realidad, el riesgo de que Connolly derribase la puerta era escaso. Parecía conformarse con quedarse allí de pie, gimoteando por ella, y a principios de la semana siguiente incluso su interés por esa exhibición de entrega había decaído. El lunes Sheba esperó oír sus pesarosas pisadas y sus suspiros al otro lado de la puerta, pero no llegaron. Le hizo gracia el poco aguante del chico y, al mismo tiempo, se sintió un poco ofendida. Después, cuando ya eran amantes, ella se burlaría en broma de su pobre actuación como pretendiente. «Ah, sí, te morías de amor por mí —decía—. Los cinco primeros días.»

Al principio, creo que fue un alivio para ella quitarse a Connolly de encima. Cuenta que sintió «euforia», como si se hubiera apartado en el último momento de un precipicio peligroso. Pero conforme pasaba el tiempo y se acostumbraba otra vez a la sensación de seguridad, la invadió cierta apatía. Para entonces ya llevaba cinco meses en el Saint George. A los ojos de los demás profesores, daba la impresión de que empezaba a aclimatarse. Se vestía de una manera más sensata. Parecía controlar mejor a los chicos. Pero el desconsuelo de Sheba iba en aumento. Tenía la sensación de que no era una profesora cada vez más competente. Al contrario, pensaba que había cedido a la «autocomplacencia» del resto del profesorado. Sus clases eran más tranquilas, es verdad, pero sólo porque ya había desistido de que los chicos aprendieran algo. Había dejado de luchar contra ellos. Les permitía llevar sus walkmans y leer tebeos en clase. Y si ya ni siquiera procuraba inculcar conocimientos, ¿qué sentido tenía lo que hacía?, se preguntaba. Connolly había sido su único talismán frente al tedio del Saint George. Ahora que lo había ahuyentado, no sabía ya por qué se molestaba con ese trabajo.

Una tarde, unas tres semanas después de que Connolly dejase de perseguirla, cuando ella atravesaba el patio, se cruzó con él y otros chicos del último curso que jugaban al fútbol. Al verla, Connolly paró de correr. Se sonrojó y se dio media vuelta. Sheba siguió caminando a paso rápido, pero ese encuentro inesperado la afectó mucho. Connolly tenía muy mal aspecto, pensó. Parecía muy atormentado. Se preguntó si no habría sido injusta con él. ¿Qué había hecho el pobre, al fin y al cabo, aparte de confesar un enamoramiento adolescente?

Los siguientes días empezó a buscar posibles soluciones de compromiso para lo que llamaba «la situación Connolly». Dejaría que Connolly la visitara, en un plano estrictamente platónico, una vez por semana. No, una vez cada quince días. O a lo mejor no imponía límites al número de visitas, pero sí restringía las conversaciones a temas relacionados con el arte. Hasta que un día —no he podido averiguar la fecha exacta, pero parece haber sido a principios de marzo—, Connolly volvió a abordarla. Justo cuando ella salía de su taller, él corrió hacia ella y le puso una nota en la mano enguantada. Sin mediar palabra, volvió a alejarse a toda prisa. En el papel perfectamente doblado, Sheba encontró una escueta súplica escrita a mano: le pedía que se reuniera con él en Hampstead Heath al día siguiente a las siete de la tarde.

Se quedó mirando la nota un buen rato. Pese a su brevedad, se notaba que a Connolly le había representado un gran esfuerzo. Las letras parecían garabatos desesperados, con mayúsculas y minúsculas mezcladas. En varios lugares el papel se había roto por la presión del bolígrafo. Sheba experimentó una curiosa inquietud al ver lo mal que escribía. ¿Cómo, se preguntó, iba a sobrevivir allá fuera en el ancho mundo?

Sheba pasó las siguientes veinticuatro horas debatiéndose entre si debía o no acudir al parque. Cuando llegó la tarde propuesta para la cita, había decidido no ir. Estaba claro que el chico albergaba aún intenciones románticas respecto a ella. Lo único sensato, pensó, era mantenerse alejada. Pero esa tarde, en cuanto llegó Richard a casa, se oyó a sí misma diciéndole que una vieja amiga de la escuela, Caitlin, venía de Devon a pasar la noche y había quedado con ella. Sentía que «tenía» que ver a Connolly, dice; tenía que explicarle, cara a cara, por qué su amistad no podía seguir. El lector deberá juzgar por sí mismo la credibilidad de esta argumentación. A mí siempre me pareció un poco sospechosa. ¿Acaso Sheba no había dado ya al chico suficientes explicaciones? Me cuesta creer que cualquier mujer —incluso una mujer con la elevada capacidad para el autoengaño de Sheba— pueda acudir a semejante cita creyendo de verdad que su único objetivo es comunicar un rechazo.

Fue al parque en bicicleta. Ese mes una ola de frío azotaba el país, pero ella pedaleó con tal vehemencia que cuando llegó a la entrada del parque, sudaba bajo el jersey. Sujetó la bicicleta a unas rejas con una cadena y recorrió el sendero hasta el estanque. Era un espacio muy extenso para semejante cita, y estaba segura de que Connolly y ella no se encontrarían. Recuerda que la intensidad de su decepción la sorprendió. De pronto, sin previo aviso, Connolly apareció ante ella. Esa tarde parecía más joven y más menudo, cuenta Sheba. Como siempre, no iba suficientemente abrigado para el tiempo que hacía. Se sorprendió de que ella hubiera acudido. Estaba seguro, dijo, de que «se rajaría». Sheba explicó muy seria que sólo estaba allí porque le había preocupado el tono de la nota. No existía la menor esperanza de que ocurriese nada entre ellos, le explicó.

A esto Connolly reaccionó con una ecuanimidad inesperada. Asintió, como si lo entendiera, y propuso dar un breve paseo. Sheba se negó. No sería una buena idea, dijo. En ese momento apareció un hombre con un perro por el sendero y los miró a los dos con curiosidad. Sheba cambió de parecer. No había inconveniente alguno en dar un paseo, pensó. Connolly se estaba portando muy bien, seguro que no pasaría nada.

Cuando empezaron a caminar por el sendero, Connolly prometió «no intentar nada».

—¡Eso espero! —dijo Sheba, divertida por su presunción.

Pero mientras lo decía, se le ocurrió que a lo mejor sí intentaba algo. A lo mejor, pensó, tenía pensado violarla. De todos modos, siguió andando. Había empezado a sentir una extraña indiferencia a lo que pudiese suceder.

«Tenía la sensación de estar observándome a mí misma —recuerda—. Y sonreía por lo tonta que estaba siendo. Era como si me hubiera convertido en mi propia biógrafa desapasionada.»

Cuando se acercaron a una zona del parque más boscosa, Connolly se volvió hacia ella, la cogió de las manos y comenzó a tirar de ella hacia los árboles.

—Venga por aquí —dijo.

—Pero ¿qué haces? —preguntó Sheba. Aunque había indignación en su voz, se dejó llevar. Estaba mucho más oscuro que en el sendero y apenas veía el rostro de Connolly. Le vino a la cabeza una imagen de un cuento de hadas de un duende arrastrando a una princesa a su guarida en el bosque.

Siguieron caminando un minuto o más, y entonces, justo cuando Sheba iba a protestar otra vez, Connolly se detuvo y la soltó. Se hallaban en un pequeño claro. Él le sonrió.

—Aquí podremos estar solos —dijo. Se sentó en el suelo y se quitó la chaqueta—. Tome —dijo, extendiéndola a su lado—, puede sentarse aquí.

—Te vas a morir de frío —objetó Sheba.

Pero él no contestó; simplemente se quedó mirándola.

—Esto es ridículo —dijo ella—. No pienso sentarme. Esto no se hace.

Connolly hizo un gesto como diciendo «usted misma» y se tumbó en el suelo.

—Vamos, Steven, así vas a pillar una pulmonía —insistió Sheba.

Él siguió callado. Tenía los ojos cerrados. Ella lo miró, sintiéndose cada vez más tonta.

Al cabo de un rato, Connolly abrió los ojos y exclamó:

—Joder, qué frío hace, ¿no?

Ella se rió.

—Creo que no tenía que haber venido —dijo ella—. Me voy ya.

—No, no se vaya. —Connolly se sentó. Tenía una rama en el pelo.

Sheba recuerda que le sonrió y se golpeó los costados con los brazos como una niña pequeña.

Finalmente, encogiéndose de hombros en un gesto de impotencia, se sentó.

Esa vez no hicieron el amor. Hacía demasiado frío, según Sheba, y ella estaba demasiado nerviosa. Sé que se besaron. Y Connolly debió de ponerse encima de ella en algún momento porque, al hablar de este encuentro, Sheba comentó que la había sorprendido lo «ligero y estrecho» que era. (Sin duda estaba acostumbrada al contorno más robusto de su marido.) También sé que en medio de todo, Sheba, atribulada, hizo una pregunta retórica del estilo «¿Qué estamos haciendo?». A lo que Connolly, para tranquilizarla, contestó con un escueto: «No se preocupe». Sheba pensó que Connolly parecía muy mayor y capaz. Sabía que no era ninguna de las dos cosas, claro. Pero, por lo que se ve, encontró consuelo en esa ilusión.

Al volver a casa esa noche, Sheba estaba convencida de que no podría enfrentarse a Richard sin que se trasluciese algún tipo de manifestación física de su pecado. Se imaginó deshaciéndose en lágrimas. Desmayándose. Ardiendo por combustión espontánea. Pero cuando llegó a su casa, se sorprendió al descubrir lo bien que disimulaba.

Richard la esperaba despierto. Estaba tumbado en el sofá, viendo un programa de arte por la televisión. Cuando Sheba entró en el salón, levantó la mano para saludarla, pero no apartó los ojos de la pantalla. He visto a Richard delante del televisor un par de veces. Tiene una manera especial de ladear la cabeza, como alejándose de la pantalla y mirándola de soslayo. Sheba dice que es por su miopía. Pero a mí siempre me ha parecido una digna muestra de su general actitud de superioridad: es como si, a su manera pomposa, intentara disimular su interés ante la tele.

—Dios mío, es increíble la de tonterías que dice esta gente —comentó. Permanecieron por un momento en silencio, mirando el debate. Al cabo de un rato, él se volvió hacia ella y preguntó—: ¿Te lo has pasado bien?

Sheba fingió que se miraba las puntas del pelo en el espejo.

—No, en realidad no —contestó—. De hecho, me he aburrido bastante.

No había planeado decir eso, pero de algún modo, llegado el momento, le fue más fácil fingir malhumor que entusiasmo.

—Vaya —dijo Richard, aunque sólo la escuchaba a medias.

—Me voy a la cama —anunció Sheba.

Él asintió con aire ausente. Pero justo cuando ella asía el picaporte de la puerta, volvió a alzar la vista.

—¿Y cómo está Caitlin? —preguntó.

—Pues bien. Aunque últimamente anda un poco alicaída.

Sheba se disculpó en silencio ante su amiga inocente.

—Bueno —dijo Richard, bostezando—, eso es lo que pasa cuando vives en provincias.

—Sí, supongo. —Hizo una breve pausa y finalmente, al ver que Richard no contestaba, abrió la puerta—. En fin, me voy arriba. Estoy agotada.

Cuando Richard subió al dormitorio al cabo de media hora, Sheba mantuvo los ojos cerrados y se concentró en la respiración para aparentar que dormía. Él se desvistió y luego leyó un cuarto de hora. Cuando por fin se le cayó el libro de la mano y empezó a roncar, Sheba recuerda que sintió cierta decepción. Casi ofensa. No había querido despertar sus sospechas, claro. Pero no podía evitar sentir que una tarde como la que acababa de vivir merecía un final menos anodino. Le habría gustado, pensó vagamente mientras la vencía el sueño, poder contarle la aventura a su marido.

Al día siguiente, después de clase, Connolly volvió a su taller. Al principio, tras un breve y torpe forcejeo, Sheba cambió de parecer y dejó que él la besara.

—¿Sabes, Steven? —dijo ella al cabo de un rato—. Es muy, muy importante, extraordinariamente importante, que mantengamos esto en secreto. No se lo habrás contado a nadie, ¿verdad?

Él, indignado, le aseguró que no.

—O sea —añadió—, a nadie aparte de mis colegas y tal.

Sheba lo miró, estupefacta.

Él le sostuvo la mirada por un momento y luego se rió.

—La he engañado —dijo.

Sheba permaneció en silencio. Apoyó las manos en los hombros de Connolly y le miró el rostro risueño. Le dijo que nunca bromeara sobre eso. Le dijo que a veces era muy difícil mantener un secreto y que algún día podía sentir la tentación de confiar en alguien, pero aunque creyera que esa persona era de confianza —aunque esa persona le jurara ante la tumba de su madre que no se lo contaría a nadie—, no debía decírselo jamás.

—Yo no soy así —protestó él—. Nunca la delataría.

—Nos delatarías a los dos —corrigió Sheba—. Tú también tendrías muchos problemas, ¿de acuerdo?

Sheba sabía que seguramente eso no era verdad, pero pensó que lo mejor sería darle los mayores alicientes posibles para mantenerse callado.

Connolly se quedó de pie ante ella, inclinando la cabeza a uno y otro lado como cuando se conocieron.

—Vamos —dijo con brusquedad—, déjeme besarla.

Poco después se retiraron al fondo del aula y allí, detrás del horno, hicieron el amor por primera vez.

«La gente no deja de preguntar: "¿Cómo pudo? ¿Por qué corrió ese riesgo?" —me dijo Sheba una vez—. Pero es muy fácil hacer algo así. ¿Sabes cuando te tomas una copa de más aún a sabiendas de que al día siguiente vas a tener resaca? ¿O te comes un trocito de donut a pesar de que tendrás los muslos más gordos? Pues es lo mismo, Barbara. Primero no paras de decir: "No, no, no", hasta que llega un momento en que dices: "Al diablo, pues sí".»

Connolly le susurró unas palabras al oído varias veces esa primera vez detrás del horno. Lo decía con apremio pero con la voz ahogada, y Sheba tuvo que pedirle una y otra vez que lo repitiera. Sólo cuando él se echó hacia atrás con impaciencia y casi gritó, sus palabras cobraron por fin sentido. «Señorita —decía—, ¿puedo correrme dentro, señorita?»

La primera vez que oí esta anécdota, confirmó en cierto modo mi escepticismo sobre el tipo de sexo que cabe esperar de un quinceañero. Pero Sheba no me lo contó con esa intención. Me lo dijo como prueba de la galantería encantadora y tosca de Connolly. No me ha dado muchos detalles sobre las cuestiones prácticas de su intimidad con Connolly, pero a menudo, cuando habla de su relación sexual, pone los ojos en blanco con coqueta timidez o responde con exclamaciones ahogadas. Creo poder afirmar que estaba satisfecha del aspecto físico de su relación. Una vez, en alusión al sexo, le pregunté con cierta irritación cómo un chico de la edad y la limitada experiencia de Connolly podía saber qué se traía entre manos. Ella se limitó a sonreír y blandió un dedo en dirección a mí. «Ah, eso es lo maravilloso de los jóvenes —dijo—. Aprenden tan deprisa, ¿no te parece?»

Antes de seguir adelante debo admitir que nunca me han preocupado mucho los hipotéticos daños infligidos en la psique de Connolly por su aventura con Sheba. No discuto la necesidad de que exista una ley que prohíba a los profesores hacer lo que hizo Sheba. No cabe duda de que no es bueno para la moral de cualquier institución que su personal confraternice —o fornique— con sus menores de edad. Pero desde luego no comparto esas ideas sentimentales sobre la inocencia de toda persona que esté por debajo del límite de edad de dieciséis años, impuesto arbitrariamente. Los británicos salieron a bailar a las calles cuando el heredero al trono británico, a sus treinta y dos años, se prometió en matrimonio con una joven de diecinueve. ¿Tanta diferencia hay entre los diecinueve y los quince —entre los treinta y dos y los cuarenta y uno— como para justificar una reacción tan distinta en este caso? La clase de joven que se mete en un lío de esta índole suele ser bastante precoz en el terreno sexual. Con eso no quiero decir sólo que tengan mucha experiencia, aunque suele ser así. Me refiero a que poseen un instinto, un talento natural, para el juego del poder sexual. Por diversas razones, nuestra sociedad ha decidido clasificar a los menores de dieciséis años como niños. En casi todo el resto del mundo se considera que los niños y niñas ya son adultos en torno a los doce. En cuanto entran en la pubertad empiezan a hacer lo que sea que hacen los adultos en esa parte del mundo: trabajar en fábricas, cazar osos, matar a gente, mantener relaciones sexuales. Puede que existan muy buenas razones para prolongar los privilegios y las protecciones de la infancia, pero al menos debemos saber a qué nos enfrentamos cuando intentamos imponer esa postergación. Connolly era oficialmente un «menor», y las acciones de Sheba fueron, en términos oficiales, «abusos»; sin embargo, en cualquier valoración honrada de esta relación habría que admitir no sólo que Connolly actuaba por propia voluntad, sino que, en realidad, tenía más poder en la relación que Sheba. Estoy plenamente convencida de que no ha sufrido el menor daño a causa de sus experiencias con una mujer mayor. Al contrario, creo que se lo ha pasado en grande. Eso es herejía, lo sé. Pero ya ven, es lo que pienso.

Cuando la historia de Sheba salió a la luz, un periodista del *Evening Standard* escribió un artículo en el que aludió a rumores sin fundamento sobre la experiencia sexual de Connolly antes de su aventura con Sheba. A continuación planteó la pregunta: «¿Qué clase de quinceañero ardiente se negaría a darse un revolcón con Sheba Hart?». Era un artículo valiente, honrado, pensé, pero provocó un sinfín de mojigatas protestas por el trato supuestamente frívolo de un tema serio. La Federación de Prensa al final reprendió al periodista y el *Standard*, a modo de disculpa, publicó una respuesta de la madre de Connolly. El artículo, que conservo, se titulaba: «Los chicos también necesitan nuestra protección». El primer párrafo rezaba así:

> La supuesta aventura de Sheba Hart con mi hijo —que tenía quince años cuando empezó— se definió recientemente en estas páginas como «un golpe de suerte para el señor Connolly» (*La fantasía de todo colegial*, 20 de enero de 1998). Como madre de Steven, me siento profundamente ofendida por el desenfado de esta clase de actitudes hacia el presunto delito de la señora Hart. Me parece inconcebible que alguien pueda considerar tema de risa los abusos sexuales a un menor. Sólo me cabe suponer que la señora Hart se beneficia del doble rasero de la sociedad cuando se trata de sexo. Si Steven hubiese sido una chica, seguro que nadie habría bromeado al respecto y nadie habría tenido la desfachatez de poner en duda su inocencia.

94

Me temo que en esto discrepo de la señora Connolly. Yo sí habría tenido esa desfachatez. Si el sexo de los protagonistas de esta aventura hubiese sido al revés —si Sheba hubiese sido un hombre que tuvo una relación ilícita con una quinceañera—, habría sido igual de cauta al calificar de «depredador» y «víctima» a las partes implicadas. Sabe Dios que a lo largo de mi vida he visto a suficientes chicas propensas a la concupiscencia como para estar familiarizada con la manipulación sexual de la que son capaces las jóvenes.

Pero en lo que se refiere a la visión pública de estas cuestiones, la señora Connolly sin duda tiene razón: sí existe una diferencia en la manera en que el público juzga la conducta sexual de los hombres y las mujeres. Sin duda, la respuesta oficial a Sheba es muy severa. Todos dicen que ha cometido un delito «despreciable». Pero por detrás sonríen con sorna. La otra noche en la taberna, cuando estaba comprando tabaco, apareció un momento la cara de Sheba en la pantalla del televisor; enseguida se oyeron carcajadas lascivas por todo el bar. «Vaya una guarra —oí que decía un hombre a su amigo—. Ya me gustaría un poco de eso a mí también.» Cuesta imaginar que el equivalente masculino de Sheba provocase una reacción tan salaz.

Los autores de delitos sexuales masculinos nunca son motivo de risa. Son objeto de una indignación justificada: amas de casa de cara chupada piden sangre a las puertas del juzgado; los políticos compiten para ver quién muestra mayor repugnancia. Cosa en realidad extraña, dadas la omnipresencia de versiones menores de esos despreciados impulsos y la alegría con que se toleran entre la población masculina en general. ¿Acaso los científicos no han llegado a afirmar que la atracción de los hombres maduros hacia las mujeres jóvenes es fruto de un instinto evolutivo, un reflejo codificado en la biología masculina? Cuando un hombre libidinoso de mediana edad se come con los ojos el trasero de una adolescente, ¿no pretenden ahora hacernos creer que, en realidad, está haciendo un favor a su especie, respondiendo a los síntomas físicos de la fecundidad, tal y como lo programó la naturaleza?

Pero a lo mejor se trata de eso. A lo mejor la vehemencia con que reaccionamos a las transgresiones sexuales de los hombres es proporcional a la desagradable frecuencia con que tienen lugar estos impulsos transgresores. Una mujer que abusa de un menor no representa un síntoma de una tendencia subyacente. Es una aberración. En ella, la gente no se ve a sí misma, ni ve sus propios deseos furtivos. Según la ciencia evolutiva, una aventura como la de Sheba no es más que una extraña área de descanso en la gran autopista de la supervivencia humana. Por eso los hombres de las tabernas pueden permitirse reírse de ella.

Pero ¿es tanto mejor que se rían de uno que dar miedo? Ser un monstruo público debe de ser… en fin, monstruoso.

95

Pero convertirse en pasto de chistes obscenos tampoco es agradable. Y la maldad al menos tiene cierto peso. A la señora Connolly le preocupa que Sheba «se beneficie» del doble rasero. Pero dudo mucho que la singularidad cómica de Sheba vaya a granjearle más indulgencia en el juicio. Con toda probabilidad, recibirá exactamente el mismo castigo que un hombre. Los guardianes de la igualdad entre los sexos no aceptarán otra cosa. Al final, sospecho, ser mujer no servirá a Sheba para nada, excepto para negarle la grandeza de la auténtica infamia.

Seis

El tercer viernes de marzo marcó una especie de hito en mi relación con Sheba. He señalado esa fecha con una estrella dorada. Ese día el descanso del almuerzo se alargó otra media hora a fin de que los profesores pudieran reunirse en el jardín del director para que les tomasen una fotografía. Este retrato anual del profesorado es una de las tradiciones instauradas bajo el mandato de Pabblem. Pabblem, a quien le gusta tener pruebas —amañadas, si es necesario— de la alegre y bulliciosa nave que capitanea, saca el retrato en la portada del boletín de la escuela. Para compensar el gasto del fotógrafo, también «anima enérgicamente» a todos los miembros del personal a que compren un mínimo de dos copias de recuerdo a un precio exagerado.

El viernes el cielo estaba blanco y lloviznaba. Los profesores no dejaron de refunfuñar mientras recorrían el sendero hacia el recinto de Pabblem. «Hay que joderse», dijo Bill Rumer, provocando risitas apreciativas entre sus compinches. «Dios, qué aburrimiento», gimió Elaine Clifford poco después mientras se pasaba un peine rosado y mugriento por el pelo. (Las quejas del personal en el Saint George nunca son muy feroces ni subversivas. Al contrario, tienden a sugerir cierto placer en la grata previsibilidad de que las cosas sean insatisfactorias.)

Pabblem apareció por fin a las 12.30. Lo seguían de cerca Phelps y Jenkins, que acarreaban bancos procedentes del gimnasio. Entre otras cosas, Pabblem presume de ser «muy visual», y cada año propone una idea nueva de cómo tenemos que posar los profesores. Una vez nos obligó a tumbarnos en el césped mientras el fotógrafo se subía al cobertizo del patio para sacar una foto aérea. Otra vez intentó en vano que todos saltáramos en el aire al mismo tiempo. La señora Freeble, que da clases de ciencia doméstica, hizo un mal gesto al caer y hubo que llevarla a urgencias con una fractura en un dedo del pie. Este año a Pabblem se le había ocurrido la idea de reclutar a unos cuantos chicos de entre los más pequeños y fotogénicos de los primeros cursos. Los profesores tenían que subirse a los bancos del gimnasio, mientras Pabblem posaba en primer plano con los niños cogidos a él en una actitud de afecto y placer espontáneos.

Para sorpresa de nadie excepto Pabblem, los niños resultaron ser un estorbo en la sesión. Durante un cuarto de hora largo, los profesores permanecieron sentados en los bancos fríos, con las manos azules entre los muslos apretados, mientras las tres niñas y el niño seleccionados ponían reparos, con toda la razón, a sentarse sobre los hombros de Pabblem o agacharse detrás de él para asomar la cabeza entre sus piernas.

Al cabo de un rato se anunció un descanso. Pabblem y los niños se fueron a un lado con el fotógrafo para probar poses y a nosotros nos dejaron levantarnos y estirar las piernas. Yo estaba con otros profesores viendo cómo Pabblem tironeaba de los niños de un lado al otro al tiempo que daba órdenes cada vez más tensas: «¡Quédate aquí! ¡Así! ¡Cógeme la mano!». En un momento dado hice un comentario burlón. Sheba, que estaba junto a mí, contestó con una fuerte carcajada y Pabblem alzó la vista enfadado. Yo miré hacia el cielo con expresión de inocencia. En esos días mi relación con Pabblem no estaba en su mejor momento, pues acababa de entregarle una versión corregida del informe de Saint Albans que le había parecido incluso menos satisfactoria que la primera. En nuestra última y tensa reunión, me había comunicado su decisión de descartar mi informe e incorporar parte de mi «material menos contencioso» a un trabajo más largo que escribiría él mismo. Ese trabajo, me dijo, sería un análisis de gran alcance de todos los problemas disciplinarios del Saint George. Era un gran proyecto, pero esperaba tenerlo acabado para la conferencia del profesorado del último trimestre. El título provisional era «En qué nos equivocamos».

Se reanudó la sesión fotográfica y, tras unas cuantas disputas desagradables, los niños por fin cumplieron con su cometido, pero para cuando nos liberaron sólo nos quedaban tres cuartos de hora antes de las clases de la tarde. Cuando los profesores empezaron a marcharse, Sheba se acercó a mí. Se disculpó por haberme creado problemas con su sonora carcajada y me invitó a ir con ella y con Sue a picar algo rápido en la Traviata. Fuimos las tres juntas.

—Tengo que anunciar una cosa —dijo Sue, cuando estábamos sentadas en el restaurante.

—Te vas del Saint George —dije.

—No —contestó Sue, mirándome con acritud—. Vamos, Sheba, ¿no lo adivinas?

—Ay, Sue, se me da muy mal adivinar —contestó Sheba—. ¿Qué es?

—Tenéis que prometerme que no se lo diréis a nadie, porque es que, bueno, lo guardo en secreto hasta que...

—Estás embarazada —interrumpí.

A Sue se le demudó el rostro.

—¿Cómo lo sabes?

—¿De verdad? —preguntó Sheba—. ¡Qué buena noticia, Sue!

Sue volvió a sonreír.

—Todavía no estoy de tres meses, así que sigue siendo un secreto. Pero ¿es que no me veis más robusta?

Sheba, diplomáticamente, guardó silencio por un instante. Lo cierto era que en esa primera fase del embarazo no se percibía una diferencia discernible en la mole pantagrüelica de Sue.

—Se te ve estupenda —dijo Sheba—. ¡Increíblemente bien!

Sue pasó a parlotear sobre nombres de bebés, ideas para decorar la habitación y otras cuestiones relacionadas con la maternidad.

Yo desconecté un rato. Cuando volví a conectar, hablaba del parto.

—Fíjate —decía escandalizada—, Ted no quiere que tenga un parto natural.

—Pues hace bien —dijo Sheba.

Sue parpadeó.

—No, claro, en cierto modo tiene razón. Obviamente. Seguro que tú sí fuiste sensata y aceptaste la epi no sé qué en cuanto te la ofrecieron.

—No, en realidad no —contestó Sheba—. Cuando nació Polly, estuve de parto durante veinticuatro horas sin tomar nada. Había leído toda clase de libros sobre las intervenciones innecesarias de la medicina moderna. Y también había cierta rivalidad con la primera mujer de Richard, Marcia, que había dado a luz a sus dos hijas con una comadrona en una piscina de partos. En realidad, traicionaba ya un poco esos ideales por el solo hecho de ir a un hospital. Al final, quise ceder y que me dieran algo, pero para entonces era demasiado tarde. Dijeron que podía hacer daño al bebé, así que tuve que aguantar sin más.

—¿Y cómo…? —preguntó Sue con el tono quedo que reservaba para los temas delicados—. ¿Cómo fue con Ben?

—Me lanzó una mirada. Era evidente que había oído hablar de

mi metedura de pata respecto al hijo de Sheba en la sala de profesores.

—Ah, el parto de Ben fue muy fácil —contestó Sheba—. Esa vez estaba decidida a recurrir a la epidural. Llegué al hospital a las tres de la tarde y a las diez, mientras jugaba al Scrabble con Richard en la sala principal, vino una enfermera, me examinó y dijo: «Dios mío, tienes una dilatación de diez centímetros. ¡Ya viene el bebé!». Me llevaron a toda prisa a la sala de partos y al cabo de unos veinte minutos ya había nacido. Así que tampoco entonces me pusieron la epidural.

—Pues… —empezó a decir Sue, pero Sheba siguió hablando.

—En cuanto salió, se lo llevaron a un lado, como siempre, para lavarlo y esas cosas. Estaban todos hablando, diciendo que era muy guapo, un niño monísimo. Y de pronto se pusieron a cuchichear. Yo decía: «¿Qué? ¿Qué pasa?». Pero no me contestaban. Y entonces el médico se acercó a ellos y murmuraron todavía más. Empecé a gritar: «¿Qué pasa?». Hasta que al final el médico vino y me dijo: «Sheba, me temo que tu hijo tiene el síndrome de Down».

Miré a Sue. Su boca se había contraído en una línea arrugada de angustia. Parecía al borde de las lágrimas.

—Después —prosiguió Sheba— Richard dijo que casi se sintió aliviado, porque para entonces estaba convencido de que el bebé tenía una malformación grave, que era una especie de cíclope o algo así. Yo no sentí el menor alivio. Repetía una y otra vez que tenía que haber un error. No habíamos querido hacer la amnio. Yo no pertenecía al grupo de riesgo y siempre habíamos estado en contra de las amnios porque, ¿qué habríamos hecho si detectaban un defecto? ¿Exterminar a la criatura porque no daba la talla? —Hizo una pausa y miró alrededor—. O sea, sigo pensando igual. Pero en aquel momento creo que me planteé todos… Estaba tan segura de que no habría ningún problema. Les decía una y otra vez: «No, se equivocan». Pero obviamente no se equivocaban. Y cuando por fin me lo dieron, enseguida me di cuenta de que era distinto. De hecho, casi me repugnó... ¿Verdad que es terrible? Pero así fue. Pensé: este niño es un error. No tenía que haber nacido. El primer mes estuve muy deprimida. Y luego me pasé al otro extremo. Al cabo de unas diez semanas me sentía eufórica. Ben siempre sonreía, y me convencí de que en realidad era más listo, más despierto, que los demás bebés. —De pronto alzó la vista y nos miró a Sue y a mí—. ¡Ay, Dios mío! —exclamó—. ¡No pongas esa cara! ¡Por favor! Hoy es un día feliz. No quería ser una aguafiestas.

Las dos sonreímos obedientemente.

—No, sigue —dijo Sue—. Por favor. No eres una aguafiestas en absoluto.

Pero Sheba negó con la cabeza.

—Ya está bien de partos por hoy —dijo.

Al volver a la escuela, Sue entró en la farmacia y nos dejó a Sheba y a mí recorrer solas los últimos quinientos metros hasta la entrada de la escuela.

La mañana gris había dado paso, con la brusquedad propia de Inglaterra, a una tarde luminosa y fría. En los trozos de calle que no estaban a la sombra, se notaba el calor del sol en el pelo.

—Espero que no te hayas disgustado al hablar de Ben y... todo eso —dije.

—No, qué va, ni mucho menos.

—Es que ese tema me pone un poco violenta por..., ya sabes, por lo que te dije aquella tarde en la sala de profesores...

Sheba se detuvo y me miró con los ojos entornados bajo la luz del sol.

—Vamos, Barbara, eso fue mucho peor para ti que para

mí. Te atormentas demasiado. ¿Cómo ibas a saberlo? Mira, una vez conté un chiste sobre un cojo a un colega de mi marido al que realmente le faltaba una pierna. No lo sabía porque estaba sentado a una mesa cuando llegué.

—Dios mío —dije, y las dos nos echamos a reír.

Tras apagarse nuestras risas, seguimos caminando un rato en silencio. Cuando empezaba a preocuparme porque no sabía qué decir, Sheba estiró los brazos y emitió un grito alegre y prolongado:

—¡Ahhh, qué bien que empieza el fin de semana!

Cerró un momento los ojos, y cuando la miré, vi sus increíbles pestañas que acariciaban sus mejillas como hojas.

—¿Te vas fuera? —pregunté tímidamente.

—Nooo —dijo, abriendo los ojos—. No me iré fuera. No pienso levantarme de la cama a menos que no me quede más remedio. Le he dicho a Richard que este fin de semana no haré absolutamente nada.

—Qué bien suena —dije. Sí sonaba bien: tener una vida tan ajetreada y plena como para poder albergar el deseo de no hacer nada. Pero Sheba malinterpretó la envidia en mi voz.

—Ah, por cierto, ¿vas a estar muy ocupada? —preguntó.

Pensé en una serie de posibles respuestas y al final opté por lo que me pareció una verdad a medias.

—No mucho —contesté—. Ya sabes, nada especial.

Volvimos a sumirnos en el silencio. Oía el taconeo preciso de mis pasos en la acera. Me obligué a hablar: «Por el amor de Dios, di algo, estúpida catatónica». Pero no se me ocurrió nada.

Entonces habló Sheba.

—Oye, ¿por qué no vienes a cenar el domingo?

Tal fue la sorpresa que perdí el tino.

—¿Cómo? ¿Contigo?

Se rió, aunque no de manera cruel.

—Sí, conmigo, con Richard y con Ben. Y también con Polly. El lunes tiene fiesta en la escuela, así que vendrá a pasar el fin de semana.

¿Se lo habría propuesto también a Sue?, me pregunté. Seguro que sí. Era imposible que me invitara a mí y no a ella.

—Pero acabas de decir que te morías de ganas de no hacer nada —objeté—. No puedes cocinar para mí.

Sheba movía la cabeza en un gesto de negación.

—Sólo es una cena. De todos modos tengo que prepararla. Créeme, no será nada especial. Y me encantaría que conocieras a Ben y Polly.

—Pues...

—Vamos, Barbara, insisto.

—De acuerdo. Me encantaría.

—¿Te va bien el domingo por la noche?

Me pregunté si no debía hacer ademán de consultar mi agenda. Pero me lo pensé mejor.

No quería que Sheba viera los páramos vacíos de mis semanas desprovistas de citas.

—Me va perfecto —contesté—. ¿Irá Sue? —Me sonrojé. Se me había escapado sin querer.

Sheba no pareció darse cuenta.

—No, de hecho, no puede —repuso Sheba—. Se va a Abergavenny con Ted.

—Ah.

¿Había pensado en mí sólo después de que Sue rechazase la invitación? Se produjo un breve silencio mientras reflexionaba sobre la indignidad de ser la sustituta de Sue.

—Pero si lo prefieres, puedo invitaros a las dos otro día en que ella esté disponible —propuso Sheba.

—¡Ah, no! —exclamé.

—Eso pensaba. —Sheba sonrió—. O sea, tampoco es que seamos un triunvirato inquebrantable, ¿no te parece?

104

Ya habíamos llegado a la entrada de la escuela.

—Bueno, ten. —Metió la mano en el bolso y sacó papel y bolígrafo—. Ésta es mi dirección. Y éste es mi número de teléfono. Vendrás en coche, ¿no? Llama si necesitas que te explique cómo llegar.

Me dio el papel y yo, sujetándolo con la mano, lo miré enmudecida.

—¿Quedamos así?

—Sí, claro, quedamos así.

—Pues entonces nos vemos el domingo.

La observé alejarse. La larga chaqueta de punto se le agitaba con la brisa y la falda se le pegaba a los leotardos de lana, quedando atrapada entre las piernas. Como siempre, se toqueteaba el pelo rebelde. «Maldita sea», la oí murmurar en voz baja cuando se agachó para coger una horquilla del suelo. Doblé el papel donde ella había anotado su dirección, lo guardé con cuidado en el bolsillo interior de mi bolso y me encaminé lentamente hacia el Pabellón Viejo. Iba con la cabeza gacha, en parte para poder concentrarme en reproducir la conversación que acababa de tener lugar y en parte para que no se me viera la sonrisa estúpida en el rostro.

Cuando desperté la mañana del día de mi cena con Sheba, me prometí solemnemente no empezar a hacer ningún tipo de preparativo hasta el mediodía. Es un gran reto para mí no dar una importancia desmedida a este tipo de ocasión. Cualquier cambio en mi rutina —cualquier variación en la secuencia trabajo, compras en el supermercado, televisión y demás— tiende a adquirir un significado desproporcionado. En ese sentido soy como una niña: capaz de vivir, en términos psicológicos, con toda la atención puesta en una expectativa nimia durante varias semanas, pero siempre corriendo el peligro de aplastar el acontecimiento esperado bajo el peso de mi esperanza excesiva.

A las nueve de la mañana, pese a mis promesas, había sacado las sandalias dos veces de su caja para comprobar si no eran demasiado chillonas. El resto del conjunto, que ya había preparado la noche anterior, no presentaba ningún problema. Había almidonado mi blusa blanca con un atomizador, así que estaba preciosa y sin una sola arruga, y mi traje gris de BHS seguía como nuevo. (Llevaba el envoltorio de la tintorería desde una función del profesorado dos años antes.) Pero las sandalias me tenían preocupada. Las había comprado el sábado en una tienda del barrio. Eran de color lila, con pequeños lazos en la puntera y un tacón más alto del que acostumbro a llevar. ¿Eran alegres?, me pregunté mientras las miraba desde distintos ángulos. ¿O simplemente vulgares? ¿Quedarían mal con medias? Y en ese caso, ¿podría ir con las piernas desnudas?

A las tres de la tarde me di un baño. Después, mientras se me secaba el pelo, intenté ver las sandalias desde una perspectiva nueva entrando rápidamente en el dormitorio y cogiéndolas, por así decirlo, desprevenidas. La primera vez que lo hice, me parecieron bien. Bonitas. Delicadas. Muy apropiadas para una mujer soltera que iba a una cena en primavera. Después volví a hacerlo. Y esta vez, cuando entré en la habitación, fue como si se irguieran y rugieran «Eres una vieja vestida de joven». En un intento de olvidar el tema del calzado, me probé la falda gris. Pero por lo visto había engordado desde la última vez que me la puse y, cuando intenté abrochármela, saltó un botón y cayó al espacio oscuro y polvoriento debajo del tocador. Siguió un paréntesis un poco vergonzoso de locura femenina, en el que me quité la falda bruscamente y me subí a una silla tambaleante del salón para ver mi cuerpo desnudo en el espejo que cuelga por encima de la chimenea de gas.

Siempre me llevo una decepción cuando me enfrento a mi propio reflejo. Mi cuerpo no está mal. Es un cuerpo muy agradable, resistente. Sólo que el yo externo —el yo ligeramente arrugado, amplio y robusto— refleja muy mal lo que hay dentro. A veces, cuando estoy en la cama por la noche, pierdo toda noción de mi cuerpo, de mi edad. A oscuras, podría tener veinte años. Podría tener diez. Es una sensación muy agradable poder mudar ese viejo envoltorio estropeado por unos instantes. Pero, al mismo tiempo, me pregunto: ¿Cómo será tener un cuerpo *hermoso*? ¿Un cuerpo del que no quieres huir? Hace varios años, cuando Jennifer y yo hicimos una escapada a París un fin de semana, vimos a una mujer bailar en la barra de un *bistrot* de Montmarte. Era muy guapa y muy, muy joven. A todos los hombres del local se les caía la baba. En realidad era una tontería, pero por un momento, mientras observaba cómo la miraban, recuerdo haber sentido que habría dado *cualquier cosa* —ser estúpida, ser pobre, estar gravemente enferma— con tal de tener esa clase de poder.

Debí de armar un alboroto considerable durante esa crisis debida a mi aspecto personal porque, en cierto momento, la vecina del piso de arriba empezó a dar golpes en el suelo. Paré de llorar y, tras bajarme de la silla, me preparé un té. Mientras lo bebía y me sorbía la nariz, *Portia*, mi gata, que había presenciado mis desvaríos con un profundo desprecio felino, se ablandó y se acercó a frotarse contra mis piernas.

Poco a poco me fui calmando. Las sandalias eran aceptables. Estaba perdiendo el control por una tontería. Lo de la falda era una molestia, pero podía sujetarla con un imperdible. Y si no, tenía la negra con elástico en la cintura. No me pondría medias.

Salí de casa con tiempo suficiente para comprarle flores a Sheba. La floristería delante de la parada de metro tenía un surtido bastante pobre y lamenté haberlo dejado para el último momento. Al final, elegí una mezcla de claveles y rosas de pitiminí y luego, más o menos en cuanto me metí en el coche, me acordé de haber leído en algún sitio que los ramos de flores multicolores eran de mal gusto. Milagrosamente, conseguí contenerme y no volver para cambiarlas.

Sheba vivía en una gran casa victoriana en Boise Lane con tres plantas, una enorme ventana en saliente en la planta baja y un jardín delantero con un cerezo. Me perdí por el camino y tuve que aparcar a dos calles de la casa. Cuando llegué a la puerta, estaba un poco tensa y sonrojada y las correas de las sandalias empezaban a rozarme la piel.

—¡Barbara! —exclamó Sheba al abrir la puerta—. ¡Qué guapa estás! —Me abrazó—. ¡Y qué flores tan preciosas! —Cogió el ramo que le tendía—. Pasa, pasa. Te serviré una copa.

Recorrimos un pasillo hasta un salón más o menos del mismo tamaño que mi apartamento. Todo lo que había en él era muy grande: las alfombras que cubrían el entarimado de madera, las tablas de los muebles gastados, la chimenea profunda. Me senté, a instancias de Sheba, en un sillón de cuero, pero el asiento era tan profundo que cuando me recliné, mis pies perdieron el contacto con el suelo y acabé medio recostada. Al intentar erguirme para adoptar una postura menos ridícula, toqué con la mano un calcetín de un niño que estaba remetido a un lado del cojín.

—¡Cielos, qué dejados somos! —exclamó Sheba, llevándose una mano a la frente.

Pero sólo fingía que se avergonzaba. Cuando le di el calcetín, lo tiró a un cuenco de madera en la mesa de centro.

—Espera un momento —dijo—, voy a poner las flores en agua. Richard y los niños bajarán enseguida…

La primera vez que Jennifer fue a mi casa, la limpié a fondo antes de su llegada. Dios santo, incluso bañé a *Portia*. Aun así, cuando llegó, tuve una espantosa sensación de desnudez. Era como si hubiera expuesto el cesto de mi ropa sucia en lugar de mi salón anodino. Pero Sheba no se había planteado la incomodidad que suponía que una colega del trabajo viera cómo vivía. No pensaba en lo que observara yo. Tenía esa seguridad absoluta y burguesa de que no había nada malo en su salón, en sus muebles enormes y estropeados, en la ropa interior perdida de sus hijos.

Cuando me quedé sola, me volví en el borde de la butaca, aprovechando la circunstancia para examinar aquel entorno con una curiosidad menos inhibida. De la pared colgaban varios cuadros —el tipo de pintura abstracta, moderna y efectista que no me entusiasma— y un instrumento de madera primitivo, posiblemente africano, que tenía aspecto de oler mal si uno se acercaba demasiado.

Las estanterías albergaban una colección de narrativa que, sin estar mal, era poco inspirada y sugería la poderosa influencia de las listas de «libros del año» de los periódicos. Se notaba que en aquella familia no había auténticos amantes de la literatura. La repisa de la chimenea era un punto de reunión para las fruslerías de la casa. Un dibujo de un niño. Un trozo de plastilina rosa. Un pasaporte. Un plátano maduro.

Era tal el desorden en la casa que dudo que yo pudiera soportarlo. Y sin embargo, había algo de envidiable en esa confusión. Cuando vives sola, tus muebles, tus posesiones, siempre te obligan a enfrentarte a la pequeñez de tu existencia. Sabes con una exactitud dolorosa de dónde viene todo lo que tocas y la última vez que lo tocaste. Los cinco pequeños cojines del sofá permanecen rellenos e inclinados en su ángulo desenfadado varios meses seguidos a menos que los desordenes teatralmente. El nivel de la sal en el salero disminuye al mismo ritmo insoportable, día tras día. Sentada en la casa de Sheba —observando la mezcla de desechos de sus numerosos habitantes—, comprendí el alivio que se podía sentir al dejar que tus escasos objetos se junten con los de los demás.

—Eres Barbara —dijo una voz. Alcé la vista y vi a un hombre alto, de pelo cano abundante y despeinado, de pie en la puerta, mirándome a través de unas gafas gruesas—. Hola. Soy Richard.

Sheba había comentado que su marido era mayor que ella; no me esperaba que lo fuera tanto. Richard no era todavía lo que podía llamarse un anciano, pero tampoco se le podía incluir en la categoría de mediana edad. Tenía ya los hombros inclinados como las perchas con exceso de peso. El dorso de las manos presentaba un aspecto brillante, amarillento.

—Sheba me ha hablado muy bien de ti —dijo, acercándose a darme la mano. Llevaba el cinturón demasiado apretado por debajo del vientre y había una intención, advertí entonces, en el pelo alborotado. No se resignaba a envejecer—. Supongo que eres una de las pocas personas civilizadas del Saint George.

—Pues no sé… —empecé a contestar.

—¡Vaya! —exclamó, sin hacer caso a mis objeciones—. Veo que mi mujer te ha abandonado sin siquiera ofrecerte una copa. ¡Qué monstruo! ¿Qué te apetece? —Se frotó las manos y sonrió. Sus ojos, detrás de las gafas, tenían algo de bulboso, de insecto. Una imagen pícara me vino a la cabeza: su vieja boca arrugada en el pecho de Sheba.

—Cualquier cosa… ¿Qué tenéis? —pregunté.

Richard agitó los brazos en un gesto amplio.

—¡De todo! En esta casa somos grandes bebedores.

—Pues en ese caso… me encantaría un jerez.

—¿Jerez? —Una ligera sonrisa de suficiencia asomó a su rostro—. ¿En serio? Vaya, me temo que has ido a pedir justo lo que no tenemos.

Se acercó al armario de las bebidas y empezó a buscar.

Sheba volvió con las flores en un jarrón.

—¡Ah, ya os habéis conocido! —dijo. Miró a Richard con cara de preocupación y luego a mí—. Los niños bajarán enseguida. —Hablaba con una alegría extraña, artificial. Seguramente había tenido que engatusar a su marido para que aceptara mi visita, pensé. Eso explicaría la afectada santidad con que Richard me trataba. En la pequeña economía del matrimonio, mi invitación a cenar había decantado considerablemente la balanza de su lado.

—Querida —dijo Richard, sacando la cabeza del interior del armario de las bebidas—, ¿sabes si tenemos jerez? Barbara ha pedido jerez.

—No, en serio —protesté—, puedo tomar cualquier otra cosa. Vino blanco…

—¡Ya sé! —exclamó Sheba—. Tengo una botella de marsala en la cocina. Lo uso para cocinar. ¿Te apetece un marsala, Barbara?

—Por supuesto. Pero, por favor, no te molestes…

—¡Oh! —exclamó Sheba, mirándome los pies—. Te has hecho daño.

Bajé la mirada y, efectivamente, me corría sangre por el tobillo izquierdo; la correa de mi absurda sandalia se me había hincado en la piel.

—Pobre —dijo Sheba—. ¿Son nuevos los zapatos? Voy a buscar una tirita…

—No, no te preocupes…

—No seas tonta. Enseguida vuelvo. —Desapareció.

Richard me sonrió, avergonzado.

—Ay, las mujeres y los tacones de aguja —dijo.

—No son de aguja —protesté.

—Antes Bash siempre se empeñaba en llevar tacones —prosiguió—. Hasta que un día se fracturó el tobillo cuando corría a coger el autobús. Entonces me impuse… ¡Ja! Tal cual. La obligué a comprarse un par de zuecos.

Se produjo un breve silencio.

—Yo nunca le he visto el sentido a los tacones —continuó Richard—. Son para crear una postura sexualmente provocadora, ¿no es así? Así doblas la columna, sacas el trasero. Como esos maravillosos orangutanes con el trasero púrpura... —Hizo una pausa—. Creo que me prepararé una copa mientras esperamos tu jerez.

Sheba volvió con el marsala y las tiritas. La acompañaba su hija, Polly: una chica de diecisiete años bastante guapa y enfurruñada, con el pelo rizado de su padre y el cuerpo esbelto de su madre.

—Polly, te presento a Barbara, mi amiga de la escuela —dijo Sheba.

—Hola —saludó Polly en tono cortante, lanzándome una breve mirada. Señaló la caja de tiritas en la mano de su madre—. ¿Para qué son?

—Barbara se ha hecho un corte en el pie —contestó Sheba.

Polly se volvió para mirar mi tobillo ensangrentado.

—¡Agh, qué asco! —exclamó.

—¡Polly! —murmuró Richard en un vago tono de reprobación.

Sheba se acercó y me dio una tirita junto con un poco de papel higiénico para limpiarme la herida.

Polly se dejó caer en el sofá con un sonoro suspiro.

—¿Puedo tomar un vodka con una rodajita de limón, papá? —preguntó.

—Bueno, vale —contestó su padre, en un desenfadado tono de indulgencia. Me sonrió e hizo un gesto de negación con la cabeza—. Mi hija, la alcohólica.

—Así pues, Polly —dije mientras me curaba el tobillo—, estarás haciendo bachillerato. ¿Cómo te va el curso?

La sangre empapó la primera compresa de papel higiénico sin dar la menor señal de que fuera a restañarse.

—Bien —contestó Polly con tono aburrido, estirándose el vello del brazo.

—¡Polly! —dijo Sheba.

—¿Qué? —preguntó Polly—. ¿Qué tenía que haber dicho?

Se notó que Sheba no supo qué contestar a semejante réplica, o tal vez intentaba evitar una escena. En cualquier caso, no insistió. Yo me reí, para mostrar que no me había ofendido. Aunque, por supuesto, sí me había molestado. Aunque parezca mentira que lo diga una mujer que se ha pasado toda su vida en la enseñanza, lo cierto es que los jóvenes no se me dan muy bien. En el aula me siento muy segura, ya que allí las reglas —al margen de que se respeten o no— están claramente definidas. Pero en otros contextos me siento totalmente perdida. No consigo adoptar el estilo informal y bullicioso de conversación con la generación más joven que parece imperar últimamente. No soy una persona informal. No me van el jugueteo y las bromas tontas. Con los jóvenes tiendo a estar rígida y torpe; y luego, cuando veo que los aburro, me vuelvo preventivamente fría y adusta.

Richard me trajo la bebida.

—Toma, querida —dijo, imitando de manera jocosa el acento rural del norte.

—¿Dónde puedo dejar esto? —pregunté, sujetando el envoltorio de la tirita y el papel con el puño cerrado.

—Dámelo —dijo Sheba, cogiendo la bola manchada de sangre—. Voy a ver cómo está la cena.

Justo en ese momento se oyeron unos pasos pesados y presurosos en la escalera y de pronto entró un niño rubio y regordete.

—¡Hula! ¡Hula! —gritó Richard, arrodillándose y estirando los brazos—. ¡Ben está aquí! ¡Hula! ¡Hula! —El niño corrió hacia él, riéndose. Richard lo cogió y lo puso boca abajo—. ¿Qué tal se está ahí abajo, Benno? —preguntó en tono juguetón.

Sheba miraba las payasadas con una sonrisa. Polly, que bebía a sorbos el vodka que le había servido su padre, no alzó la vista.

—Y ahora, a ver, ¿tienes calderilla para mí, Benno? —preguntó Richard, meciendo al niño al tiempo que lo sujetaba boca abajo. Ben chillaba de la emoción mientras le caían monedas de los bolsillos.

—Bueno, ya está bien —intervino Sheba—. No nos alborotemos demasiado antes de cenar.

Richard soltó al niño.

—Vale, Benno McBenjabú, ha llegado la hora de comportarse. Esta señora se llama Barbara. Ha venido a cenar con nosotros.

—Hola —dijo Ben. Se acercó y me estrechó la mano—. Me llamo Ben —se presentó. Yo temía que llegara ese momento por si se me escapaba alguna tontería, o no entendía lo que me decía. Pero no pasó nada. Aunque el chico tenía la voz ahogada y gangosa de los discapacitados, se le entendía perfectamente—. ¿Sabías que ya tengo novia? Y con sólo once años.

—No, no lo sabía —contesté.

—Se llama Sarah. La semana que viene vendrá a merendar.

—Vaya —dije.

—Sarah es una amiga de la escuela de Ben —explicó Sheba.

—No sólo una amiga, mamá —objetó Ben—. Es mi novia. Vamos a bailar un lento juntos.

—Bueno, eso ya lo veremos. —Sheba me miró enarcando una ceja—. Por lo visto las hormonas atacan cada vez más pronto.

Ben la observó atentamente mientras hablaba.

—¿A qué te refieres, mamá? —preguntó—. ¿Qué son hormonas, mamá?

Cenamos todos juntos en torno a una mesa redonda en la gran cocina en la planta baja. Sheba había hecho pastel de carne y una ensalada. Richard abrió una botella de rioja.

—Bash es la cocinera en esta casa —dijo mientras me servía vino— y yo soy el sumiller.

En la cena, la conversación estuvo animada. Ben habló de una reciente excursión con la escuela al zoo de Londres y todos nos maravillamos con sus imitaciones de los sonidos de diversos animales. Sheba me pidió que contara a Richard el último descalabro en Saint Albans y Richard se desternilló. Enarcó las cejas cuando definí a Pabblem como una versión londinense del Matías Illich de Turguéniev.

—Conque Turguéniev, ¿eh? Bien, muy bien —dijo, como si marcara en el margen de mi redacción una señal de aprobación. Entonces, como para compensarme por no ser una ignorante del todo, empezó a hablar largo y tendido sobre el libro que estaba escribiendo. Por lo visto trataba de la tendencia hacia la derecha de los medios, pero cuando se lo comenté, soltó un alarido y dijo que esperaba que fuera «algo más sutil». Durante un buen rato intentó hacerme comprender concretamente la manera insidiosa en que los lectores de periódicos usan los verbos. A mí me pareció una bobada. Pero, por preservar la armonía, hice ver que me lo creía.

Sólo hubo un momento difícil en la cena y no tuvo nada que ver conmigo. Surgió cuando Sheba intentó que Polly comiera un poco más y ésta, a gritos, respondió a su madre que la dejara en paz.

—Polly, eres una maleducada. No consentiré que me hables así —dijo Sheba en voz baja.

—Pues no te metas con lo que como —replicó Polly en voz alta y desafiante.

—No me metía contigo —protestó Sheba—. Sólo quería asegurarme de que no te mueres de hambre.

—Va, por favor, déjalo, Bash —suplicó Richard.

Se produjo un silencio tenso por un momento, que se rompió cuando Richard dijo:

—Es complicado, ¿no, Barbara? Uno cree que los modales son la formalización de la amabilidad y la consideración básicas, pero la mayoría de las veces no son más que una estética disfrazada de principios morales, ¿no te parece?

—Ay, Richard... —dijo Sheba.

—No, lo digo en serio. O sea, es evidente que la cortesía para con los mayores no siempre puede justificarse por su sabiduría superior. Lo que pasa es que simplemente no queda «bonito» que un joven conteste mal a un mayor. ¿No es ése el problema? ¿Tú qué piensas, Barbara?

Lo que pensé fue que era un estúpido pretencioso, pero me lo callé.

—Bueno, no sé... —empecé a decir, pero Richard ya había perdido interés.

—¡Hora del postre! —anunció con jocosa voz de barítono—. Vamos, Bash, ¿qué hay de postre?

Había helado de vainilla y tarta de chocolate de pastelería.

—Me temo que somos de los que buscan gratificaciones inmediatas, Barbara —dijo Richard, como si no lo temiera en absoluto, mientras cortaba grandes trozos de tarta para todos. Sus constantes explicaciones sobre los hábitos familiares me molestaron. Aunque parecían acogerme, conseguían más bien agrandar las distancias, como afirmando: «Jamás entenderías nuestros modales tan pintorescos y elegantes».

Tras el postre, Sheba me llevó a ver su taller de cerámica en el sótano.

—Richard está muy impresionado contigo —dijo mientras me conducía escalera abajo—. Nunca le habla a nadie de su libro.

Me esforcé por hacer ver que me sentía muy honrada.

Llegamos a una gran habitación que olía un poco a humedad. Estaba pintada de amarillo pálido y provista de un horno y un torno de alfarería. Los estantes de las paredes exhibían la obra de Sheba. Nunca había visto nada de ella. Por alguna razón, cuando me hablaba de su trabajo, siempre imaginaba piezas de barro cocido, esos objetos toscos entre beige y grises que se venden en las tiendas de regalos. Pero las piezas que había allí no tenían nada que ver con eso. Eran delicadas y románticas: cuencos con los bordes como de encaje o rejilla; urnas con asas en forma de animales y aves. Filas y filas de bandejas en los colores del arco iris.

—Dios mío, Sheba, tu obra es tan… tierna —dije.

—Ay, cielos.

—No, no tierna. Todo esto es precioso. Es decir, cuando pienso en la cerámica, pienso… no en cosas tan preciosas como éstas. —Señalé un gran cuenco adornado con una sinuosa línea de rosas amarillas y gorriones azules y regordetes—. Fíjate en esto. Qué envidia me da que seas capaz de hacer estas cosas. ¿Me permites?

Asintió.

—Adelante.

Lo cogí con cuidado.

—¿Cómo lo has hecho? Estos colores… ¡qué habilidad! Me encantan estos pájaros.

—Quédatelo —dijo ella.

Dejé el cuenco donde estaba.

—No, de ninguna manera. Por favor, Sheba, no pretendía que me regalaras nada. Te lo prometo…

—No, ya lo sé. Pero quiero que te lo quedes.

—Ah, pero…

117

—Barbara, no seas pesada —dijo con una sonrisa—. Quédate con el maldito cuenco.

Siempre es difícil, esa transición del rechazo rotundo a la aceptación humilde.

—¿Seguro? —pregunté.

—Por supuesto.

—Pues muchas gracias —dije—. Estoy muy conmovida. Hace mucho que no recibo un regalo tan bonito, es precioso. —Hice una pausa, consciente de que estaba aburriéndola—. Polly es muy mona —añadí, para cambiar de tema.

—Sí —musitó Sheba. Abrió dos sillas plegables que estaban apoyadas contra la pared y me indicó que me sentara en una de ellas.

Pensé que no iba a decir nada más de Polly, así que empecé a buscar otros temas. Pero justo cuando abría la boca para comentar lo tranquilo que estaba el sótano, Sheba empezó a hablar otra vez.

—Nadie se esperaba que Polly saliera tan bien —dijo—. Se volvió guapa así de repente, a los ocho años. Antes era feísima. Una ratita. La gente siempre me decía con delicadeza que era muy «robusta». A mí nunca me importó. Su fealdad me hacía quererla más. En sus primeros dos años de vida era prácticamente incapaz de soltarla. Me la llevaba a todas partes, como si acarrease a una reina niña en su litera triunfal. —Hizo una pausa—. Supongo que es bueno que los hijos se conviertan en adolescentes difíciles. Los sentimientos que despiertan de niños son demasiado intensos, demasiado agobiantes para poder mantenerlos.

—O sea, ¿que Polly es un poco difícil? —pregunté.

Sheba me miró con ironía.

—No hace falta que finjas, Barbara. Sí, Polly es un auténtico tormento. Siempre ha de adoptar una «postura» frente a todo: el vegetarianismo, el feminismo. Todas esas cosas. Y si no las compartes con ella, se lo toma mal.

Sonreí.

—Siempre está rechazando a los chicos porque no tienen bastante conciencia política, o porque son «sexistas» —siguió Sheba—: ¿No te parece que una chica capaz de rechazar a un pretendiente por esas razones peca de cierta dureza? ¿O sólo quizá de falta de imaginación? Es decir, sin duda a los diecisiete años alguien puede gustarte y ya está, ¿no?

Me encogí de hombros.

—Cada cual es como es.

—Yo a su edad era mucho más tonta e inocente, lo sé —dijo Sheba—. Y desde luego mucho más vulnerable. Pero me divertía más, creo. ¡Me emocionaba tanto con todo! ¡Tenía tantas ganas de ser adulta! Por la noche, en la cama, hacía prácticas de los revolcones que me daría con mis futuros novios. Tenía toda una colección de amantes imaginarios. El vaquero, el médico, el jeque árabe. Yo era la orgullosa y rebelde del harén del jeque. La que tenía «temple»… —Se rió—. Cuando me acuerdo de todo eso, Polly casi me da pena. ¿Entiendes? Es decir, ¿con qué hombres sueña? ¿Con los dirigentes del distrito de la Sociedad Protectora de Animales? —Calló de golpe, como si se avergonzara de haberse dejado llevar por el tema. Tras una pausa, dijo—: Bueno, da igual. La cuestión es que los adolescentes dan mucho trabajo. Tú ya lo sabes.

119

Asentí.

—Oye, ¿y dónde has aprendido a hacer estas cosas? —pregunté, señalando su obra—. ¿Has estudiado arte en algún sitio?

Sonrió con cierta languidez.

—En realidad, no. Hice un curso de iniciación en Saint Martin. Pero después conocí a Richard (era uno de mis profesores) y nos casamos.

—Ah, debías de ser muy joven.

—Sí, tenía veinte años. Y ni siquiera estaba embarazada.

Me lo propuso y me pareció buena idea. —Se rió—. Siempre me dio mucho miedo salir al mundo. Me dije a mí misma que era muy subversivo por mi parte hacer algo tan convencional.

—¿Y qué dijeron tus padres?

—Estaban horrorizados, sobre todo mi padre. Dijo que no me había educado para ser un ama de casa boba. Después de casarnos no paraba de insistir en que me buscara un empleo. Intenté varias cosas para complacerlo. Hice un curso de mecanografía y varios trabajos eventuales. Entré a trabajar con uno de sus amigos, en una organización benéfica para los sin techo, pero me echaron porque no era bastante eficaz. Luego estudié magisterio. Y luego me quedé embarazada. Mi sueldo de maestra no habría cubierto el coste de una canguro, así que eso se acabó. Siempre decía que me pondría a trabajar cuando Polly cumpliera cinco años. Pero justo después de su cumpleaños, volví a quedarme embarazada. Y entonces resultó que Ben era… era Ben. Y hasta el año pasado, cuando por fin pudimos llevarlo a una buena escuela, no volví a plantearme el asunto del trabajo. —Sacó la barbilla—. Y eso es todo. Ahora ya sabes por qué no he hecho nada en la vida.

—¿Cómo puedes decir eso? —protesté—. Tienes dos hijos guapísimos. Ben es maravilloso. No es posible que lamentes haberle dedicado tu energía. En fin, criar a dos hijos, y uno con una minusvalía, eso es haber hecho mucho, muchísimo, en la vida. Sin duda, bastante más de lo que habrías conseguido con una carrera.

Sheba asintió con impaciencia.

—Sí, lo sé. Eso ya lo sé. Y créeme, me permito deleitarme en privado con mi maternidad desinteresada. Pero criar niños no es lo mismo que… No puede dar las mismas satisfacciones que hacer cosas por ahí. Digas lo que digas, es una lata no haber hecho nunca nada de interés, haber vivido en una oscuridad tan absoluta.

Yo farfullaba una objeción cuando me interrumpió:

—Barbara, lo siento, no quisiera abusar de ti, pero ¿puedo pedirte un consejo sobre cierta cuestión? Siento una gran necesidad de hablar con alguien en estos momentos. Tengo un problema. En la escuela.

Asentí enérgicamente, intentando mostrarme merecedora de su confianza.

—¿Qué…?

—Pues… —Se atusó el pelo con unas palmadas nerviosas—. Se trata de uno de los alumnos. De hecho, es ese chico, ya sabes, aquel con el que me ayudaste el trimestre pasado.

—¿Qué chico?

—El rubio, Steven Connolly.

—Ah, sí.

Pasó a darme una versión expurgada de su relación. Eran amigos, dijo. A él le interesaba el arte e iba a verla a menudo después de clase, a hablar de sus dibujos. Ella le había enseñando algo de cerámica. Pero se había dado cuenta de que el chico estaba enamorándose de ella y no sabía qué hacer. Cuando le pregunté el porqué de su sospecha, vaciló, como avergonzada. Y entonces contó que la semana anterior, cuando salía de la escuela, Connolly la había abordado en la calle e intentado besarla.

Pese a todas las omisiones, fue un relato largo, en el que incluyó minuciosas digresiones. Al escucharla, tuve la impresión de que intentaba ser muy, muy escrupulosa y precisa. Varias veces se detuvo para corregirse sobre cuestiones sin importancia relacionadas con el momento exacto en que había tenido lugar una conversación o las palabras con que en cierta ocasión lo había saludado. Era casi como si estuviera dando un parte policial.

—¿Qué día te atacó exactamente? —pregunté cuando acabó.

—Ah, no, no fue un ataque... —dijo.

—Bueno, lo que sea. ¿Cuándo fue?

—Esto... el jueves.

—¿Lo has visto o hablado con él desde entonces?

—Vino a mi taller un par de veces, pero lo eché.

Me quedé pensando un rato.

—Si la situación es realmente tal y como la cuentas —dije—, me parece que lo que tienes que hacer es bastante evidente. El chico te ha estado acosando y hay que pararle los pies. Debes informar al director de inmediato y pedir que lo castiguen.

Sheba me miró, horrorizada.

—¡Ah, no! —exclamó—. No, no, sería incapaz de...

—Pero el chico intentó besarte. Eso es muy grave.

—No, no Barbara —dijo—. Te he dado una impresión equivocada. Es un chico inofensivo. Cuando digo que me quiso besar, debes entender que fue algo muy dulce, romántico, nada agresivo, y en cuanto protesté, se detuvo. Es que se ha enamorado. No le haría bien a nadie convertir eso en motivo de castigo.

Permanecimos las dos calladas por un momento.

—Sheba, tengo que preguntártelo. ¿Sientes algo por ese chico?

Se sonrojó.

—Pues sí. Pero... ¿te refieres a si me gusta o algo así? Por Dios, claro que no. En absoluto. Me cae bien. Es muy mono. Sólo que, bueno, no sé cómo manejar este asunto sin hacerle daño.

Asentí.

—Voy a decirte una cosa que no va a gustarte —anuncié—. Eres nueva en este juego y tienes muchas ideas valiosas pero nada prácticas acerca de tu papel de profesora. El hecho es que no forma parte de tu cometido ser amiga de tus alumnos. Cuando desdibujas las líneas del contrato entre profesora y alumno, cuando intentas ser blanda y compinche y «una de ellos», en realidad no les haces ningún favor. No pretendo saber qué le pasa exactamente a ese muchacho, pero parece bastante obvio que siente mucho apego hacia ti. Te recomiendo vivamente que se lo comuniques al director. Si no lo haces, al menos debes dejarle bien claro al chico que estás dispuesta a hacerlo. Debes decirle, con firmeza, que no debe haber más encuentros entre vosotros.

Sheba asentía con vigor mientras hablaba. Cuando terminé, dijo con gran fervor y determinación:

—Tienes razón, tienes razón. Barbara, haré exactamente lo que dices. He sido muy tonta. Pero a partir de ahora seré muy severa. Lo prometo.

Se acercó a un armario, sacó un periódico viejo y empezó a envolver mi cuenco. Lo interpreté como una señal de que nuestra conversación había concluido y me levanté.

—Me alegro tanto de haber hablado contigo, Barbara —dijo, dándome el cuenco—. Este asunto me ha estado martirizando toda la semana. Sabía que me dirías qué tenía que hacer. Debes de pensar que soy muy tonta...

Negué con la cabeza y luego —con cierta vacilación, porque las muestras de afecto no son mi fuerte—, le di unas palmadas en el hombro.

—En absoluto, en absoluto. Éstos son asuntos difíciles para una profesora nueva. Me alegro mucho de que me hayas hablado de ello.

Al llegar al pie de la escalera, me volví hacia ella.

—Perdona que te lo pregunte, pero ¿se lo has contado a alguien más?

—No.

—¿Ni siquiera a Sue?

—No. ¿Por qué?

—Es que he pensado que no te conviene decírselo. No es

que sea mala persona, pero no es... —Me reí—. Puede ser un poco estúpida, ¿no te parece?

Sheba asintió.

—Tienes toda la razón. No hablaré de esto con nadie más.

Mucho después, cuando por fin Sheba me contó la verdad acerca de su relación con Connolly, cuando me enteré de todo lo que ella había omitido de esta primera confesión falsa y extraña, me enfadé mucho. No entendí por qué se había molestado en contar a medias una verdad tan radicalmente comprometida. Sólo dos noches antes de invitarme a su casa, había estado revolcándose con Connolly en un parque público. ¿Acaso había disfrutado al simular que se confesaba conmigo? ¿O me había dado esa versión inocente de su relación para contrarrestar cualquier sospecha entre los profesores de que podía haber algo peor?

124

Al principio, estaba dispuesta a atribuir las peores motivaciones posibles a su engaño. Pero conforme pasó el tiempo, las teorías más melodramáticas perdieron credibilidad. Es una locura decir que una adúltera de mediana edad es inocente y, sin embargo, sí hay algo de fundamentalmente inocente en Sheba. Huelga decir que es capaz de cometer cualquier clase de pecado. Pero no es una intrigante. No tiene la astucia necesaria para tramar y urdir, al menos no de una manera sostenida y arriesgada. En estos momentos tiendo más a ver su primera explicación como la clase de semiconfidencia que hacen los niños pequeños cuando quieren quitarse de encima el peso de un secreto pero no están dispuestos a asumir las repercusiones de revelarlo por completo. Creo que, allá abajo en el taller del sótano, en realidad quería contarlo todo, sólo que le faltó valor. La mirada nerviosa que en ese momento confundí con una preocupación general era, de hecho, un deseo frustrado de absolución.

Arriba, los niños se habían metido en sus habitaciones y Richard estaba en la cocina preparando café. Sheba y yo fuimos a sentarnos al salón y poco después vino Richard con el café en una bandeja. Hizo muchos aspavientos: tocaba una trompeta y llevaba un cubretetera en la cabeza. Por eso y por la excesiva efusividad con que Sheba le dio las gracias, deduje que las contribuciones de Richard al bien común no eran muy frecuentes.

Los tres nos quedamos charlando unos tres cuartos de hora. La conversación giró básicamente en torno a nuestros planes para el verano. Richard y Sheba iban a pasar un mes en Provenza.

—Vamos cada año —explicó Sheba—. Mi familia tiene una casa; bueno, en realidad es una cabaña, que compró mi padre hace mil años por cuatro chavos. Es muy primitiva pero preciosa. Está cerca de Aviñón, por si eso te dice algo.

Comenté que tenía medio planeado ir a Madrid, y Richard, que había estado en España de joven, me dio muchas sugerencias sobre lo que debía visitar y ver mientras estuviera allí. A las diez y media, llegó el momento de irme.

De camino a casa, me detuve en LoPrice, el supermercado al final de mi calle, a comprar un litro de leche y un poco de pan para la mañana siguiente. Al ir a pagar, el hombre que me precedía en la cola puso sus compras en la cinta transportadora con cohibida meticulosidad: un bote de café instantáneo, un único panecillo Kaiser con una mancha en la costra, una lata de atún, un bote grande de mayonesa, dos cajas de Kleenex. Pensé en la informal exuberancia de la casa de los Hart. Seguro que ellos nunca compraban en supermercados caros e insalubres como ése. No, aprovecharían su economía de escala y harían alegres excursiones familiares al almacén central del Sainsbury's en West Hampstead. Me los imaginé correteando por los pasillos, echando paquetes económicos de papel higiénico en los carritos y gritando:

125

«¿A cuánto está el arroz, querida?». El hombre de la cola miraba con suma atención a la cajera mientras registraba sus compras. Al llegar a su casa, se prepararía su triste bocadillo de atún y su taza de café insulso. Comería delante del televisor, como hacen los solteros. Y luego se volvería hacia su abundante provisión de pañuelos de papel... ¿para qué? ¿Llanto? ¿Estornudos? ¿Masturbación?

Hubo una pequeña confusión cuando la cajera se equivocó e incluyó mi pan y mi leche en la compra del hombre. «No, no», murmuró el hombre, enfadado. Lanzándome una mirada iracunda, cogió la barra de metal y la colocó con violencia en la cinta transportadora para separar mis artículos de los suyos. Me he dado cuenta de que los solitarios se desprecian mutuamente. Temen que tratar con gente como ellos exacerbe su rareza. Cuando Jennifer y yo fuimos juntas a París, en Heathrow vimos a un empleado de la línea aérea preguntar su destino a dos personas muy gordas en la cola de facturación. Resultó que los dos gordos no eran pareja, y la insinuación de que pudieran serlo los horrorizó. Separándose de un brinco, los dos gritaron al unísono: «¡No vamos juntos!».

Entendí su espanto. Hasta a Jennifer y a mí a veces nos asaltaba cierta incomodidad por la impresión que causábamos las dos juntas. Solas, no corríamos el riesgo de llamar la atención —de hecho, éramos invisibles—, como suele ocurrir con las mujeres corrientes mayores de cuarenta años. Pero siempre sospeché que, juntas, éramos ligeramente cómicas: dos señoras a todas luces sin marido que se iban de excursión. Un espectáculo de soltería en un teatro de variedades.

Por un instante me entraron ganas de gritar al hombre en el LoPrice: de decirle que yo no era en absoluto como él, que yo tenía amigos, que venía de una cena en grata compañía en casa de una familia. Pero, por supuesto, no lo hice. Me limité a agachar la cabeza y fingí buscar algo en el bolso hasta que él salió a la calle.

Después, en la cama con una taza de té y *Portia*, pensé en la velada con cierta satisfacción. Pese al tobillo ensangrentado, me pareció que había hecho un buen papel. Fui cortés y correcta con los niños. Congenié con el marido. Y cuando Sheba me pidió consejo, respondí con sabiduría y comprensión. La gratitud de Sheba fue evidente.

¡Qué engañada estaba! ¡Pero qué feliz era!

Siete

Al principio de su aventura, la principal preocupación de los amantes era, creo, los lugares de encuentro: dónde podían verse, dónde podían hacerlo. Por falta de una alternativa más agradable, volvieron varias veces a Hampstead Heath. (Sheba no sabe muy bien el número exacto, pero calcula que fueron al menos veinte.) Esas relaciones sexuales al aire libre han inquietado mucho a la prensa pero, pese a las insinuaciones salaces de los periodistas, Sheba y Connolly no sentían que sus citas a la intemperie añadieran erotismo. No es fácil, por lo visto, retozar con pleno abandono en la tierra húmeda de un parque londinense. En las tardes de primeros de abril hacía tanto frío que Sheba perdía la sensibilidad de los labios y las manos. E incluso en un tiempo más benigno, por el temor a los insectos y los excrementos de perro, era imposible relajarse. Una vez apareció un hombre en el claro donde estaban acurrucados Sheba y Connolly. Sheba se asustó y gritó, ante lo cual el hombre también gritó y salió corriendo. Después Connolly intentó tranquilizar a Sheba, asegurándole que el hombre no volvería. Pero ella no se dejó convencer y se aguó la tarde.

Más tarde Sheba se enteró de que Connolly y ella, sin saberlo, se habían instalado en la zona del parque frecuentada por los homosexuales. El hombre que los había sorprendido no era un *voyeur*, sino un gay libertino en busca de una conquista. En cualquier caso, el episodio alteró a Sheba hasta el punto de concertar la siguiente cita en su taller de la escuela. Cerró la puerta con llave y corrió las cortinas, claro está, pero el personal de la limpieza, que trabajaba a horas imprevisibles, tenía las llaves del aula. El riesgo de verse sorprendidos era alto.

Es difícil, le digo, interpretar semejante falta de cautela si no es como una obsesión sexual. Pero Sheba no está de acuerdo. Dice que tal afirmación pone un énfasis indebido en el aspecto carnal de su relación con Connolly. Ante la implacable vulgaridad de la prensa, en una reacción defensiva, ha tenido la necesidad de enaltecer la relación. Quiere que se sepa que Connolly y ella no sólo se dedicaban a «revolcones ilícitos» y «sesiones de sexo». Estaban *enamorados*. Justo después de estallar el escándalo, un periodista del *Sunday Express* arrinconó a Connolly delante de su casa y le preguntó qué le había atraído de su profesora. Connolly, en lo que fue su única declaración pública sobre el caso hasta ahora, contestó: «Me gustaba, ¿vale?». Acto seguido, su madre lo metió en el taxi de su padre, que lo esperaba. La frase se ha vuelto famosa. Tengo entendido que se ha convertido en una especie de eslogan humorístico en los medios. Para Sheba, sin embargo, es muy humillante. La primera vez que leyó lo que había dicho Connolly, le pareció que estaba denigrando intencionadamente la relación: renegando de sus verdaderos sentimientos para satisfacer las burdas expectativas de la prensa. Luego lo ha perdonado. (Él no sabía qué efecto tendría, dice ella.) Pero la propia cita —y la percepción generalizada de que su relación era como la parte indecente de aquellas comedias vulgares de los años sesenta fruto de la revolución sexual— sigue siendo un tema muy espinoso.

En contadas ocasiones reconoce que los dos sólo tuvieron tiempo para hacer el amor deprisa y corriendo antes de volver a separarse. Pero esos encuentros eran insatisfactorios para los dos, dice. Siempre buscaban oportunidades para poder estar «realmente» juntos. Connolly tenía un busca y cada vez que Sheba veía que disponía de un momento libre que no había previsto, lo llamaba. Era difícil ir a sitios como una pareja normal sin despertar la sospecha de sus familias respectivas, pero lo consiguieron al menos en tres ocasiones.

Una vez fueron a la National Portrait Gallery. Otra, a un restaurante antillano de Hammersmith. (Sheba consiguió que Connolly comiera cabra por primera vez.) La tercera, por razones que no vienen al caso, visitaron Hampton Court. En cada una de estas salidas, cogieron un taxi, dice ella, y siempre dejaban escapar una risa histérica de alivio cuando, al parar el taxista, veían que no era el padre de Connolly. Una vez dentro, se amartelaban en un rincón y fingían que el conductor no los veía mientras se toqueteaban y jadeaban hasta llegar a su destino.

Intuyo, por lo que me ha contado Sheba, que estas citas, tras su aparente diversión, eran bastante tensas para ella. En el aula o en el parque con Connolly, Sheba podía creer que su amor era hermoso, prohibido: algo dulce y sano y, en unas circunstancias ligeramente distintas, perfectamente viable. Pero cuando estaba en la calle, no le quedaba más remedio que reconocer lo radicalmente raros que eran como pareja. Una vez, mientras iban juntos por Saint Martin's Lane —en su excursión a la National Portrait Gallery—, vio de refilón el reflejo ondulado de los dos en un escaparate. Tardó en relacionar y entender que el ama de casa huesuda de mediana edad que llevaba de la mano a un hijo adolescente en realidad era ella.

Por lo visto, en el restaurante de Hammersmith, Connolly pidió un combinado espantoso para acompañar su curry. Sheba le sugirió que le iría mejor un refresco, o cerveza, pero él no cejó: quería un cuba libre. Ella no insistió. No podía aleccionar al chico acerca de los peligros de las bebidas alcohólicas, le pareció, cuando estaba a punto de llevarlo al parque para retozar con él.

Al principio de la relación, Sheba empezó a comprarse ropa interior: prendas de nailon con flores confeccionadas para chicas de la edad de Polly. Las guardaba en el fondo del cajón de las bragas y sólo se las ponía cuando sabía que vería a Connolly. Una vez, cuenta, mientras miraba en el mostrador de tangas en el ruidoso sótano de una tienda de Oxford Street, alzó la vista y vio acercarse a Diana Selwood, la mujer de un colega de Richard. Diana iba con su hija adolescente, Tessa. Sheba se apartó del mostrador y se cruzó de brazos. Saludó a Diana y charlaron un rato de sus hijos y sus maridos. Luego Diana miró el mostrador.

—Vaya, Sheba —dijo—. Me quito el sombrero ante ti. Hace años que yo ya no me preocupo por la ropa interior bonita. ¿Cómo demonios te pones esas cosas?

—Pues ni idea —contestó Sheba, mirando las telas floreadas con semblante confuso—. A decir verdad, creía que eran pañuelos para el pelo.

131

En esos primeros meses, Connolly no paraba de adularla por su belleza: le acariciaba el pelo, ponía su pequeño y fornido brazo alrededor de su cintura al tiempo que se maravillaba de lo estrecha que era. Animada por su adoración, Sheba empezó a maquillarse más. A Richard los cosméticos nunca le habían dicho nada, pero Connolly respondió al artificio de la manera más gratificante. La primera vez que Sheba se presentó a una de sus citas con los labios rojos y brillantes y *kohl* en los ojos, se quedó boquiabierto.

—¿Qué pasa? —preguntó ella—. ¿Es por la pintura de guerra?

—Pareces una modelo —susurró Connolly.

La aventura no tuvo un efecto adverso inmediato en su matrimonio, sostiene ella. De hecho, al principio su relación con su marido se benefició. Las noches que llegaba tarde a casa después de sus encuentros con Connolly, recuerda que le llamaba la atención el cariño que sentía por Richard. Cuando recogía el calzoncillo que él había dejado tirado en el suelo del cuarto de baño, o cuando le quitaba de la mano el rollo de hilo dental al quedarse él dormido, no se sentía molesta ni culpable: simplemente agradecida por el entrañable hecho de que su marido existiera. Era reconfortante, tras sus extrañas y frías citas en el parque, meterse en la cálida cama de matrimonio: sentir el cuerpo de Richard moverse adormecido para abrazarla. Cuando él quería hacer el amor, ella siempre se sometía sin protestar. Entonces no le resultaba tan terrible, explica, pasar de su amante a su marido en una misma noche. Le parecía bastante natural. Siempre se duchaba antes de acostarse. Y en ese sentido todavía le gustaba Richard. Esas cosas no desaparecen así como así, dice.

Ocho

*E*s sábado por la mañana, y estoy sola en casa. Si soy disciplinada y no salgo a comprar la prensa, debería poder escribir al menos tres o cuatro horas antes de que vuelva Sheba. Hoy le toca ver a Ben. Las últimas dos semanas Richard ha insistido en que ella realice sus «visitas», como las llama, en Hampstead, en casa de los Beckwith, unos viejos amigos de los padres de Sheba. La razón oficial de este cambio es que le es más cómodo a Richard llevar a Ben allí, pero la verdadera razón, sospecho, es que le evita a Richard encuentros desagradables con Sheba. Procura siempre marcharse de casa de los Beckwith mucho antes de que llegue Sheba.

Y ahora, a trabajar. Debería haber empezado hace rato, pero he tenido que llamar a la madre de Sheba para pedirle dinero y esa pequeña tarea ha acabado prolongándose tres cuartos de hora. Desde que Sheba ya no vive con Richard y no trabaja, su única fuente de ingresos es la cantidad mensual que recibe del fondo de inversiones de la familia Taylor. Es una miseria: apenas da para cubrir la lista de la compra, y no hablemos ya de los extras. En estos momentos Sheba necesita con urgencia zapatos nuevos. Y antes o después también tendrá que comprarse ropa para el juicio. Desde luego no puede presentarse ante el juez con uno de sus conjuntos transparentes de hippy.

Pero a la señora Taylor esas cosas no le preocupan demasiado. Al acabar de explicarle la razón de mi llamada, ha dejado escapar una risa desagradable.

—¿Sheba sabe que me ha llamado? —ha preguntado—. Porque ella ya le dirá, querida, que no tengo por costumbre subvencionar su guardarropa.

—Oiga —he replicado—, Sheba anda por ahí con agujeros en los zapatos. Tampoco estoy pidiendo dinero para frivolidades. Usted sigue siendo su madre, ¿no?

—Ah —ha dicho ella con una risa ahogada—, gracias por recordármelo. A ver si lo entiendo. ¿Usted se encarga del presupuesto de Sheba? Pues qué práctico. ¿También querrá que le compre un par de zapatos nuevos a usted?

—Señora Taylor, puedo mantenerme perfectamente, gracias. He trabajado cuarenta años de profesora y le puedo asegurar que mi pensión de jubilación, aunque no sea nada del otro mundo, me basta y me sobra para mis necesidades.

Eso la ha hecho callar. Tras muchos carraspeos y vacilaciones, al final ha dicho que me enviaría un talón la semana próxima.

Cuesta creer que las cosas hayan llegado a este punto: Sheba yendo por ahí como una pordiosera, su madre y Richard tratándola como una apestada. Cuando la conocí, Sheba me pareció insuperablemente feliz, un prodigio moderno de satisfacción. Su vida con Richard —las cenas, las vacaciones en Francia, la casa llena de colegas y niños y ex mujeres y amigos de la familia— era materia para las secciones de «Sociedad» de los periódicos. Siempre tenía en perspectiva una bulliciosa excursión en grupo: un picnic en Regent's Park, un paseo por el cementerio de Highgate, una visita al museo infantil Bethnal Green. Yo casi nunca veía a Sheba sola. Una tarde que Richard llevó a Ben a la piscina, Sheba y yo fuimos a la exposición de Durero. Y otra vez me hizo un retrato en el taller mientras Ben y Richard jugaban al Monopoly arriba. (Tenía puesta Radio 4, me acuerdo, y Sheba me dijo, mientras miraba por encima del caballete con el entrecejo fruncido, que tenía unos «huesos tremendos».) Pero casi siempre me veía obligada a compartirla.

Me acuerdo de que al principio de nuestra amistad me invitó al duodécimo cumpleaños de Ben. Fui, esperando algo parecido a los juegos de mi infancia en los que había que colgarle la cola al burro, pero cuando llegué, me encontré con la puerta de entrada abierta de par en par y la casa llena de padres reclinados en los sofás, bebiendo vino y escuchando los discos de jazz de Richard. «Ah, hola», saludaron arrastrando las palabras cuando entré. Se había congregado un corrillo junto a la puerta de la cocina, y cuando miré, vi a Richard dentro, tumbado en la mesa. Sheba, de pie a su lado, vestida con una bata y una máscara de cirujano, estaba «operándolo» para entretener a los diez niños y niñas emocionados que se hallaban sentados ante ella. «Y ahora —decía con marcado acento alemán— hemos extraído los ojos. Os dejaré examinarlos brevemente. Por favor, pasadlos a vuestro vecino en cuanto hayáis acabado.» Los niños se retorcieron y chillaron cuando les pasaron dos grandes uvas peladas. «Espero que os hayáis lavado todos las manos —añadió Sheba—. ¿Ah, no? Bueno, da igual… ¡Ay, cielos! Mirad, ha llegado mi colaboradora Barbara Babinski. Ven, Barbara, te necesito para que me ayudes a extirpar el hígado.»

Me resultó embriagador verme incluida en esa domesticidad estridente. No era una felicidad perfecta. La felicidad perfecta habría sido otra cosa. Pero, aun así, ¡cómo me divertí! Una vez Jennifer me habló de un templo hindú en una zona remota del sur de la India que había visitado en su época de estudiante. Le había parecido fantástico —imposible— que semejantes escenas de culto tuvieran lugar en el mismo planeta que su vida prosaica en Barnstaple. Al volver a Inglaterra, siempre que se acordaba de las mujeres con

135

sus saris remojándose en las aguas turbias de la piscina del templo y encendiendo incienso para Ganesh, casi creía que era fruto de su imaginación. Eso es lo que yo sentía con la casa de Sheba. Cuando volvía a mi coche tras pasar una velada allí, tenía que luchar contra el instinto infantil de darme la vuelta para comprobar que la casa seguía en su sitio: que no se había esfumado, como una ilusión mágica. Después, tumbada en la cama, intentaba imaginar a los Hart preparándose para irse a dormir: cada miembro de la familia entrando y saliendo del baño, el ruido de los cepillos de dientes, los gritos en la escalera, las carcajadas, y por último el bullicio que se apagaba gradualmente hasta que los únicos sonidos en la casa eran el susurro de las sábanas y el roce de las hojas de un libro al pasarlas. Tarde o temprano, sentía incredulidad. Aquello era pura ilusión, ¿verdad? Sin duda, la familia dejaba de existir cuando yo no estaba presente, ¿o no?

136

Me habría apostado cualquier cosa a que Sheba era fiel a Richard. Desde luego, el matrimonio no era perfecto. Richard trataba a Sheba con condescendencia, igual que trataba a todo el mundo. Y siempre que estaba demasiado cansado, o sentía que por un momento dejaba de ser el centro de atención, o cuestionaban una de sus opiniones con demasiada contundencia, tendía a caer en un infantilismo irascible. (Se parecía al rey de la rima de A. A. Milne: no era quisquilloso pero sí le gustaba un poco de mantequilla en el pan.) Sheba era demasiado observadora para no darse cuenta de esos defectos. Pero para ella la mezquindad y la vanidad de Richard eran elementos esenciales de su inteligencia: los rasgos imperfectos de su carácter que le conferían patetismo y lo hacían «humano». Se había criado con un padre como Ronald Taylor. Tenía asumidas de una manera más o menos instintiva las reglas de comportamiento propias de la sirvienta de un hombre importante y pomposo. Cuando la conducta de Richard inspiraba reacciones hostiles en los demás, a ella parecía dolerle de verdad.

Una vez, tras una cena en que él había estado especialmente detestable y locuaz, me llevó aparte a la cocina.

—¡Por favor, no lo odies, Barbara! —susurró. Estaba un poco borracha.

—No lo odio —repliqué.

—Ya sé que puede ser un tostón —continuó—, pero en el fondo es un encanto de hombre. Ha tenido una vida muy dura. ¿Sabes que sin las gafas está legalmente ciego? Su madre fue una mujer terrible y no le compró las gafas que necesitaba de pequeño, y cuando en el hospital le recetaron un parche para el ojo izquierdo, no lo obligó a ponérselo... Oye, no hace gracia.

Yo sonreía al pensar en las diatribas autocompasivas de Richard contra su madre.

—No creo que haga gracia —dije.

—No debes creerlo, desde luego —dijo—. Te ruego que le perdones cuando se comporta como un payaso. En realidad, es adorable.

Recuerdo que alguna vez se lamentó con cierta melancolía de haberse casado demasiado pronto. Pero siempre se cuidaba de acusar a Richard. Si había perdido oportunidades, no era culpa de nadie más que de ella, insistía. Y si su matrimonio iba tan bien era gracias a Richard, decía. Él la había convertido en una persona «mucho más agradable». La había ayudado a «crecer». «Richard ya pasó por ello una vez —me dijo—, así que sabe mucho más de la vida en pareja que yo.»

En cierta ocasión le sugerí que comercializara sus piezas de cerámica.

—Podrías venderlas a grandes almacenes —sugerí—. Causarían furor.

—No, no —contestó, descartando la idea—, para hacer algo así, montar mi propio negocio, tendría que haber empezado mucho antes.

—Pues no es demasiado tarde —argumenté—. Tampoco eres una anciana, eh.

Negó con la cabeza.

—No, no soy demasiado mayor. Pero sí es tarde. Siempre lo ha sido. Hace unos años, por todo lo que creía haber sacrificado por mi familia, empecé a sentirme indignada y cargada de razón. Tenía la impresión de que si no hubiera conocido a Richard, y si no me hubiera enterrado en el matrimonio tan joven, habría hecho cosas brillantes, creado grandes esculturas, viajado por el mundo, o lo que fuese. Una noche incluso dije a Richard que había «matado mi imaginación». ¡Dios mío! Y al final se hartó tanto de mis quejas que hizo obras en el sótano y lo convirtió en un taller para mí. Incluso acordó un nuevo horario con la canguro, sólo para que yo dispusiera de tres tardes por semana sin Ben. Se tomó muchas molestias y costó un montón de dinero que no podíamos permitirnos… ¿Y sabes qué pasó? Después de todo eso tampoco hice nada. Bueno, hice unas cuantas bandejas muy monas. Incluso unas cuantas esculturas. Pero no valían nada. La mayor parte del tiempo veía culebrones y me echaba siestas. —Se rió—. Resultó que Richard y los niños no me impedían hacer nada. Todo lo contrario. El matrimonio, en mi caso, ha sido una tapadera maravillosa para lo que en realidad es mi falta de dinamismo.

—Eres muy dura contigo misma —dije—. No sabes qué habría ocurrido si no te hubieras casado. El hecho es que sí es verdad que perdiste tu juventud.

Sheba volvió a negar con la cabeza.

—No, no, no. Si acaso, creo que el hecho de estar con Richard me ha permitido alargar mi juventud artificialmente. He podido seguir siendo una niña, ¿no lo ves? Durante toda mi vida de adulta, siempre he sido la más joven, la niña pequeña del grupo. Nuestros amigos, nuestra vida social ha sido con gente de la generación de Richard, no de la mía. Envejecí sin darme cuenta, imaginando que seguía siendo la niña bonita de papá. Hace unos años, de pronto miré alrededor y me di cuenta de que toda esa gente a la que descartaba para mis adentros por ser mayor —mayor como Richard— en realidad tenía mi edad. En muchos casos, incluso era más joven. Richard me había protegido de tener que enfrentarme a mi propia edad.

Y cuando me habló así —cuando dijo todas las demás cosas agradables y cariñosas sobre Richard, su familia y su vida encantadora y llena de luz en Highgate—, ella y el chico ya estaban liados. Es increíble. Tras aquella primera conversación en el sótano, el nombre de Connolly sólo salió una vez. Pregunté si había resuelto su problema con él y me contestó con desenfado que había seguido mi consejo. Había «cortado el problema de raíz», declaró. En retrospectiva, parece tonto por mi parte haber aceptado esa respuesta tan fácilmente. ¿Por qué nunca me molesté en preguntar cómo exactamente se lo había quitado de encima? Pero en esa época Connolly era un personaje muy secundario en mi conciencia. Si alguna vez pensaba en él, era como una irrelevancia: una pequeña mota que se había introducido por error en la atmósfera mágica de Sheba y había sido expulsada debidamente. Sheba nunca se comportó como una mujer que tenía una aventura. Tal vez estaba un poco más atolondrada de lo que las circunstancias inmediatas parecían exigir. Pero entonces imaginé —mejor dicho, me atreví a esperar— que ese brío tenía más bien que ver conmigo.

139

Justo después de escribir esa última frase, Sheba me ha telefoneado desde casa de los Beckwith gritando cosas incomprensibles sobre Richard y pidiéndome que fuera a ayudarla.

Durante varios minutos he intentado, en vano, averiguar qué le pasaba. Al final he desistido, me he metido en el coche y he ido a Downshire Hill, donde viven los Beckwith. Al llegar, Sheba estaba en la calle, con el rostro manchado por el llanto.

Lila Beckwith se hallaba a su lado, visiblemente avergonzada.

—Tiene... tiene... a una «mujer» ahí dentro —ha protestado Sheba—, y dice, dice que si voy a alguna parte, ella tiene que acompañarnos.

—Sheba, no es para tanto —ha dicho Lila.

—¿Quién lo dice? ¿Ben? —he preguntado.

—No. —Sheba ha negado con la cabeza, frustrada—. Claro que no. Es Richard.

—¿Qué mujer? ¿A qué te refieres?

—En realidad es una buena chica... —ha empezado a explicar Lila.

—Una tal Megan —ha interrumpido Sheba—. Es una de sus alumnas de posgrado. Dice que si salgo con Ben, tiene que venir con nosotros. Todo porque la semana pasada lo llevé a merendar a la pastelería de Highgate y no se lo dije a nadie. Lila y Hugh pensaron que había huido con él. —Ha dirigido a Lila una mirada de reproche. Lila tenía la vista clavada en la acera—. Le he dicho a Richard que era ridículo, pero no me ha hecho caso. Dice que o bien acepto a la acompañante o me quedo toda el día en casa con Ben. —Se ha echado a llorar otra vez.

—Esto es indignante —he dicho—. Vamos tú y yo ahí adentro a arreglar esto.

—No sé si es una buena idea, Barbara —ha intervenido Lila—. Richard no está de muy buen humor. No vayamos a armarla.

Sheba me ha mirado dubitativa.

—¿Quieres que esta amiga de Richard te acompañe a todas partes? —he preguntado.

—No.

—Vamos, pues.

La he cogido de la mano y la he llevado por la calle hasta la casa. Lila nos ha seguido a regañadientes.

En el vestíbulo nos hemos encontrado con Hugh Beckwith. Vestía sus vaqueros de jardinero y llevaba las tijeras de podar. Parecía horrorizado al ver su casa invadida por un drama conyugal ajeno.

—¡Hola, hola! —ha gritado con un buen humor un tanto nervioso mientras subía corriendo por la escalera. En ese momento Richard ha salido de la cocina.

Hacía tiempo que no veía a Richard. Últimamente se le nota más adusto y gris. La adversidad ha dado cierta dignidad a sus rasgos necios.

—¿Qué hace ella aquí? —ha preguntado, señalándome.

—La he llamado yo —ha contestado Sheba.

Richard ha sacudido la cabeza.

—¡Por Dios! Las cosas ya son bastante difíciles.

—Oye, Richard, no quiero causar problemas —he dicho—. Si crees que Ben y Sheba necesitan un acompañante, tal vez yo pueda…

Richard ha resoplado.

—¿Tú? No lo creo.

—Oye, Sheba tiene derecho a ver a su hijo —he replicado en un tono más severo.

—Y yo tengo derecho a insistir en que la acompañe alguien de mi confianza. La semana pasada desapareció con él durante más de dos horas. Lila y Hugh se llevaron un susto de muerte.

—Sí, es verdad —ha musitado Lila, avergonzada.

—Me he asesorado con un abogado, Barbara —ha añadido Richard—, así que no insistas, ¿vale? De hecho, podría negarle a Sheba tener el menor contacto con Ben.

—¿Dónde está él ahora? —ha preguntado Sheba.

—Arriba, jugando —ha contestado Richard. Parecía incapaz de mirar a su esposa a la cara.

—La estás castigando, Richard —he dicho—. No puede ser que creas realmente que Sheba sería capaz de fugarse con Ben...

Richard ha hecho una mueca airada.

—Hay ya pocas cosas que considero imposibles. Me parece evidente por qué tengo mis dudas acerca de la capacidad de Sheba para hacerse cargo de un niño pequeño.

Sheba ha lanzado un grito ahogado y le ha cogido la mano a Richard.

—¡Richard, por favor! ¿Qué insinúas? No irás a...

Richard ha dado un respingo al sentir su contacto.

—¡Por el amor de Dios! ¡No necesito justificarme ante ti!

—Tal vez deberíamos pasar y hablarlo —he sugerido.

Richard ha negado con la cabeza.

—Esto no es una negociación. Si ella no acepta a Megan, no podrá salir de la casa. Así de sencillo.

Para entonces, Sheba lloraba desconsoladamente y, por un instante, todos —Richard, Lila y yo— nos hemos quedado mirándola.

—¿Puede al menos hablar con esa tal Megan antes de decidir nada? —he preguntado a Richard.

Richard ha vacilado. Y parecía que iba a ceder. Ha dirigido una mirada fugaz a Lila.

—Lo siento... ¿qué te parece? ¿Te importaría?

Lila ha movido la cabeza en un gesto de negación.

—No, claro que no.

La hemos seguido por el arco de la entrada hasta una amplia cocina.

Una joven con el cabello trenzado estaba sentada a la mesa leyendo el periódico. Al entrar, nos ha mirado con serena curiosidad.

—Megan, Sheba quiere hablar contigo antes de decidir si hoy saldrá con Ben —ha explicado Richard.

—Sí, claro —ha respondido Megan en tono alegre y magnánimo, como si le hubieran pedido permiso.

—Por favor, sentaos —ha dicho Lila—. Hay café preparado. Voy a ver a Ben y Polly. Llamadme si me necesitáis.

—¿Polly está aquí? —ha preguntado Sheba cuando Lila ha salido de la cocina.

—Sí —ha contestado Richard.

—Pues a lo mejor podría ir ella de acompañante —ha sugerido Sheba, animándose de pronto.

—No quiere verte —ha dicho Richard bruscamente.

Sheba parecía que acababa de recibir una bofetada.

He cogido una silla.

—Vamos, Sheba.

Se ha sentado obedientemente, enfrente de Megan.

Yo he tomado asiento a su lado. Megan sonreía de oreja a oreja. En ese momento he pensado que quería demostrar que no tenía miedo. Ahora creo que era un poco obtusa.

—Bueno, venga —ha dicho Richard con impaciencia—, ¿qué quieres preguntarle?

Sheba ha abierto la boca y la ha cerrado otra vez. Se ha vuelto hacia mí con expresión de impotencia.

—¿Conocías a Ben de antes? —he preguntado a Megan.

Ella ha mirado a Richard. Él ha asentido.

—Sí —ha contestado Megan—, echo una mano a Richard desde hace un mes más o menos.

—¡Pues qué bien para Richard! ¿Y qué haces?

—Bueno, ya sabes, limpiar la casa, cuidar de Ben...

—¿Eres alumna de Richard? —he preguntado.

—Bueno, algo así —respondió—. Richard me supervisa la tesis.

En ese momento he sentido que Sheba me presionaba la rodilla con la suya.

—¿Cuántos años tienes?

—Veinticinco.

—¡Eso no es asunto tuyo, joder! —ha gritado Richard—. Se acabó. No voy a permitir que la interrogues. No es ella la que ha actuado mal.

—Perdona —he dicho—. Has dicho que podía hacerle preguntas. Esto tampoco es un interrogatorio de tercer grado...

—No te metas en esto, ¿vale, Barbara? Esto no tiene nada que ver con...

—¡Ya está bien! —lo ha interrumpido Sheba—. ¡Ya está bien! —Ha levantado las manos en un gesto de rendición—. La acepto. La acepto. No quiero más gritos. Por favor, vámonos ya.

A continuación, Richard ha subido a buscar a Ben y durante unos minutos nos hemos quedado las tres mujeres solas en la cocina.

Megan ha seguido sonriéndonos a su manera insulsa.

—Bien —he dicho—, conque Richard te supervisa la tesis, ¿eh?

Ha asentido.

—Ya veo. ¿Y de qué trata tu tesis?

Ha sonreído.

—Sobre la literatura romántica moderna. Los libros como los de la editorial Mills & Boon, la novela rosa con sexo y cosas así. Viene a plantear la lectura de textos reaccionarios de una manera subversiva.

Se ha producido un silencio y de pronto Sheba ha soltado una sonora carcajada. Megan y yo nos hemos sobresaltado.

Antes de que nadie pudiera decir nada, Ben ha irrumpido en la cocina.

—¡Hula! ¡Hula! ¡Mami! ¡Mami! ¡Mami!

Richard, que lo seguía, me ha fulminado con la mirada.

—Creo que ya puedes irte, Barbara —ha dicho.

Cabrón presuntuoso.

Nueve

*E*sta mañana Sheba está muy taciturna. Apenas ha desayunado y enseguida se ha refugiado en su habitación «para trabajar». Como últimamente se quejaba de que añoraba su taller, el otro día le traje una enorme bolsa de arcilla para modelar. Al principio reaccionó con cierto desprecio, a pesar de que yo casi me había partido la espalda para meterla y sacarla del coche. Por lo visto, no es de la que acostumbra a emplear. Pero ha empezado a usarla. Esta mañana, cuando ha salido de su habitación a orinar, he echado un vistazo dentro para ver qué hacía. Parecía una imagen de una madre y su hijo, pero no estaba segura. No he tenido apenas tiempo para examinarla, porque Sheba enseguida ha salido del cuarto de baño y me ha cerrado la puerta en las narices.

Sheba me decía a menudo que en la vida conyugal hay cierto ritmo, cierto flujo y reflujo en el placer que siente un miembro de la pareja con el otro. El ritmo varía de una a otra pareja, dice. Para algunas, la oscilación afectiva tiene lugar en una sola semana. Para otras, el ciclo es lunar. Pero todas las parejas tienen esa impresión de su vida juntos: de que su interés se va acumulando y luego disminuye. Las parejas más felices son aquellas cuyos ciclos interactúan de tal manera que cuando uno de los dos está hastiado, el otro está ardiente, y nunca se produce un vacío. Ahora que Sheba y yo vivimos juntas, me pregunto si esta teoría podría aplicarse

DIARIO DE UN ESCÁNDALO

también a nosotras. Si Sheba está malhumorada y difícil en estos momentos, a lo mejor es porque simplemente le toca estar así. A lo mejor pronto se volverán las tornas y me tocará a mí recibir la atención.

Según mis notas, el siguiente acontecimiento con una estrella dorada en la línea cronológica de Sheba tuvo lugar a principios de junio. Fue cuando expulsaron a Polly de la escuela. Yo estaba en casa de Sheba la tarde en que se enteraron. Habíamos cenado temprano y Richard intentaba convencer a Sheba de comprar un almacén que había visto en venta en el East End.

—¡Querido, acabaremos en un asilo de pobres!

—Pero es una inversión excelente, Sheba —replicó Richard—. Podríamos pedir una segunda hipoteca por esta casa para financiar las obras y tendríamos un *loft* magnífico a precio de ganga.

Las ambiciones inmobiliarias de Richard eran una fuente frecuente de discusiones medio humorísticas en casa de los Hart. Richard se consideraba un empresario frustrado. Se moría de ganas de meterse en el mercado inmobiliario: comprar por poco y vender por mucho, ganando un dinero fácil. Lamentaba profundamente que Sheba y él no hubieran participado en el boom inmobiliario de los años noventa. Pero la casa de Highgate, para la que el padre de Sheba había pagado la entrada, representaba su único patrimonio y Sheba se negaba en redondo a jugar con ella.

—Si no hubieses sido tan cobarde, habríamos ganado millones —dijo Richard esa noche. Me miró—. ¿Verdad, Barbara?

—Bueno, tal vez sea bueno que Sheba sea prudente —contesté—. Debe de saber un par de cosas sobre la administración del dinero. Al fin y al cabo, es hija de un economista.

—¡Puaf! —Richard hizo un gesto de impaciencia—.

Sheba no entiende nada de dinero. Su cautela procede de la ignorancia.

Sonó el teléfono y Sheba fue a cogerlo. Richard siguió hablando.

—Si fuera por Sheba, guardaríamos el dinero en fajos de billetes de cinco libras en la lata de las galletas. Lo que pasa es que a Sheba el dinero le da miedo, porque nunca ha sabido cómo funciona…

Mientras hablaba, me distrajo la voz de Sheba, en la habitación contigua.

—No, no —decía, bastante agitada—. Estoy segura de que es una equivocación… ya… Claro, sí, lo entiendo. Pero ¿no es una medida un poco drástica?

Richard sonrió con suficiencia.

—Vaya. Parece la madre de Sheba… ¿Qué te apetece de postre, Barbara? Tenemos unas mandarinas deliciosas.

Cuando estaba a punto de responder, Sheba empezó a gritar.

—¡Por el amor de Dios! No, no, seguro que es malísima… Sí, pero sólo quiero… Oiga, sólo tiene diecisiete años, ¿eh?

La expresión risueña de Richard se desvaneció.

—¿Qué pasa, Bash? —gritó—. ¿Hay algún problema? Sheba no contestó.

—Lo entiendo —decía a la persona en el otro extremo de la línea—. No me refiero a la tolerancia…

Me puse en pie para recoger la mesa, pero Richard levantó una mano para que no hiciera ruido. Entrecerraba los ojos en un intento de escuchar a Sheba.

—¿Acaso no consiste su trabajo en ayudarla en esto? —preguntaba ella—. Yo no veo que hayan intentado ayudarla en ningún momento…

Volví a sentarme.

—¡Bathsheba! —gritó Richard. Se levantó y entró en la

otra habitación—. ¿Qué demonios pasa? —lo oí preguntar enfadado.

Los dos hablaron un momento en voz baja. Después oí a Sheba decir, con una voz aguda por la exasperación:

—¡Por el amor de Dios, Richard! ¿Me dejas hablar con él, por favor?

Richard volvió al comedor rápidamente y empezó a recoger los platos con mucho estrépito. No me miró.

Al cabo de un par de minutos, Sheba colgó y entró también.

—Maldita escuela —dijo.

—¿Cómo has quedado? —preguntó Richard.

—Quieren que vayamos mañana a buscarla.

—¡Qué estupidez! —exclamó Richard.

—¿Puedo hacer algo? —pregunté.

—No, no. Dios mío, lo siento —se disculpó Sheba, y volviéndose, me sonrió—. Es que Polly ha tenido problemas en la escuela y la han expulsado.

—¿Qué ha hecho?

—Intimida a sus compañeras, dicen.

—Absurdo —dijo Richard con un resoplido.

—¿Y de qué clase de intimidación la acusan? —pregunté.

—De todo tipo —contestó Sheba—. Aterroriza a las niñas de los cursos inferiores. Extorsiona. Dicen que es una auténtica gánster.

—Es todo tan ridículo —dijo Richard.

—¿Por qué no paras de repetir eso? —preguntó Sheba con aspereza.

Richard pareció ofenderse pero, sin alzar la voz, se limitó a responder:

—Porque lo es.

Me levanté.

—Tengo que irme. Si puedo hacer algo…

Sheba sonrió y me dio una palmada en el hombro.

149

—Gracias, Barbara. Es muy amable de tu parte, pero no hay nada que hacer.

Al día siguiente Richard y Sheba fueron en coche a Brighton. Primero vieron a la directora y después al psicólogo de la escuela. Las entrevistas fueron largas y tediosas, pero a Sheba no le importó. Se alegraba de poder postergar el encuentro con su hija. El psicólogo, el señor Oakeshott, era un hombre amable, un poco lerdo. Explicó a Sheba y Richard que la conducta intimidatoria de Polly reflejaba una escasa autoestima y que, en su caso, era un error fiarse de las apariencias. No muy por debajo de la superficie, añadió, encontrarían mucha «ansiedad e inseguridad».

Cuando Sheba me lo contó, solté una carcajada. Siempre me ha parecido fascinante oír a los defensores de los casos perdidos dar justificaciones sensibleras para la delincuencia. Según tengo entendido, desde hace años los profesores han felicitado a Sheba y Richard porque su hija tenía agallas, y todo lo que se supone que deben tener las chicas modernas. Pero en cuanto descubren que Polly es culpable de una conducta antisocial, se desviven por decir que su dureza no es más que una bravuconería. Polly es «vulnerable», dicen. Está «angustiada». Pues, lo siento, pero «todo el mundo» está angustiado. Lo que importa, sin duda, es qué hace uno con su angustia. El hecho de que Polly pellizque a las niñas de doce años para que le den sus barras de chocolate no es «una conducta»; es un rasgo de su carácter, por el amor de Dios.

Cuando por fin llegó el momento de ir a buscar a su hija, enviaron a Sheba y Richard a la enfermería. A Polly la habían apartado de su dormitorio y alojado provisionalmente en la sala de la enfermera de la escuela.

—¡Conque aquí vive la bellaca! —exclamó Richard alegremente cuando Polly se acercó a la puerta, comiendo una pera. Desafiando el frío, llevaba un pantalón corto minúsculo y una camiseta con las palabras DIOSA PERRA en el pecho. Sheba recogió unos calcetines arrebujados de debajo del escritorio de la enfermera y se los dio.

—Más vale que te abrigues y que te des prisa —dijo, con una severidad que enseguida lamentó—. No quiero llegar tarde para Ben.

Polly hizo una mueca y empezó a dar vueltas por la sala, recogiendo sus cosas con desgana. Sheba pensó que se la veía cansada y delgada y muy guapa. Parecía que le habían crecido las piernas varios centímetros desde la última vez que la vio.

Para Sheba ha sido difícil, creo, ver crecer a Polly. La manera en que a veces la mira no es del todo amistosa. Lucha contra la envidia. Sabe que su hora ya pasó. Pero nunca es fácil ceder la corona, claro. La he visto varias veces al borde de las lágrimas, al describir cómo se marchitan sus nalgas o encontrar una nueva variz detrás de la rodilla. Se siente, dice, como si sus entrañas empezaran a salir poco a poco a la superficie, exigiendo atención, finalmente, tras todos esos años de servirla pacientemente. Bienvenida al club, digo. Pero ella no quiere estar en el club. Por las noches duerme con sostén porque de pequeña una amiga de su madre le dijo que así se evitaba que se cayeran los pechos. ¡Y se lo pone todas las noches! Le he dicho que es inútil. Le he dicho que podía pasarse toda la vida en posición horizontal, con los pechos en cabestrillos reforzados de acero, y aun así acabarían pareciendo bolsas vacías. Pero se niega a quitarse el sostén.

En el camino de vuelta a Londres, empezó a llover. Sheba, Richard y Polly se detuvieron en una estación de servicio de la autopista para comer algo. A Sheba le horrorizó la idea de comer en el propio restaurante —demasiado deprimente, dijo—, de modo que Richard las dejó a las dos en el coche y fue a comprar algo para llevar. Sheba y Polly lo ob-

151

servaron correr bajo el aguacero, agachado en actitud defensiva. Polly pidió a Sheba que encendiera la radio, pero ésta le contestó que no estaba de humor para tanto barullo. Después las dos se quedaron mirando el aparcamiento, escuchando la lluvia y su respiración.

Sheba me contó una vez una anécdota de cuando fue a ver a su madre justo después de morir su padre. Las dos comieron huevos duros con salsa picante en el comedor de la casa de Primrose Hill. Hacían verdaderos esfuerzos por tratarse mutuamente con amabilidad, pero estaban incómodas. Al cabo de un rato, la señora Taylor dejó el tenedor en la mesa y dijo: «Cielos, esto no es muy divertido, ¿no te parece?». Sheba empezó a protestar, pero la señora Taylor negó con la cabeza. No, era un hecho, dijo. Incluso cuando vivía Ronald, siempre le había costado más llevarse bien con sus hijos si él no estaba. Era tanto más fácil ser madre cuando uno representaba un papel para otro adulto. En ese momento Sheba se escandalizó. «O sea —dijo a su madre—, ¿sólo eras amable conmigo para presumir delante de papá?» Pero desde que su propia hija es adolescente, según dice, cada vez entiende más el comentario de la señora Taylor. Tratar con su hija nunca es fácil, pero es prácticamente imposible sin la motivación de un público. Si nadie presencia su paciencia y amabilidad, se siente demasiado cansada para enfrentarse al misterio hostil de Polly. «Estoy allí —cuenta—, reuniendo fuerzas para intentar entablar una conversación, hasta que de pronto me vengo abajo, y pienso: "A la mierda. Que se fastidie".»

Por fin vieron a Richard volver corriendo por el aparcamiento, con envases de poliestireno asomando de los bolsillos. Cuando abrió la puerta del coche, trajo consigo una ráfaga de lluvia y de olor a patatas fritas.

—¡Uf! —dijo al subirse—. Esto está fatal. —Empezó a sacar sus adquisiciones—: He comprado hamburguesas de queso de tamaño gigante para todos.

Polly gimió.

—Yo no como hamburguesas de McDonald's —dijo.

Richard la miró, confuso.

—Pero creía que ya no eras vegetariana…

Polly se llevó las manos a la cara y dejó escapar una de sus exclamaciones de disgusto.

—Así es, papá. Sólo que no como hamburguesas de McDonald's.

Sheba sintió alivio al ver por fin un poco de exasperación en la cara de su marido.

En cuanto llegaron a casa, Sheba dio una excusa para bajar a su taller. Cerró la puerta con llave y llamó al busca de Connolly. «Oye —dijo, cuando él la telefoneó poco después—, ¿podemos vernos esta noche?» Tras quedar, colgó el auricular con cuidado y subió al piso de arriba a saludar a su hijo.

Diez

Cuando llegó el verano, mi relación con Sheba ya se había cimentado. Rara vez pasaba una semana en que no nos viéramos fuera de la escuela. Sue Hodge no se había dado por vencida del todo; aún rondaba por ahí, siguiéndonos como un pato a La Traviata para comer. Pero sin duda tenía los días contados. Ahora, cuando llovía por las tardes, era yo —no Sue— quien metía la bicicleta de Sheba en el maletero de mi coche y la llevaba a su casa. (Sheba, para mi sorpresa, no sabía conducir. «Siempre me llevan —dijo alegremente—. Ya sé que suena muy engreído por mi parte, pero soy la clase de persona a quien la gente hace favores de buena gana.») Sue había librado una dura batalla pero, al final, simplemente no pudo dedicar a Sheba la energía que le dediqué yo. Tenía que ocuparse de su inminente vástago y de su horrendo nido de amor con Ted. Por mucho que lo intentara, no podía seguir la partida.

Poco después de que Sue comprendiese que la había suplantado en los afectos de Sheba, advertí que hablaba de Sheba y de mí a los demás profesores. Sheba y yo estábamos un poco demasiado encariñadas, decía a la gente; un poco demasiado unidas. Con eso insinuaban que Sheba y yo manteníamos una especie de relación amorosa sáfica. A mí no me causó el menor malestar. He sido objeto de esa clase de chismes maliciosos más de una vez a lo largo de mi carrera y ya estoy acostumbrada. Por lo visto, las especulaciones vulgares sobre las tendencias sexuales son uno de los gajes del oficio de una soltera como yo, sobre todo si insiste en mantener cierta discreción en su vida privada. Yo sé quién soy. Si los demás quieren inventar historias escabrosas sobre mí, allá ellos. Sin embargo, no sabía si Sheba se quedaría tan indiferente como yo. Temía que se ofendiera, o que se enfadara, o que se avergonzara. Tras pensármelo mucho, decidí no comunicarle esos rumores.

No era fácil callármelos. De hecho, era en extremo irritante no poder poner al descubierto la gran hipocresía de Sue. Sheba siempre era demasiado generosa con Sue. La aguantaba cuando Sue se pasaba horas adulándola, sin que se le notara en ningún momento que se aburría. Ni siquiera toleraba que yo hiciera bromas a costa de Sue. Una vez que Sue se levantó de la mesa en La Traviata para ir al lavabo, cometí el error de llamarla «gorda tonta». Sheba simplemente me miró con expresión ceñuda y dijo en voz baja: «¡Cuánta energía pierdes en odiar a la gente!».

En eso Sheba siempre era muy franca: nunca temía expresar su desaprobación cuando creía que yo actuaba con malevolencia. Una o dos veces, mientras hablábamos por teléfono, llegó a colgarme en señal de protesta porque yo era «demasiado negativa». La primera vez que ocurrió, yo estaba en medio de una frase y tardé en darme cuenta de que hablaba sola. Volví a llamarla, creyendo que se había cortado la línea, pero no, me dijo, sencillamente se había cansado de oír mi cantinela.

Era una experiencia nueva, que me reprendiesen así. Con mis otras amistades, a lo largo de los años, siempre he tendido a dominar. Nunca he aspirado al poder de manera consciente; siempre se ha dado de una manera natural que yo llevase la voz cantante. Pero ahora me doy cuenta de que mi fuerte personalidad causaba problemas. Creaba desigualdad, y esa desigualdad generaba resentimiento. En el caso de Jennifer, siempre *dio la impresión* de que le parecía bien que yo mandase. Jamás me dirigió la menor crítica hasta el final. (Y entonces, claro, lo único que salió de su boca fueron críticas.) Pero tras la ruptura de nuestra relación, comprendí que su docilidad sumisa escondía algo sutilmente agresivo. Existe, ahora lo veo, la tiranía del humilde: la persona que asiente y te observa en silencio mientras parloteas, presumes, gritas demasiado y, en general, haces el ridículo. ¡Cuánto más sano es tener una amiga que no teme enfrentarse a ti, cantarte las cuarenta! Nunca es agradable que te reprendan. Muchas veces, no me importa decirlo, me entraron verdaderas ganas de desentenderme de Sheba. Sin embargo, pese a mi enfado, siempre supe que su franqueza era una baza para nuestra relación: algo que sólo podía fortalecer nuestro vínculo.

Y desde luego pensaba que todavía necesitaba fortalecerse. Por muy cariñosa y atenta que se mostrara Sheba conmigo, aún no tenía la sensación de que realmente podía contar con ella. Padecía una notable tendencia al despiste. A menudo se mostraba esquiva. A veces no devolvía mis llamadas en todo el fin de semana; otras quedaba para salir conmigo y luego se olvidaba. Procuré no tomarme esos desaires como algo personal. Sheba tenía una familia, me decía a mí misma. Debía ocuparse del pequeño Ben. Y su capacidad para administrar el tiempo dejaba bastante que desear. Pero después de hacer estas concesiones, me costaba no llegar a la conclusión de que, en la lista de prioridades de Sheba, yo no ocupaba un lugar muy alto. Estaba segura de que me valoraba. Pero ¿cómo? ¿Como una colega divertida? ¿Una buena oyente?

Cuando en julio empezaron las vacaciones de verano, aunque no habíamos hecho ningún plan concreto para quedar, yo al menos daba por sentado que nos veríamos en breve. Pero al final no vi a Sheba ni tuve noticias de ella durante seis semanas. Sabía que iba a pasar un mes de vacaciones en Francia con su familia. Yo misma estuve diez días viajando por España. Pero no pensé que ella dejaría pasar seis semanas sin ponerse en contacto conmigo. Al fin y al cabo, en Francia también había teléfonos.

Mi viaje a España no estuvo mal. Vi cosas bonitas. Pero la comida era muy grasienta y yo estaba un poco deprimida. Era mi primer viaje al extranjero desde mi ruptura con Jennifer y había olvidado lo desagradable que es para una mujer cenar sola en el restaurante de un hotel extranjero. Al volver a Londres, dejé unos cuantos mensajes en casa de Sheba, pensando que a lo mejor llamaba desde Francia para escucharlos. Pero seguí sin saber nada de ella. Empecé a temer que telefonease cuando yo saliera a hacer algún recado y compré mi primer contestador: un artilugio de color crema con una voz electrónica que hablaba con el tono ligeramente sorprendido de la locutora Joyce Grenfell antes de la guerra. Esta adquisición aportó un nuevo y grato nivel de suspense a mis llegadas a casa. Cada vez que entraba por la puerta, me precipitaba a ver si la lucecita roja parpadeaba. Pero ese verano mis expectativas se vieron compensadas una única vez. Y resultó que sólo era un mensaje de mi casero, que devolvía una llamada mía anterior por una gotera del piso de arriba. Sheba nunca llamó. Para entonces yo ya había aprendido algo de cómo había que comportarse. Sabía que era importante no excederse, no mostrarse demasiado pegajosa, así que sólo dejé unos cuantos mensajes más en su casa y ya no telefoneé más. A partir de ese punto, esperé.

A mí se me da bien esperar. Es una de mis grandes habilidades. Richard definió a los Hart como gente que busca gratificaciones inmediatas. Pues yo pertenezco a un linaje de gratificaciones diferidas. En mi familia, cuando yo era pequeña, se consideraba de muy mal gusto coger lo que uno quería en el momento en que lo quería. A mi hermana y a mí nos enseñaron a despreciar a los niños de nuestra escuela que se ponían ropa nueva cada semana. Sus padres no sabían ahorrar, nos explicaba nuestra madre. «Ahora tienen chaquetas nuevas —acostumbraba a decir—, pero a final de mes se habrán quedado sin carbón.» El ahorro era la mayor virtud en nuestra casa, pues sólo ahorrando —postergando todo lo deseable lo máximo posible— se puede eludir el destino de ser «vulgar». Para merendar, comíamos pan con manteca de cerdo toda la semana y así, a pesar de que mi padre se ganaba la vida vendiendo artículos de papelería a los dueños de tiendas con una furgoneta, podíamos comer bollitos con mermelada los domingos, cuando venía la familia de visita.

Mi madre tenía un modelo «de diario» y otro «mejor» de cualquier prenda. Para ella, era una muestra de su sentido común inglés el hecho de que, obligándome a llevar una gorra de ganchillo deshilachada todos los días de mi vida durante cinco años hasta que se desintegró en mi cabeza, durante ese mismo periodo pudo conservar mi «mejor sombrero» —un merengue de paja brillante decorado con tres rosas de papel— en un estado tan perfecto como el día en que lo compró. En las ocasiones en que cedía y me dejaba llevar mi mejor sombrero, insistía en que lo cubriera con una bolsa hasta que llegara sana y salva a mi lugar de destino. El impulso de deferir el placer era tan fuerte en mi madre que prefería que yo me paseara por la calle mayor con una bolsa de papel marrón en la cabeza como una corona papal antes que exponer el sagrado merengue al aire contaminado.

Así que, ya lo ven, sé esperar. En esa primera época en que Sheba mantenía una distancia seductora, yo nunca me enfadé ni me puse nerviosa. Simplemente seguí con mi vida —leyendo, cocinando, cambiando las sábanas—, tranquila y segura de que, antes o después, ella vería lo importante que yo era en su vida.

Aunque Sheba no tuvo tiempo para mí ese verano, sé que hizo varias llamadas a Connolly. Lo telefoneó una vez, ansiosamente, desde un teléfono público de un supermercado de Aviñón. (Él no llevaba el busca encima, y cuando por fin recibió el mensaje, ella había tenido que ir a reunirse con Richard y los niños.) Y cuando volvió a Londres en agosto, volvió a telefonearlo. Esta vez él le contestó enseguida. Se alegró mucho de hablar con ella, por lo visto. La había echado de menos; pensaba en ella constantemente. Los dos coincidieron en que no podían esperar a que empezaran las clases para volver a verse.

Connolly propuso un plan. La última semana de agosto tenía que ir con sus padres a la caravana de la familia en Maldon. Al llegar, diría que le había salido un partido de fútbol y que tenía que volver a la ciudad. Su madre insistiría seguramente en que durmiera en casa de algún amigo. Pero el sábado por la tarde podía encontrarse con Sheba en algún sitio e ir juntos furtivamente a la casa vacía de sus padres.

Cuando llegó el sábado, Sheba se puso un vestido veraniego blanco que resaltaba su bronceado francés y se fue en metro a Warren Street. Ben pasaría la tarde en casa de un amigo. Richard se quedaba en casa, escribiendo su libro. Polly, que no tenía por costumbre hablar de su vida social, sencillamente había salido. Sheba había dicho a todos, con toda la naturalidad posible, que se iba de compras al West End.

Había quedado con Connolly en una parada de autobús cerca del hospital de mujeres en Hampstead Road. Él llegaba tarde. Cuando por fin lo vio, caminando a toda prisa hacia ella desde Mornington Crescent, Sheba empezó a hacerle señas frenéticamente. Él estaba todavía a unos cien metros de ella cuando la avistó. Mientras se acercaba con su aire tímido y desgarbado, se metió las manos en los bolsillos y evitó mirarla a los ojos simulando interesarse en los coches que pasaban.

Cuando llegó a ella, entrecerró los ojos y la saludó con la cabeza. Habían acordado previamente no abrazarse en público, pero Sheba no pudo contenerse y, en broma, hizo amago de darle un puñetazo en el estómago. «Iremos por detrás, por los garajes», dijo él, y Sheba se echó a reír, en parte por los nervios, explica, y en parte por la manera en que pronunció «garaje» como si rimara con «*ménage*». Se pusieron en marcha.

La pequeña plaza donde vive Connolly está en medio de un complejo de viviendas de protección oficial que ocupa alrededor de un kilómetro cuadrado entre Hampstead Road y Albany Way. Connolly había decidido entrar en su casa por detrás para evitar incómodos encuentros con amigos o vecinos. Pero al recorrer el callejón trasero donde los residentes locales aparcan sus coches, salió un joven de un garaje y saludó a Connolly con la cabeza. Connolly respondió enarcando levemente la ceja y pasó de largo. Cuando llegaron a la puerta de la casa, Sheba miró hacia atrás y vio que el hombre los miraba con atención.

—¿Quién era ese hombre? —preguntó.

—Sólo el hermano del colega de mi hermana —contestó él.

—En todo caso —dijo ella—, deberías preparar alguna explicación. Por si te pregunta quién era yo. ¿No te parece?

—No te preocupes —murmuró Connolly (con cierta irritación, pensó Sheba). Él ya había abierto la puerta. La condujo por un pequeño lavadero hasta el vestíbulo y luego a la cocina.

Sheba recuerda que la impresionó mucho la limpieza y el orden que imperaban. Las encimeras de formica de color madera estaban totalmente desnudas. Los azulejos blancos de la pared relucían. Incluso las juntas estaban inmaculadas. La única señal de que se había empleado la cocina recientemente, dice, era un trapo rosa perfectamente doblado que colgaba del brillante grifo de acero.

Connolly le ofreció un té. Sheba dijo que prefería un vaso de agua. Él parecía alterado. Cuando ella se inclinó para besarlo, Connolly pareció no darse cuenta y se apartó. Ella comentó lo ordenada que estaba la casa. Al lado de la cocina de su madre, dijo, la suya le daba vergüenza. Connolly no contestó, pero Sheba tuvo la impresión de que se molestó un poco.

—En serio —insistió Sheba—, tu madre debe de pasarse la vida fregando.

—No te creas —dijo Connolly, frunciendo el entrecejo—. Lo que pasa es que le gusta que todo esté limpio.

Al cabo de un rato, Sheba pidió ver el resto de la casa. Connolly asintió. Subieron al primer piso en silencio.

—Éste es el salón —dijo Connolly, abriendo una puerta.

Dentro, el aire apestaba a ambientador, recuerda Sheba. Había una alfombra estampada de nailon, una vitrina con varias fotos enmarcadas de Connolly y su hermana y un gran traje con chaleco a rayas beige y crema. Sheba nunca había visto un traje con chaleco, dice. No «en la vida real». Verlo allí le hizo gracia. «Fue como encontrarse con un payaso llorando —explica— o un marinero con un ancla tatuada en el brazo.»

La otra habitación de la primera planta era el dormitorio de sus padres. Connolly vaciló antes de abrir la puerta y Sheba, viendo que sus comentarios despreocupados sólo aumentaban el malestar del muchacho, no dijo nada cuando miraron por un instante la cama de matrimonio perfectamente hecha de sus padres. Al subir el último tramo de la escalera, Sheba preguntó por la caravana de la familia en Maldon. ¿Le gustaba? «No está mal —contestó Connolly. Luego añadió en tono malhumorado—: Pero seguro que a ti no te gustaría.»

Ya habían llegado al último piso de la casa, donde dormían Connolly y su hermana. Cada vez que Sheba había intentado imaginar la habitación de Connolly, había pensado en algo parecido al dormitorio de la infancia de su hermano Eddie. Una leonera con olor a cerrado, con un cráneo y huesos cruzados en la puerta; una alfombra cubierta de bates de críquet, juegos de ajedrez y otras cosas propias de chicos. Pero la habitación de Connolly no se parecía en absoluto a la de Eddie. Era un cuadrado perfecto y blanco y mostraba las mismas señales de meticuloso orden y limpieza que el resto de la casa. Las cortinas y el edredón eran de un tejido sintético rígido, estampado con dibujos de coches del Grand Prix. En la pared situada frente a la cama, colgaba un gran póster casi de tamaño natural de una actriz americana a la que Sheba reconoció pero no identificó. La actriz estaba de pie, con las caderas hacia delante y los labios húmedos y ligeramente abiertos. De pronto Sheba se sintió insípida y mayor, dice. Como no quería que Connolly la sorprendiese mirando, desvió la mirada del póster, pero se fijó entonces en el texto escrito debajo de los pies de la actriz en garabatos azules: «La señora imponente». Siempre se había preguntado de dónde habría sacado Connolly esa expresión anticuada. Por un instante lo imaginó en esa reducida habitación, copiando meticulosamente las letras, y sintió tristeza. Después se reprochó su propia presunción y decidió divertirse.

—¿Puedo? —preguntó, señalando la cama. Se acercó y se sentó con un brinco alegre y deliberado—. ¡Qué cómoda!

Connolly sonrió con timidez y siguió de pie. Sheba pidió ir al lavabo. A pesar de que estaba nada más salir al pasillo, Connolly insistió en acompañarla. De camino, Sheba echó un vistazo al dormitorio de la hermana: un estrecho espacio de color rosa chillón donde destacaban el edredón, adornos con volantes y muñecos de peluche. Habría querido ver un poco más, pero sospechó que eso violentaría a Connolly. En la puerta del baño, él se apartó al tiempo que Sheba intentaba esquivarlo. Los dos rieron incómodos.

«Esto es una locura —pensó Sheba cuando por fin se encontró a solas en el lavabo—. Una auténtica locura.» Pero había susurrado lo mismo, o algo parecido, tantas veces en los últimos meses que el sentimiento carecía de toda convicción. Se sentó en el inodoro, intentando comprender por qué Connolly actuaba de un modo tan huraño. Pero eso era una tontería, decidió. No tenía por qué haber una razón. Era un adolescente. De pronto se había asustado; aunque no sabía por qué exactamente. La casa de Connolly la inquietaba igual que un país extranjero inquieta al recién llegado. La puerta del lavabo era mucho más ligera de lo que se había esperado y, al cerrarla, dio un portazo e hizo temblar un poco las paredes. «Esta casa es de cartón», se dijo. Pensó, con una mezcla de satisfacción y culpa, en sus paredes sólidas y victorianas de Highgate.

Cuando volvió a la habitación de Connolly, lo encontró sentado en la cama, esperándola. Nada más verla se levantó y empezó a desnudarse. Ella, en broma, soltó una exclamación de sorpresa. Pero Connolly no sonrió, ni se detuvo. Y ella, tras observarlo por un momento, también empezó a desvestirse.

Hicieron el amor bastante deprisa y —a instancias de Connolly— en el suelo. Sheba temía las quemaduras de la alfombra, pero como no quiso estropear su fantasía juvenil de abandono sexual, le siguió la corriente. Cuando él de pronto se levantó para coger una toalla y ponerla debajo de los dos, ella sugirió con claro interés que pasaran a la cama si estaba incómodo. Pero Connolly movió la cabeza en un ges-

163

to de negación. No estaba incómodo, dijo. Sólo que no quería manchar la alfombra.

Después sí se metieron en la cama, que tenía el tipo de sábanas de poliéster y algodón de secado rápido que daban grima a Sheba. Connolly se recostó en las almohadas. Y se levantó otra vez y empezó a rebuscar en la cómoda junto a su cama. Al final sacó un cigarrillo un poco aplastado y una caja de cerillas. «Después de hacer el amor no hay nada mejor que un pitillo, ¿no te parece?», dijo. Sheba se acuerda de que tuvo que contener la sonrisa ante esta afectada despreocupación poscoito.

Permanecieron un rato en silencio, escuchando los leves ruidos de Connolly al soplar anillos de humo. Sheba comentó que a su hija le gustaba hacer lo mismo cuando fumaba y por lo visto eso interesó a Connolly. Empezó a preguntarle por Polly. ¿Sheba la dejaba fumar en su casa? ¿Discutían mucho? ¿Por qué iba a un internado? En cierto momento, Sheba interrumpió sus preguntas para darle un beso y decirle lo guapo que era. Connolly hizo una mueca. «Vale, vale. Tranquila», murmuró. Nunca reaccionaba bien ante los cumplidos, dice Sheba. Sacaban lo peor que había en él. A su rostro asomaba una desdeñosa expresión de satisfacción, como si, mediante un engaño, la hubiera inducido a ceder algo en contra de su voluntad.

Connolly quería seguir preguntándole por Polly, pero a Sheba el tema la ponía nerviosa y sugirió que le hablara él de su familia. ¿Creía que sus padres eran felices juntos?

—Les va bien —contestó Connolly. Había vuelto al tono defensivo y seco con que le había hablado al llegar a la casa.

—¿Les va bien? —bromeó Sheba—. ¿Y eso qué quiere decir?

Él se atragantó un poco con el humo del tabaco y luego, sin dejar de toser, contestó tozudamente:

—Pues que les va bien, que se llevan bien.

—¿Crees que todavía tienen relaciones sexuales?

Connolly guardó silencio por un momento. Algo sucedió en torno a su boca, recuerda Sheba.

—No me pidas que diga cosas malas de mis padres —advirtió.

Sheba iba a protestar, pero se interrumpió. Precisamente lo que ella pretendía era inducirlo a hablar de esas «cosas malas», comprendió. Era inútil intentar dirigirlo hacia esa clase de conversación. No tenía el vocabulario necesario. Agraviaba un código de la lealtad familiar atávico propio de la clase obrera.

Guardaron silencio durante un rato, hasta que Sheba empezó a preguntar a Connolly por su experiencia sexual. Sospechaba que un tema así de lascivo lo animaría.

Al principio Connolly se fue por las ramas, diciendo cosas como: «Ésas son cosas que uno se calla y los demás descubren».

Pero ella insistió.

—Va, cuéntamelo —dijo ella—. ¿Te has acostado con muchas chicas? ¿Con mujeres?

Al cabo de un instante, Connolly levantó la palma de la mano.

—¿Cinco? —preguntó ella.

—Sí. Sin contarte a ti. Y ninguna tan sexy como tú.

Sheba preguntó por la edad de sus cinco amantes. De nuevo Connolly se resistió a contestarle. De nuevo ella lo presionó. Al final, dijo:

—Tú eres mi primera vieja, si es eso lo que quieres saber.

Ella le dio un codazo en señal de protesta.

—¡Eh, cambiemos de tema!

—Y yo soy tu primer niñito, ¿verdad? —prosiguió él.

Sheba sintió repulsión al oírlo imitar la voz de un bebé.

—Sí, lo eres —murmuró.

Él se rió y le lamió el brazo.

165

—Esto no te gusta, ¿eh?

—¿Qué?

Sheba intentó, según dice, no exteriorizar lo irritada que estaba.

—Hablar de tu edad y... —dijo él. Hizo una pausa, aparentemente para pensar si se atrevía a añadir lo que le rondaba por la cabeza. Volvió a reír—. Te preocupa que se te haya aflojado el chocho.

Ella ya le había oído decir cosas desagradables, cuenta, cosas sobre gente de la escuela que la habían desconcertado por su virulenta vulgaridad. Pero siempre había creído que esas observaciones eran simples fantochadas experimentales. Nunca había dirigido su veneno contra ella.

—¡Vaya un comentario tan repugnante! —dijo Sheba.

Le asestó tal patada que lo medio tiró de la cama. Por la expresión de su rostro cuando volvió a acostarse, Sheba pensó por un momento que iba a pegarle. Pero no lo hizo. Simplemente se tumbó y suspiró de un modo extraño. Ella quería decir algo más. Seguía furiosa. Pero no se le ocurrió nada impactante, así que se puso de costado, dándole la espalda. La cama era demasiado pequeña para semejante gesto, y a fin de que ninguna parte de su cuerpo rozase el de él, tenía que apretarse contra la fría pared.

El hecho de que este desagradable incidente no pusiese fin a la relación es una prueba, supongo, de lo sometida que estaba Sheba al muchacho o, al menos, a cierta idea del muchacho. Ella no se fue de la casa. No le dijo que era incapaz de seguir una relación con un niño malhablado y mal pensado. Se quedó, se enfurruñó y amenazó con irse. Y luego, finalmente, cuando él se levantó para disculparse de mala gana por su conducta, ella lo perdonó. Él le rogó que «no se rebotara», recuerda Sheba. Le dijo que era preciosa, que era la «mejor novia» que había tenido. Y eso, por lo visto, bastó.

«Era la manera en que le enseñaron a hablar —dice ahora—. No pretendía ofenderme. Intentaba ser gracioso. Fue horrible, lo sé. No lo estoy defendiendo. Mantener una relación con un chico como Steven sin duda tiene sus inconvenientes. Pero se arrepintió tanto… Y… y me habría sentido tan estúpida si hubiese acabado con todo sólo por esa forma de hablar.»

Once

Me enteré de la aventura de Sheba en noviembre. Entonces ya llevaban juntos algo más de ocho meses y, aunque
Sheba no se había dado cuenta, la relación ya estaba en de-
clive. El momento de la revelación —que he señalado con
dos estrellas doradas en la línea cronológica— fue el 5 de
noviembre, el día de Guy Fawkes, cuando se celebra el ani-
versario de la Conspiración de la Pólvora. Esa noche Sheba

me había invitado a cenar con su familia. Después, tenían
planeado ir a Primrose Hill a ver los fuegos artificiales. Como a mí nunca me han entusiasmado los fuegos artificiales,
expresé ciertas reservas acerca de mi participación en la segunda parte de la velada, pero Sheba insistió. «Por favor,
Barbara —rogó—. Necesito tu apoyo moral.»

La familia Hart estaba un poco tensa. Los intentos de Richard y Sheba de elegir una escuela nueva para Polly habían sido infructuosos. Los colegios que a Polly le parecían
aceptables no la querían a ella, y viceversa. Como medida
provisional, contrataron a un profesor particular. Lo pagaba
la madre de Sheba.

Richard bromeaba con despreocupación acerca de que
Polly estudiase en casa. Pero no era una situación muy satisfactoria. El profesor particular iba tres horas al día, y el resto del tiempo Polly holgazaneaba por la casa, haciendo la vida imposible a sus padres. Sheba había perdido casi cinco
kilos.

El día de Guy Fawkes cayó en miércoles. Tal y como me había pedido Sheba, fui temprano a su casa. Me abrió Polly, que me saludó lánguidamente antes de alejarse. La seguí al salón, donde Ben y ella veían la televisión tumbados en el suelo.

—¿Qué estáis viendo? —pregunté, señalando los dibujos animados en la pantalla. Ben gruñó una respuesta que no alcancé a oír—. ¿Cómo dices?

Polly alzó la vista hacia mí.

—Mamá está en la cocina —dijo.

Encontré a Sheba apoyada en la encimera de la cocina, mirando abatida los filetes que había comprado para cenar.

—Tienen muy mala pinta, ¿verdad? —preguntó—. Los compré ayer. ¿Crees que están pasados?

La carne colocada en el tajo sí presentaba mal aspecto. Estaba pegajosa y tenía un tono violáceo apagado, como cuando se mezclan trozos de plastilina de todos los colores. La olisqueé con cuidado.

—No lo sé.

Sheba gimió.

—Genial. Viene la ex y tengo filetes podridos… —Se dirigió a la puerta de la cocina—. ¡Polly! —gritó—. Cariño, ¿quieres poner la mesa, por favor? Marcia y las chicas están a punto de llegar. —Se volvió hacia mí—. Richard las ha invitado sin consultarme. Y ahora, claro, a Marcia se le ha averiado el coche, así que le ha pedido a Richard que fuera a buscarlas. No sé por qué no podía coger un taxi… —Calló cuando Polly entró en la cocina arrastrando los pies.

—¿Ya estás metiéndote con Marcia otra vez? —preguntó Polly retóricamente.

Sheba, de espaldas a su hija, apretó los dientes y no contestó.

—¿Por qué me gritabas? —preguntó Polly.

—No gritaba, cariño —respondió Sheba—. Sólo te pedía que pusieras la mesa. Papá está a punto de llegar.

—Agh —dijo Polly, señalando los filetes—. ¿Eso es lo que hay para cenar?

—Todavía no lo he decidido. Vamos, Polly, sé buena chica y pon la mesa.

—Ahora no. Después de los dibujos —contestó Polly.

—No, ahora, Polly.

Polly puso los ojos en blanco en actitud teatral mientras salía airada de la cocina.

—Oye, que no soy tu criada.

Sheba me miró y me hizo una mueca.

—Barbara, no puedes imaginarte lo insoportable que está —susurró.

De hecho, me pareció que sí podía imaginarlo.

—Se comporta de una manera espantosa con todo el mundo —siguió Sheba—. Incluso con Richard. Cuando no tiene que sablearlo. Conmigo es muy grosera; me trata como si fuera una tía soltera de la que se avergüenza. Últimamente sus expresiones preferidas son «genial», que pronuncia con el mayor sarcasmo, cada vez que uno de nosotros se atreve a enfadarse con ella, y «una mierda». —Sheba hizo una pausa en tanto buscaba más pruebas de lo horrible que era su hija—. Ah, y por las noches fuma porros en su cuarto.

Cabeceé en un gesto de comprensión.

—Se lo hemos prohibido —continuó—, pero es inútil. Ya no tenemos ninguna autoridad sobre ella. Richard intentó llegar a un acuerdo: le dijo que sólo la dejaría fumar hierba en el jardín. Pero tampoco obedece. Su habitación apesta, Barbara. Nada más entrar, ya me coloco. Tiene un gong en medio de la alfombra, por el amor de Dios. Estoy convencida de que una de estas noches la casa entera arderá. —Calló y volvió a mirar los filetes—. ¡Maldita sea, no podemos comerlos! Acabaremos todos con botulismo. —Cogió el tajo y tiró la carne a la basura—. Muy bien —dijo con un suspiro mientras abría la puerta de la despensa—. Supongo que tendremos que cenar pasta.

Richard llegó al cabo de media hora con su ex mujer, Marcia, y su hija mayor, Saskia. La más pequeña, Claire, había decidido a último momento quedarse en casa.

—¡Hola, Barbara! ¡Hola, Bash! —gritó Marcia cuando entró cojeando en la cocina. Llevaba un vestido púrpura largo y suelto, cuyo dobladillo arrastraba por el suelo de la cocina y recogía los restos de lo que a Sheba se le había caído al picar.

—¡Ah, qué bien! ¡Pasta! —gorjeó, mirando el contenido de las ollas puestas al fuego—. Justo lo que me apetecía: algo sencillo y casero.

—Bueno, pensaba daros filetes… —empezó a decir Sheba.

—¡Ah, no! —protestó Marcia—. ¡La pasta es ideal! Hidratos de carbono. ¡Qué rico!

Sheba esbozó una lánguida sonrisa.

La versión oficial de Sheba acerca de Marcia es que la adora, que son grandes amigas. Tiene mucha suerte, dice, por haber elegido a un marido con una ex mujer tan agradable. Pero hay algo de excesivo en estas manifestaciones de buena voluntad. Bajo las exageradas muestras fraternales, detecto una enemistad no reconocida. A decir verdad, Marcia es insoportable: con sus hijas memas y sus vestidos de bruja y su «artritis reumatoide prematura». Poco después de casarse Sheba y Richard, Marcia invitó a Sheba a un café y le aseguró que no le guardaba ningún rencor. «Esto ya no va de familias, va de tribus —dijo—. O sea, si estuviéramos en África, a estas alturas Richard ya iría por la quinta esposa.» Al parecer, Sheba se tragó estas bobadas acerca de la tribu, junto con la idea de que Marcia es una especie de matriarca indispensable del clan. ¡Habráse visto!

Esa mujer se divorció de Richard hace más de veinte años. ¿Por qué sigue pegada a él como una lapa? Si Sheba pudiera alguna vez dejar de sentirse obligada a apreciar a todo el mundo, casi con toda seguridad descubriría que detesta a Marcia.

Richard entró en la cocina con vino para todos.

—Querido —dijo Sheba alegremente—, ¿por qué no llevas a Marcia y Saskia al salón para que se sienten? ¿Y podrías pedirle a Polly que ponga la mesa?

Richard salió seguido de su ex mujer y su hija.

Poco después lo oímos decirle a Polly enfadado que apagara el televisor.

—¡Mueve el culo, Polly!

Luego se oyó la voz aguda de Polly, que replicó:

—¿Por qué tengo que ser el puto Kunta Kinte de esta casa?

La cena fue tensa. Cuando sirvieron la pasta, Saskia anunció que no le iba bien para su dieta. Marcia alabó la falta de pretensiones de Sheba por usar queso cheddar de supermercado en lugar de parmesano. Sheba riñó a Ben por limpiarse la cara con el jersey. Lo único bueno fue que Polly permaneció callada. Después, el grupo se separó en dos —unos fueron en mi coche, los demás en el de Richard— y partimos hacia Primrose Hill.

Como ya he dicho, nunca me han entusiasmado los fuegos artificiales. Con esa lluvia de chispas, el triste olor a humo, la traca final que nunca es tan magnífica como debería... Y para colmo los fuegos artificiales modernos tienen esa desalentadora tendencia figurativa. Estar allí de pie aterida de frío, contemplando cómo el centelleo de colores se convierte por un momento en el contorno irregular de un rostro risueño o en unas letras borrosas que dicen «Feliz día» parecería, desde un punto de vista objetivo, un entretenimiento sin duda muy pobre. Sin embargo, saber apreciar los fuegos artificiales es uno de esos rasgos en los que se basa la gente para juzgar si disfrutas de la vida como un niño. A nadie le parece mal odiar el circo. Pero el que reconoce que le aburren los fuegos artificiales se convierte en un paria. Sospecho que sólo una pequeña parte de la multitud reunida en lo alto de Primrose Hill estaba realmente absorta en el espectáculo, pero nos quedamos todos allí durante una hora muertos de frío, ahogando las consabidas exclamaciones y manifestando otros síntomas de asombro ingenuo. Es decir, todos menos Polly, que al encontrar una ocasión para aprovechar su distanciamiento, se dedicó a fumar un cigarrillo tras otro y hacer agujeros en el suelo de barro con las botas.

Al final de la exhibición, cuando la multitud se dirigió hacia las salidas del parque, se formó una gran aglomeración. Richard se puso nervioso y propuso que nos quedáramos en lo alto de la colina hasta que la multitud se hubiese dispersado. Pero hacía mucho frío y queríamos volver a casa, de modo que nadie le hizo caso. Bajamos por el sendero del lado norte sin grandes problemas, pero cuando llegamos al terreno llano donde la gente intentaba avanzar en dos direcciones distintas, la congestión era mucho mayor.

—¿Dónde está mamá? —preguntó Polly en un momento dado.

Miré alrededor. Sheba había desaparecido.

—¡Mierda! —exclamó Richard—. Oíd, cogeos todos de la mano, formad una cadena, para no perder a nadie más.

Advertí en su voz cierto tono afeminado de pánico y me dio lástima, así que por un momento pensé en obedecerlo. Pero iba entre Polly y Marcia, y las dos parecían tan dispuestas a cogerme de la mano como yo lo estaba a coger las suyas, así que por suerte seguimos separadas.

La cola larga y sinuosa avanzaba lentamente. Cuando

173

estábamos a unos doscientos metros de la salida de Regent's Park Road, de pronto, a mi izquierda, debajo de los árboles, vi a Sheba. Estaba con un joven. No le vi la cara —estaba de espaldas a mí—, pero sí vi la de ella; hablaba con mucha vehemencia. Varias personas pasaron por delante y la perdí de vista durante unos segundos. Cuando volví a verla, estaba sola, caminando hacia mí. Le hice señas con la mano para advertirle de mi presencia y la llamé. Al verme sonrió, y en ese momento el chico se volvió y la miró a ella. Tenía el pelo rubio y suelto, y ojos tristes y caídos. Connolly.

Sheba debió de notar la sorpresa en mi rostro, porque se volvió instintivamente para ver qué la había provocado. Durante un instante las dos miramos al chico. Luego Sheba se volvió otra vez hacia mí. Se percibía miedo en su semblante, pero también algo más: una especie de regocijo o diversión.

—¡Mamá! —dijo Ben desde más adelante—. ¿Dónde has estado, mamá?

Sheba corrió hacia él. No oí lo que le contestó. Sólo la vi reírse y cabecear mientras abrazaba a Ben.

En el camino de vuelta, Sheba fue en mi coche, pero también Ben y Polly. Sheba se pasó todo el camino charlando con Ben. Polly y yo no hablamos. Cuando llegamos a Highgate, dije que me iba a casa, pero Sheba me cogió la mano y me instó a que pasara. Richard todavía no había vuelto de llevar a Marcia y Saskia a su casa en Muswell Hill. Polly se fue directa al salón y encendió el televisor. Sheba envió a Ben a la cama y le dijo que ya subiría a darle las buenas noches. A continuación propuso que bajáramos a su taller.

Ninguna de las dos habló hasta que nos encontramos en el sótano, sentadas en las sillas plegables. Había esperado que Sheba me ahorrara la indignidad de tener que preguntar nada, pero tras un silencio, durante el cual ella mantuvo la mirada clavada en el suelo, ya no pude contenerme más.

—Ese chico con el que estabas en el parque era Connolly, ¿verdad?

—Sí, sí, era él. —Me miró tímidamente, desde debajo de las pestañas.

—¿Qué pasa exactamente?

—¿Te refieres a qué pasa con Steven?

—Sí.

Se miró las manos.

—No sé cómo decirlo…

—Cuéntamelo. ¿Sigue molestándote?

—No, no me molesta. Él… yo…

—Por favor, Sheba, suéltalo. ¿Qué relación tienes con él?

Volvió a mirarse las manos.

—Supongo que debería decir que tenemos una aventura. O sea… somos amantes.

Como una idiota, dejé escapar un grito ahogado.

—¿Me estás diciendo la verdad?

Asintió.

—¿Desde hace cuánto tiempo?

—Ah, no lo sé. Mucho.

—Aproximadamente.

—Más o menos desde aquella vez que te conté lo del beso en Grafton Lane…

—Pero… dijiste…

—No, esa vez nos besamos. No fui del todo sincera al decirte que sólo lo intentó.

—Sheba, esto es muy, muy grave. ¿Entiendes la gravedad del asunto?

—Sí, desde luego.

—No, Sheba, quiero decir que podrían mandarte a la cárcel por esto.

—Lo sé. —Pareció asustarse por un momento y luego se

175

echó a reír. No era su expresión habitual de júbilo, sino un graznido extraño, un tanto histérico.

—Por el amor de Dios, Sheba. Es sólo un… no tengo que decírtelo. Es un «niño».

—Bueno, no del todo —repuso Sheba—. O sea, obviamente no es un hombre. Pero creo que podría decirse que está en ello.

Me quedé mirándola.

—Llámalo como quieras, Sheba, pero es muy, muy joven. Si ni siquiera te gustan los jóvenes. Tú misma me dijiste que te gustaban los hombres mayores.

—Ya lo sé. Qué raro, ¿verdad? —Hablaba con un distanciamiento displicente, como si discutiéramos de un acertijo filosófico totalmente ajeno a su propia vida—. Pero por otro lado esas etiquetas que ponemos a nuestros sentimientos sexuales son tan absurdas, ¿no te parece? Como si fuera tan fácil clasificar nuestros gustos o como si no cambiaran nunca. Es como esos hombres que dicen que a ellos les atraen los pechos o las piernas. O sea… —Dejó la frase en el aire. Al cabo de un momento, prosiguió—: Tienes razón, claro. Es verdad que es muy joven. Pero ahora veo que esa edad tiene un encanto muy particular. ¿Sabes cuando las feministas se enfadan porque los viejos persiguen a las jóvenes? Yo nunca estuve de acuerdo con ellas. Siempre simpaticé con los carcamales. Y ahora me alegro de haberlo hecho, porque entiendo que un cuerpo joven y hermoso pueda volverte loca. Podría pasarme horas acariciando y achuchando a Steven y no me cansaría. Es como si quisiera… como si quisiera… penetrarlo.

—No, por favor. —Levanté la mano.

Se rió, de nuevo como si soltara un graznido.

—Bueno, no hablo literalmente, no me refiero a hacerlo con uno de esos consoladores ridículos. Mi fantasía es más bien que me metería dentro de él, de algún modo. O que me dejaría tragar por él. Es como cuando abrazas a un bebé o a

DIARIO DE UN ESCÁNDALO

un gatito y quieres apretarlo tanto que lo matarías… —Cruzó los brazos. Con una sonrisa, añadió—: Ah, crees que soy una depravada.

Negué con la cabeza. Me hablaba como si fuera una vieja marchita que había olvidado qué era el deseo. Ella no «quería» que yo entendiera, ahora lo comprendo. Disfrutaba con la idea de ser incomprensible.

—Esto no sólo te concierne a ti —dije—. Tienes hijos. ¿Has pensado en ellos?

Se le demudó el rostro.

—Ya lo sé, Barbara. Sé que estoy siendo muy mala persona. Y no dejo de pensar que debo romper la relación.

—Pues no lo pienses más y hazlo, por el amor de Dios.

Sheba hizo un gesto de rechazo con la mano.

—Por favor, Barbara, no me sermonees. No servirá de nada. Estar enamorada es un estado, ¿no te parece? Es como estar deprimida. O en una secta. Básicamente es como si estuvieras debajo del agua: la gente puede hablarte de la vida en tierra firme, pero eso no significa nada para ti…

—Pero ¿qué carajo dices del amor? —repuse—. No seas estúpida.

—¿Por qué me hablas así?

—Intento ayudarte.

—No, me refiero a los tacos. Tú nunca dices tacos.

—Oye, Sheba, por favor. No me digas que lo quieres. Esto no es amor.

—No sé si puedo definir lo que es. La gente siempre quiere restar importancia a estas cosas, ¿no? Yo quiero recuperar mi juventud perdida. Él quiere experiencia. Yo se la estoy dando. Él me la está dando. Yo le doy pena. Él me da pena a mí… Pero nunca es tan sencillo, ¿no crees?

Moví la cabeza en un gesto de negación.

—Esto es una locura. Lo has convertido en algo que no es. Está todo en tu cabeza.

177

Sheba se disponía a protestar, pero de pronto se echó a reír.

—¿Acaso no es ése el peor sitio donde podría estar?

Me entraron ganas de abofetearla, de ponerle las manos alrededor del cuello y sacudirla como una muñeca.

—¡Basta ya! Esto es tan… O sea, ¿compartís algún interés? Aparte del sexo, claro.

—Bah, no puedo con esas cosas —dijo Sheba—. Yo también he leído esos tests de las revistas de mujeres: «La confusión entre el sexo y el amor», y «¿Confundes el orgasmo con el verdadero amor?». Ya sé de qué va todo eso, y ya te digo, creo que son bobadas. Ni siquiera sé qué significan. ¿Quién se inventó esa distinción? ¿No es arbitraria? ¿No podemos decir simplemente que siento algo muy intenso por Steven?

—¿Más intenso que lo que sientes por Richard? ¿Por tu familia? —dije, ya levantando la voz.

—¡Sí! —contestó Sheba, también a gritos—. ¡No! O sea… sí, de hecho, sí.

Nos quedamos calladas unos instantes, asimilando su confesión.

—Al menos, es igual de intenso —añadió en voz baja al cabo de un rato—. En estos momentos. O sea, claro que es algo físico. Y no, no «compartimos intereses». ¿Qué te piensas? Tiene dieciséis años. El único interés que compartimos es nosotros. ¿Por qué no habría de bastar con eso? Tampoco pienso casarme con él.

—Bueno, me alegro de que te quede ese pequeño vestigio de lucidez… ¿Has pensado que seguramente estará alardeando de esto con sus amigos?

—Sí, lo he pensado, pero no está haciéndolo.

—¿Cómo estás tan segura?

Sheba se encogió de hombros.

—No siempre lo estoy, pero en general sí. Es complicado. En ciertas cosas, confío en él más que en nadie. Hay cierta dureza en él, pero también es muy vulnerable... No podría soportar, literalmente no podría, verlo sufrir por algo. Lloro de rabia sólo de pensarlo. Creo que él me inspira más eso que llaman instinto maternal que Polly.

—Pero Sheba...

—Sé que mi conducta es indefendible, Barbara. Pero no puedo evitarlo, no quiero evitarlo.

—¿Quieres que te cojan? ¿Se trata de eso? ¿Del peligro de la situación?

—¡No! —exclamó, retorciéndose las manos por la exasperación—. No, no puedo explicarte por qué estoy haciéndolo. Eso es lo que quiero decir. No lo sé. Es lo que pasa con esta clase de experiencias, ¿no? ¿Que no se pueden simplificar? Tiene que haber misterios, no me refiero a los misterios religiosos, sino a los de la conducta humana, que no se pueden entender.

Cuando me fui, alrededor de una hora más tarde, Sheba me abrazó con cariño en la puerta y acordamos seguir hablando al día siguiente. Yo estaba bastante amable. Pero en cuanto me subí al coche, la ira empezó a corroerme como el ácido de una batería. No sólo me disgustó la extrema locura de las acciones de Sheba —la miseria en que se había metido—, sino también la inmensa falsedad que había revelado con toda naturalidad. Habíamos hablado de que había engañado a Richard, a sus hijos, incluso a la escuela. Pero ninguna de las dos había dicho nada de su engaño a mí. No se le ocurrió disculparse por eso. ¿Significaba nuestra amistad algo para ella? ¿O sólo había sido un medio para despistar: una tapadera para que los profesores no siguieran la pista del verdadero escándalo? Todos esos meses en que yo había imaginado que éramos tan buenas amigas, ella se había estado burlando de mí.

En un semáforo de Highgate Hill advertí que, en el asiento trasero del coche de delante, una niña me miraba con los ojos muy abiertos. Caí en la cuenta de que, durante más o menos el último minuto, había golpeado el volante repetidas veces. Cuando miré, tenía una gran mancha roja y brillante en la base de la mano.

Al llegar a mi casa, me senté en el salón, donde comí un pastel de mermelada y fumé un cigarrillo tras otro mientras pensaba en las revelaciones de esa noche. Durante más de una hora estuve plenamente decidida a ir a la escuela al día siguiente y contárselo todo a Pabblem. El bienestar moral de Connolly no me preocupaba en absoluto. Entonces, al igual que ahora, suponía que el chico era perfectamente capaz de arreglárselas solo. Lo único que motivaba mi deseo de contárselo a Pabblem era la furia.

Sin embargo, poco a poco, conforme consumía los cigarrillos y el pastel, mi rabia comenzó a disiparse. Claro que no iba a contárselo a Pabblem. Sheba se había portado muy mal conmigo, de eso no cabía duda. Pero no había pretendido hacerme daño. Era evidente que había querido decírmelo desde el principio. No había actuado con una mente lúcida. Tenía una relación sexual con un alumno, por el amor de Dios. Obviamente, estaba padeciendo algún tipo de crisis nerviosa.

Cuando empecé a prepararme para ir a la cama, ya eran las dos de la mañana. En el espejo del baño vi mi rostro cansado y verdoso. «Sheba es mi amiga —dije a mi reflejo—. Ahora me necesita.» *Portia* se sentó en el borde de la bañera, desde donde me observó mientras me cepillaba los dientes con su altivez habitual. Escupí y me enjuagué la boca y me apliqué crema limpiadora en la cara. «¿Quién la ayudará si no lo hago yo?» En el dormitorio, me puse el camisón y quité los cojines de la cama. El perro del casero gemía en el jardín de atrás. Desde una de las calles vecinas me llegaron los gritos de jóvenes borrachos. *Portia* me había seguido a la habitación y se restregaba contra mis piernas. Retiré el cubrecama y me acosté. «Vamos, anímate. Una amistad verdadera supera esta clase de crisis.» *Portia* saltó a la cama y dio unos cuantos pasos con cautela, probando posibles lugares con las garras. Al final decidió tumbarse pesadamente —y con ímpetu— encima de mis pantorrillas. Puse el despertador y apagué la luz. Por un hueco entre las cortinas, un rayo de luna iluminó a *Portia* como un foco, envolviéndola en glamour. «Sheba *contra mundum*», anuncié a la habitación silenciosa y oscura.

Doce

*E*s Semana Santa, y Sheba y yo hemos ido a la costa a pasar unos días con la familia de mi hermana. Los Hart siempre reciben a mucha gente en su casa en esta época del año; Sheba prepara una gran pierna de cerdo al horno y se organiza una búsqueda de huevos en el jardín. Este año, por razones obvias, ni se ha planteado, así que Richard se ha ido con Polly y Ben a casa de unos amigos en Shropshire. Sheba se llevó un disgusto tremendo cuando se enteró de que no pasaría la Semana Santa con su hijo e intenté interceder ante Richard por ella, pero él estaba de un talante vengativo y no quiso ni oír hablar de alterar sus planes. Después de eso, Sheba se deprimió mucho y se pasó horas y horas encerrada en su habitación, trabajando con su escultura. En un intento un poco desesperado por animarla y distraerla, decidí llevarla a Eastbourne.

Fue necesario convencer a Marjorie. Dave y ella no están acostumbrados a recibir a degenerados famosos en su casa. Cuando llamé por primera vez para proponer la visita, dijo que tenía que «pensárselo en sus oraciones» antes de darme una respuesta y no me hice muchas ilusiones. Pero al final lo consultó con su pastor, Des, que opinó que Dios vería con buenos ojos que Marjorie tendiera una mano amiga a una pecadora. La noche que llegamos, Marjorie me detuvo en el pasillo y me aseguró en un susurro apremiante: «Jesús se alegra de que Sheba esté aquí».

Marjorie y yo nos formamos en la fe de la Iglesia de Inglaterra, pero nuestros padres no eran en absoluto devotos, de modo que ignoro de dónde ha sacado Marjorie ese gen religioso. Conoció a los Evangelistas del Séptimo Día poco antes de cumplir veinte años por mediación de Ray, un novio que tuvo en esa época. Al final, Ray se fue a Arabia Saudí a trabajar para una compañía petrolera, y Marjorie se quedó con la iglesia y empezó a salir con Dave, otro miembro de la congregación. Ya llevan casados casi treinta años y su vida entera gira en torno a la iglesia. Las habitaciones de su casa están abarrotadas de baratijas religiosas. Tienen al menos veinte estatuas de yeso de Jesucristo (el beatífico niño Jesús en pañales de porcelana; Jesús de adulto con grandes bíceps derribando tenderetes en el Templo; treinta y tantas imágenes de Jesús paseando abatido por Getsemaní, etcétera). Encima del tocador de su dormitorio hay una versión deliciosamente mala de la Última Cena con todos los discípulos luciendo telas carmesí y levitando. Y en el salón, donde dormíamos Sheba y yo, cuelga un póster de uno por dos metros de un puerto al atardecer, con una cita de san Mateo: «Venid conmigo —dijo Jesús—, y os haré pescadores de hombres». Por ser Semana Santa, mi hermana improvisó un retablo de la Pasión encima del televisor: un crucifijo dorado, rodeado de diez conejitos de Pascua de porcelana con boinas escocesas.

Ése es el verdadero vínculo de mi hermana con Dios, creo: los accesorios. Un verano hace años, antes de casarse con Dave, viajamos juntas a Europa y visitamos Lourdes. Creo que nunca la he visto tan feliz como cuando se paseó por las tiendas de regalos de Lourdes. Le gustaron los amputados y espásticos que guardaban cola para que los sostuvieran en charcos de agua bendita. Disfrutó con los conciertos comunitarios y las procesiones con antorchas. Pero lo que realmente la entusiasmó fueron las baratijas, las camisetas, las chucherías. Es una lástima, pienso a menudo, que Marjorie no se convirtiera al catolicismo. Habría delirado con las cuentas de los rosarios.

He estado un poco preocupada por la reacción de Sheba al ambiente de aquí. No creo que se haya relacionado mucho con creyentes a lo largo de su vida. Pero, de momento, todo parece ir bien. Dice estar encantada con mi hermana y mi cuñado. «Qué felices sois», les repite una y otra vez mientras se pasea por la casa en camisón. Y si bien yo puedo detectar cierta altanería en su afirmación, Marjorie y Dave se sienten muy halagados. «¿Verdad que es guapa? —me dice Marjorie en un aparte en cuanto Sheba nos da la espalda—. ¿Verdad que habla muy bien?» Incluso Dave, un hombre reconocidamente parco en palabras, ha admitido con aspereza que las fotos de Sheba en el periódico «no le hacen justicia».

Ayer por la mañana Sheba se congració todavía más cuando insistió en ir con la familia a la misa del Viernes Santo. Marjorie por poco se orinó de la emoción. Yo no fui, por supuesto. Me cuidé de seguir «dormida» hasta que todos salieron de la casa. Luego, cuando estaba segura de que ya nadie volvería a buscar un par de guantes olvidados, me levanté y empecé a ordenar un poco el salón. Mientras recogía, encontré el bolso de Sheba.

No tenía la intención de hurgar en su bolso, pero cuando vi el caos en su interior, no pude resistir la tentación de hacer una pequeña limpieza. ¡Hay que ver la de porquerías que guarda Sheba! Un puñado de monedas sueltas. Una barra de maquillaje sin tapa y llena de pelusa. Varias pastillas Polo mugrientas. Un par de tampones que sobresalen de sus envoltorios de plástico rotos. Al fondo de todo, asomando por el forro rasgado del bolso, encontré un sobre con un fajo de fotografías arrugadas.

Como es lógico, dudé si mirarlas. No disfruto en absoluto violando la intimidad de Sheba. Pero en tanto guardiana no oficial de Sheba, tengo ciertas obligaciones que no puedo eludir. Resultó que las fotografías eran de Sheba y Connolly: todas sacadas la misma tarde en Hampstead Heath. Incluían unas cuantas instantáneas de Sheba sentada en el césped donde no salía muy favorecida. Había varias de Connolly haciendo el payaso: flexionando los músculos en plan Charles Atlas, sacando la lengua, dando la vuelta a los párpados. Su cara pequeña y banal me dio náuseas. Pero todavía no había visto lo peor. Al final de la pila, cuatro o cinco fotos un poco torcidas mostraban a los dos amantes juntos. (Por lo visto, Connolly había sostenido la cámara con el brazo estirado.) Éstas eran claramente lascivas. En dos de ellas, Sheba salía desnuda de cintura para arriba. En otra imagen especialmente repugnante —cuyo recuerdo he intentado en vano borrar de mi memoria—, Sheba estaba arrodillada ante Connolly, y éste tenía sus partes al descubierto.

Cuando volví a guardar las fotos en el sobre, me temblaban las manos. Sheba me juró en varias ocasiones que había destruido todos los recuerdos de su relación con Connolly. Y sin embargo, hela ahí, escondiendo todavía fotos pornográficas del chico en el bolso. Mi primera reacción fue destruirlas, pero Sheba se habría dado cuenta de que había hurgado en su bolso. A regañadientes, volví a guardar el sobre en su sitio.

Sheba regresó de la iglesia emocionadísima. ¡Qué experiencia tan gratificante acababa de vivir! ¡Ah, se moría de ganas de repetirla! Yo esperaba ver un guiño o algo —algún tipo de reconocimiento de lo absurdo de la situación—, pero nada. En cierto modo habría sido menos indignante que mostrase una mínima sinceridad con la iglesia de Marjorie. En todo caso, no corre el menor peligro de volverse religiosa. Para ella, los asuntos de Dios sólo son un entretenimiento: escarceos a lo María Antonieta con rituales mágicos ajenos. Me atrevería a decir que si mi hermana y su familia

185

hubiesen sido santeros, se habría unido a ellos con la misma alegría, quemando efigies y sacrificando cabras.

Hoy, en parte por complacerla y en parte porque las fotos me han convencido de que tengo que vigilarla más de cerca, la he acompañado en su segunda visita a la iglesia. Una nota en el tablón de anuncios del vestíbulo hacía referencia a la misa de la mañana como «el Buen Señor A. M.». Al señalarle en voz baja este americanismo espantoso, Sheba ni siquiera ha sonreído. Durante todo el sermón y los himnos, ha mantenido una horrible sonrisa beatífica. Después, cuando el pastor Des ha llamado a los feligreses al frente para la «Cena del Señor», he visto, para mi sorpresa, que se levantaba. Primero he pensado que se confundía y no sabía para qué era la cola. Pero, desde luego, lo sabía perfectamente. Por lo visto, ya había comulgado el día anterior, con mi hermana.

Tras la misa, Dave y los chicos se han quedado en la iglesia para ayudar en la cocina. Marjorie, Sheba y yo hemos vuelto a casa a pie para preparar la comida. Sheba no ha parado de hablar acerca de lo bonitos que eran los himnos y lo maravilloso que era el pastor Des. Y luego, de pronto, se ha lanzado a hablar del amor. Ha dicho: «A veces pienso que a lo largo del último año he vivido en una especie de trance. O sea, ¿qué es una relación amorosa sino un pacto mutuo de falsas ilusiones? Cuando se acaba el pacto, no queda nada. Eso es lo que pasa con la gente que cree en Dios, ¿no? El amor que sienten por Él no acaba nunca. Él nunca los decepciona. Una vez leí a un escritor que sostenía que el amor —se refería al amor romántico— es un misterio, y cuando se encuentra la solución, se apaga. En ese momento no significó nada para mí. Pero ahora veo lo cierto que es. Cómo daba en el blanco, ¿verdad?». Se ha quedado mirando a Marjorie, que ha sonreído en silencio. Mientras Sheba soltaba su disparatado discurso, yo sufría por si decía algo que escandalizaba u ofendía a mi hermana. Pero no tenía de qué preocuparme. La pobre Marje no sabía ni de qué hablaba Sheba.

Ahora me toca contar, con no poca renuencia, los sucesos acaecidos en diciembre de 1997. Para mí, este periodo constituye la parte más dolorosa de mi relato, sobre todo porque, si he de ser del todo sincera, debo confesar una conducta por mi parte muy reprensible. Tras leer lo que procederé a explicar, algunos me juzgarán con severidad. A ellos les digo: por severo que sea su juicio, no lo será más que el mío. Mis remordimientos por mis propias faltas son infinitos. Si cuento cómo actué, de la manera en que lo hice con especial cuidado, no es porque espere exculparme, sino más bien porque quiero ser lo más rigurosa y despiadadamente sincera posible.

Diciembre empezó siendo un mes difícil, tanto para Sheba como para mí. Sheba tenía problemas con Connolly. Se daba cuenta de que el entusiasmo del chico por la relación comenzaba a declinar. Su trato con ella era cada vez más áspero, incluso parecía aburrirse, y en un par de ocasiones Sheba, después de verlo, se quedó con la sensación de que la estaba «utilizando». Al principio, le costó admitir estas sospechas. Le parecía, creo, que hablar de ellas en voz alta les otorgaría una especie de estatus oficial que ya no sería posible erradicar. Pero su angustia era demasiado grande para ocultarla por mucho tiempo.

—¡Se está alejando de mí! —gimió una tarde que salíamos juntas de la escuela—. Se está retirando, lo noto. Y cuanto más se distancia, más inquieta me siento.

La aventura empezaba a provocar en ella un estado embriagador y un tanto sensiblero de introspección, me explicó. Estaba imbuida de un sentido de la trascendencia de las cosas, un sentido de sintonía con las grandes verdades melancólicas de la vida. El enamoramiento nunca le había producido sensaciones tan solemnes. Su noviazgo con Richard había sido feliz, despreocupado. La vez que más se había acercado al estado en que se encontraba ahora, dijo, fue en el tercer trimestre de sus embarazos, cuando, igual que ahora, los detalles más intrascendentes la hacían llorar de emoción.

Ahora escribía a Connolly largas cartas llenas de lirismo, dijo, cartas con análisis pesimistas de sus sentimientos y apasionadas declaraciones de su compromiso con él. Como era demasiado arriesgado enviarlas, se las entregaba al final de sus encuentros. (En ocasiones, cuando volvían a verse, él le preguntaba por el significado de determinadas palabras.) Por primera vez en su vida, Sheba sintió celos sexuales. En su última cita, Connolly había comentado que ese fin de semana iba a una fiesta y ella se lo había tomado a la tremenda. Antes Connolly apenas hablaba de su vida social; siempre se había resistido enérgicamente cuando ella intentaba interrogarlo al respecto. ¿Acaso ahora pretendía provocarla? Sheba había intentado conservar la calma, pero se lo imaginaba constantemente en la fiesta, bebiendo su cuba libre en un vaso de plástico, bailando con chicas de piel aterciopelada vestidas de furcia.

—¿Te liarás con alguna? —dijo. Era una pregunta estúpida, pero no pudo contenerse.

Connolly sonrió.

—No lo sé —contestó—. Tal vez.

Era un comportamiento absurdo, Sheba lo sabía. No podía pretender que él le fuera fiel. Sin embargo, la sola idea de que él tocara a otra —de que otra lo tocara a él— la desesperaba.

Las cosas también iban mal entre Richard y ella. Habían empezado a discutir por naderías, dijo. Eso la mortificaba, porque Richard y ella siempre se habían enorgullecido de la serenidad de su convivencia. Los padres de Sheba discutían sin cesar. Eddie y ella habían pasado una parte desproporcionada de su infancia, me contó, desterrados al jardín para que sus padres pudiesen gritarse a sus anchas: «A veces se olvidaban de nosotros y nos quedábamos horas allí fuera. Cuando por fin nos dejaban entrar, mi padre se había marchado y mi madre daba portazos en la cocina, haciendo alusiones no muy veladas a lo desgraciada que era su vida conyugal. Era horrible. Juré que nunca tendría una relación de pareja así. Richard y yo siempre hemos sabido resolver las cosas hablando».

Sheba atribuyó instintivamente sus problemas maritales a la presencia de Polly en la casa. «¡Es insoportable, insoportable! —decía furiosa—. ¡Está volviendo loca a toda la familia!» Pero conforme pasaban las semanas tendió a reconocer que su aventura con Connolly era el verdadero origen del problema. «La verdad es que desprecio a Richard —explicó una noche—. Porque no lo sabe. ¡No me puedo creer que esté tan ciego! ¿Cómo puede ser que me quiera y no se dé cuenta? Cuando vuelvo a casa después de estar con Steven, lo veo roncar y me entran ganas de pegarle en la cabeza con una sartén. Me entran ganas de gritar: "¿Sabes qué, gilipollas presumido? ¡Vengo del parque, de follar con un chaval de dieciséis años! ¿Qué me dices de eso?".»

Yo también estaba deprimida en diciembre. Me preocupaba la situación de Sheba, claro. Pero lo que más me inquietaba era la salud menguante de *Portia*. Un viernes de mediados de noviembre, al llegar a casa de la escuela por la noche, me había encontrado un charco de vómito rosa pálido en la cama. Tras una serie de pruebas, el veterinario diagnosticó cáncer de colon y ahora la tenía sometida a una rigurosa radioterapia. El veterinario confiaba en la posibilidad de una recuperación total, y yo quise compartir su optimismo, pero la enfermedad, o el tratamiento, o las dos cosas, estaban chupándole la vida a *Portia* a una velocidad alarmante. La criatura orgullosa e irónica que había compartido mi vida durante doce años se estaba convirtiendo ante mis propios ojos en un minino encogido y sin gracia. Cada día estaba más seca.

Supongo que algunos considerarán poco apropiado que compare mis problemas con los de Sheba. Les costará creer que un animal enfermo puede causar a una persona tanto dolor como un amante caprichoso. Sin duda, Sheba eso no lo entendió. De hecho, fue su incapacidad de respetar mi sufrimiento —de responder con algo parecido a la compasión— lo que motivó nuestra ruptura breve pero catastrófica.

El sábado de la primera semana de diciembre fui a buscar a *Portia* tras su sesión de radioterapia en la clínica veterinaria. Siempre se quedaba un poco débil después de estos tratamientos, pero esta vez parecía especialmente consumida. Sentí tal angustia al verla en ese estado que fui derecha a casa de los Hart. Nunca me había presentado allí sin previo aviso, pero me pareció que en tan extraordinarias circunstancias bien podía saltarme la etiqueta. Cuando llegué, la casa estaba a oscuras. Aun así, saqué la jaula del gato del coche y subí por la escalera a tocar el timbre. *Portia* dormía. Esperé ante la puerta, deseando con todas mis fuerzas que Sheba estuviera en casa. Al cabo de un rato, justo cuando me volvía para irme, oí unos pasos presurosos y Sheba abrió la puerta. Estaba trabajando en el taller, explicó. Richard y los niños habían salido. Si advirtió la presencia de *Portia,* no dio la menor señal.

—En realidad no estoy trabajando, sino esperando a que me llame Steven —dijo mientras bajábamos al sótano—. Hemos quedado para esta tarde.

Dejé la jaula con cuidado en el suelo y me senté en una silla plegable.

Sheba soltó una risa nerviosa.

—Tenía que llamarme hace una hora, pero de momento no ha dicho ni pío. ¡Qué chico tan malo!

Asentí.

DIARIO DE UN ESCÁNDALO

—Quizá tenga problemas para zafarse de su familia —prosiguió—. En general es bastante puntual. Su madre a veces
lo obliga a acompañarla cuando va de compras. Para llevarle
las bolsas…

—*Portia* está fatal —dije, señalando el cesto.

Sheba la miró.

—Cielos, pobre *Portia*. ¿Vienes del veterinario?

—Sí, está sufriendo mucho. No lo soporto. —Rompí a
llorar.

—Pobre Barbara. Es terrible. —Se acercó y se agachó delante de mí—. Pronto se pondrá bien —aseguró, dándome
palmadas en la rodilla.

Después cogió una silla y se sentó a mi lado.

—Por favor, no llores. El veterinario la curará.

Sus intentos de consuelo eran tan superficiales —tan
tontos— que por un momento me enfadé. Saqué un pañuelo de papel de la manga y me enjugué los ojos lentamente.

Sheba tenía los largos brazos apoyados en el regazo, y
tan pálida era su piel que se traslucían las venas: líneas largas y verdosas, como algas vistas a través del agua.

—¿En la escuela no os acariciabais los brazos tú y tus
amigas? —pregunté de pronto.

Se echó a reír.

—¿Qué? No.

—Pues nosotras sí —dije—. Nos acariciábamos la cara
interior del antebrazo en la hora de estudio. Una chica se lo
acariciaba a otra mientras una tercera se lo acariciaba a la segunda. Formábamos largas cadenas de caricias. Es una sensación muy agradable.

Sheba se rió con incredulidad.

—Puede que lo sea para niñas de trece años hambrientas
de sexo —observó.

—Ah, no, no tiene nada que ver con el sexo —repuse—.
Verás, déjame que te lo muestre.

191

Le cogí el antebrazo derecho y lo recorrí con la yema de los dedos, desde el codo hasta la muñeca. Nunca había tocado a Sheba de una manera tan íntima.

Al principio se rió nerviosamente.

—¡Sólo hace cosquillas! —exclamó.

—No, no —repliqué—. Cierra los ojos. Siéntelo.

Cerró los ojos y seguí acariciando su brazo largo y delgado. Al cabo de unos instantes, abrió la boca y retiró el brazo.

—Relájate —dije, cogiéndole otra vez el brazo.

—No lo hagas —contestó ella bruscamente—. Me da grima. —Se bajó la manga.

Sonó el teléfono y Sheba saltó a cogerlo. Me di cuenta de que hablaba con Connolly por la manera en que susurraba y reía. Se llevó el teléfono al lavabo del sótano y cerró la puerta.

Furiosa, me quedé sentada balanceando la pierna en espera de que volviese.

Cuando salió, sonreía.

—Oye, me sabe mal, Barbara, pero tengo que salir. Era él.

La miré mientras recogía sus cosas a toda prisa.

—No —dije.

Sheba se volvió hacia mí, enarcando las cejas como dos sombreros chinos.

—Es decir, por favor —maticé, un poco sorprendida yo también—. No te vayas todavía. Quédate conmigo un poco más.

Se acercó a abrazarme.

—Todo saldrá bien —insistió—. Ya lo verás.

Luego se irguió y se puso el abrigo.

—No te vayas, Sheba —repetí.

Me miró con curiosidad.

—Oye, Barbara, es que tengo que irme.

Me entraron ganas de gritar. Maldito Connolly. Maldito niño.

—Sheba… —murmuré, agarrándola de la manga del abrigo.

—¡Por favor! —gritó, y se apartó tan bruscamente que perdí el equilibrio y me caí de la silla, golpeándome la cadera con el borde del torno.

Se oyó un ruido extraño en la jaula, como el roce de un dedo deslizándose por un vidrio. *Portia* se había despertado.

—Dios mío, Barbara, ¿estás bien? —Sheba me miraba desde arriba con una sutil mezcla de impaciencia y alarma.

Me quedé sentada un momento, tocándome la cadera.

—Creo que sí.

—¿Seguro?

—Sí, sí. Sólo ha sido la cadera. —En realidad, me dolía mucho, pero no quise armar alboroto. Miré el interior de la jaula. *Portia* estaba acurrucada en el otro extremo, con el pelo erizado y sacando las uñas—. Tranquila, no pasa nada —susurré entre los barrotes.

—Lo siento —se disculpó Sheba.

A continuación se colgó el bolso del hombro y se puso el sombrero. ¿Iba a salir de todos modos? ¿Incluso después de haberme tirado al suelo? Me levanté y me tambaleé un poco.

—¿Crees que podrás conducir hasta tu casa? —preguntó.

—Ah, sí, estoy bien —contesté.

Sheba estaba demasiado ensimismada para percibir la frialdad en mi voz.

—Bien, bien —dijo, y se dirigió hacia la puerta.

Cogí la jaula y, cojeando, la seguí. En la calle, nos despedimos con un tenso abrazo.

—Bueno, supongo que ya nos veremos el lunes —dijo Sheba, apoyándose nerviosamente en un pie y luego en el otro, como si necesitara ir al lavabo. Asentí y saqué las llaves del coche—. En fin, cuídate… —Me dio una palmada en la espalda cuando me incliné para abrir la puerta.

—Uf —dije, frotándome la cadera—. Seguro que mañana por la mañana me habrá salido un buen morado…

Pero cuando me volví, ella ya se había ido. Medio corriendo, se alejaba por la calle para encontrarse con su amante antes de que éste cambiara de parecer.

Trece

Durante las siguientes dos semanas eludí a Sheba. En la escuela, me quedé en el aula a la hora de los descansos, y cuando ella me abordó en los pasillos, me mostré amable pero distante. Una vez me llamó y me invitó a su casa, pero yo, con toda intención, puse una excusa poco convincente para no ir. Estaba de un ánimo desafiante. «Se acabó —pensé—. A ver cómo se las apaña sin mí.» Y luego, al cabo de un tiempo, empecé a deprimirme. Tal vez más que deprimida, estaba confusa. Mi vida me parecía incoherente. ¿Por qué siempre me abandonaban mis amigas? ¿Por qué siempre me decepcionaban? ¿Acaso nunca iban a compensarme por mi constancia?

Durante esos quince días hizo un tiempo espantoso. A las granizadas iniciales siguieron unos cuantos días de cielos sombríos y amarillentos. Luego vinieron vientos casi huracanados. En Londres, derribaron cuatrocientos árboles en una sola noche. Me pregunté dónde se verían Sheba y Connolly, si es que se veían en algún sitio. En esa época yo dormía muy mal. Incluso cuando estoy bien de ánimo, tengo problemas para conciliar el sueño. Tiendo a dar vueltas por la casa durante horas antes de irme a la cama, intentando postergar el momento en que me tapo con la sábana fría hasta los hombros y acepto que se acaba otro día. En esa época deambulaba a menudo por la casa hasta las tres o las cuatro de la mañana. A veces me quedaba adormilada en la butaca con *Portia* en el regazo, y a los pocos minutos me despertaba el ulular del viento en la calle.

La salud de *Portia* iba de mal en peor. Se pasaba ya casi todo el día en el sofá y su cara parecía una máscara kabuki de desesperación. Llegado un punto, me desanimé tanto que me planteé pedir la baja por enfermedad en la escuela e irme a casa de mi hermana con *Portia*. Al menos, pensé, allí me prepararían la comida.

Y entonces, justo antes de las vacaciones de Navidad, Bangs, el profesor de matemáticas, me invitó a salir. Un buen día se me acercó maliciosamente por el pasillo y me propuso quedar a comer el sábado siguiente. En un restaurante. Era extraño. Yo sabía de sobra que Bangs no albergaba intenciones románticas hacia mí. Pero me sorprendía que tuviese siquiera un interés platónico. Bangs llevaba cuatro años en el Saint George y hasta entonces nunca había mostrado el menor entusiasmo por cultivar mi amistad fuera de la escuela. Ahora sé que yo tendría que haber rechazado la invitación. Pero como estaba tan baja de moral, preferí ver su acercamiento como una señal: un mensaje de esperanza.

Bangs tenía al menos quince años menos que yo y era un imbécil. (Ni aun en mis especulaciones más optimistas perdía de vista esos detalles.) Pero se había fijado en mí. Me había elegido a mí para compartir su comida del sábado. ¿Y quién era yo para ponerme selectiva? Me temo que, durante unos días, dejé volar la imaginación. Me representé desprendiéndome de mi antiguo y desgraciado ser para entrar en la luz y el aire del mundo normal. Dejaría de ser la viejecita enclaustrada que esperaba una invitación de su amiga casada. Sería, por fin, una persona que saldría los fines de semana, que llevaría fotos en el monedero donde se documentaban escenas de fiestas divertidas, barbacoas bulliciosas y entrañables bautizos a los que acababa de asistir. Me acuerdo de que sentí una honda satisfacción por tener una actividad social —una cita personal— de la que Sheba nada sabía.

Cuando llegó el sábado de mi cita, estaba muy agitada y seguramente me habría pasado la mañana hecha un manojo de nervios de no haber sido porque tuve que llevar a *Portia* corriendo al veterinario, lo que me libró de caer en semejantes bobadas. La pobre se había pasado casi toda la noche vomitando en el suelo del salón. Al amanecer, se había retirado al sofá, donde se quedó maullando de la manera más lastimosa. Llamé al servicio contestador del veterinario a las siete y me dieron hora para atenderla de urgencia a las nueve. Cuando la llevé, el veterinario la examinó por encima y dijo que quería hacerle más pruebas. Consulté el reloj. Si quería volver a Archway para mi cita en la peluquería, tenía que dejar a *Portia* allí sola. Luché con mi conciencia por unos momentos. Luego di a *Portia* un beso abochornado y me fui a todo correr.

Odio ir a la peluquería, así que voy lo menos posible, pero es que encima, debido a mi estado de ánimo en las anteriores dos semanas, había descuidado mi aspecto personal. Durante un breve periodo había dejado de peinarme por completo y necesitaba un marcado a toda costa. La gente del salón exhibía ese buen humor un tanto desesperado característico de los lugares de trabajo británicos en Navidades. Todas las chicas lucían ramilletes de espumillón en el pelo y cogían con los dedos, de una manera no muy higiénica, trozos del grisáceo tronco de Navidad de chocolate que había llevado una clienta. Me trataron con su desprecio habitual. Como castigo por llegar tarde —menos de cinco minutos—, me hicieron esperar una desesperante media hora antes de atenderme. Y luego, mientras me lavaban el pelo, abrí los ojos y sorprendí a la desagradable chica riéndose de mí y haciendo muecas a una compañera por encima de mi cabeza.

197

Tuvo suerte de que yo no estuviera de humor para peleas, porque de lo contrario, les aseguro, habría conocido el filo de mi lengua.

Tras salir de la peluquería, tenía el tiempo justo para volver corriendo a casa y cambiarme. Me puse la falda negra y zapatos planos (esta vez nada de tacones ridículos). Después fui en coche hasta Camden Town. El restaurante que había elegido Bangs era nuevo —bueno, al menos lo era para mí— y se llamaba Vingt-et-trois, a un paso de Camden High Street. Cuando aparqué llovía mucho, pero cogí el paraguas y me obligué a dar la vuelta a la manzana dos veces, caminando muy despacio, antes de entrar, para no llegar demasiado temprano.

Aun así, fui la primera en llegar. El restaurante estaba a oscuras y sonaba música pop a un volumen muy alto. Junto al atril del maître, una joven canturreaba la letra de la canción. Llevaba una camiseta que acababa unos centímetros por encima del ombligo y un pantalón que empezaba varios centímetros por debajo. Le di el nombre de Bangs, pero no lo encontró en su enorme libro (Bangs no había reservado), y aunque había al menos seis mesas vacías, la chica insistió en que no podía sentarme hasta que llegasen todos mis acompañantes. En ese momento me asusté de una manera estúpida. Ella debió de darse cuenta y apiadarse de mí, porque me ofreció la carta y dijo, con gran gentileza, que podía esperar en la barra si lo deseaba. La barra estaba en otra sala, más allá de un pequeño arco, y mientras me conducía hacia allí, se llevó el brazo a la cintura y se rascó despreocupadamente la parte de la espalda de color miel entre la camiseta y el pantalón.

El hombre de detrás de la barra, con un gorro rojo de Papá Noel y una rama de muérdago detrás de la oreja, armaba gran alboroto. Hablaba a gritos ininteligibles a sus compañeros y a los tres clientes encaramados a los taburetes. «¿Todo bien, Barry?», bramaba a un camarero que pasaba cuando entré. Tenía un acento londinense muy marcado y un tanto afectado, propio de quien se regodea en las distorsiones dialectales. Cuando me preguntó qué quería beber, lo hizo con una agresividad tan exagerada que, pese a tener sed, negué con la cabeza y contesté que no deseaba nada. «¿Nada? —gritó con fingida indignación—. ¿Nada? ¿Seguro?» Lo dijo con una sonrisa, y los demás en la barra me miraron y también sonrieron. Ahora entiendo que sólo era una broma; bueno, no una broma exactamente, más bien un tipo de humor sin sentido. Es que el hombre era un «personaje». Pero en ese momento creí percibir alguna insinuación. Una burla.

—Espero a un amigo —dije, para explicarme. Tuve que alzar la voz para que me oyera por encima de la música.

—¿*Un amigo?* —dijo el camarero, manteniendo el tono de falsa incredulidad—. Conque un amigo, ¿eh? ¿Es eso? ¿Que espera a un amigo? O sea que tiene amigos, ¿eh? Vaya, vaya, la cosa va de amigos, ¿es eso? —Asentí, sin entender nada y sintiéndome como una tonta—. Venga —siguió el camarero—, tome algo. Una bebiiidaaaa. Una buena copa de vino, dese el gusto…

Se inclinó en la barra y me dirigió una sonrisa irónica, con los ojos muy abiertos.

—Basta ya, por favor —dije de pronto.

Se produjo un breve silencio, y los clientes sentados en los taburetes de la barra me miraron. El camarero, tras callar por un momento, se echó a reír y se volvió. En ese preciso instante vi a Bangs, ligeramente encorvado, debajo del arco.

Vivir las cosas en la imaginación nunca te prepara para la realidad. Mi preparación mental para esta cita —la película en blanco y negro que me había representado toda la semana— sólo había servido para que la versión real en color fuera más sobrecogedora. La presencia corpórea de Bangs me dejó pasmada y un poco horrorizada. Llevaba su jersey en pico rojo y una chaqueta como las de los jugadores de béisbol americanos. La parte delantera y la espalda eran una tela gruesa, parecida al fieltro, pero las mangas eran de cuero blanco. Se trataba de una prenda especial de fin de semana, supuse, porque nunca se la había visto en la escuela. Se pellizcaba con nerviosismo el lóbulo de la oreja izquierda e, incluso a varios metros de distancia, vi que tenía en su apogeo la erupción a causa del afeitado. Por un instante temí perder el conocimiento debido a la sobrecarga sensorial del momento: a la visión de Bangs en su más pura esencia.

—¡Hola! —dijo—. Lamento el retraso. Espero que no hayas tenido que esperar mucho tiempo. —Se acercó rápidamente, y entonces, sin previo aviso, se abalanzó sobre mí, como un ave abatiéndose sobre la comida. Al tiempo que me echaba atrás, sentí el roce de un labio húmedo en la barbilla y comprendí, demasiado tarde, que había pretendido darme un beso en la mejilla.

—No, qué va, no has llegado tarde —contesté. (No era verdad, claro. Pero sólo se había retrasado unos siete minutos.) Tenía el bolso en el regazo, y cuando me levanté del taburete, se me cayó al suelo. Al agacharme a recogerlo, oí el rugido oceánico de la circulación de mi sangre.

—¿Ya has pedido una copa? —preguntó Bangs—. ¿O... o nos sentamos?

—No, no he pedido nada. Vamos a la mesa.

Volvimos junto a la chica del ombligo, que nos preguntó si éramos fumadores o no fumadores.

Bangs me miró.

—Querrás ir a la zona de fumadores, ¿no?

—Sí, pero... me da igual.

—Ah, bien. Pues entonces la zona de no fumadores.

Nos sentamos y primero yo, y después él, emitimos ruidosos suspiros, de los que sirven para señalar que se ha restablecido la paz y la tranquilidad después de un gran alboroto. Ya nos habían dado las cartas y Bangs dijo que debíamos mirarlas de inmediato porque se moría de hambre. Contemplamos nuestros textos glaseados en silencio durante un breve momento. Después, temiendo que la pausa se convirtiera en un abismo insalvable, dije:

—Bonita chaqueta, Bangs.

A Bangs pareció complacerle el comentario y por unos minutos habló animadamente de su ropa de abrigo. Al parecer, tenía otras diez chaquetas iguales. Las coleccionaba.

—No porque sea un fanático del béisbol —dijo—. Simplemente porque son una chulada, ¿no te parece?

Asentí.

—Sí, desde luego.

Cada vez que me acuerdo de mi cita con Bangs, lo que más me atormenta es el recuerdo de este intercambio de palabras sobre la chaqueta. Después hubo otras humillaciones, más descarnadas. Pero, por alguna razón, éste es el momento al que vuelvo una y otra vez, el momento en que aprieto los puños y dejo escapar un gruñido. ¿Qué es lo que me ofende? ¿Mi falso elogio de una chaqueta horrible? ¿O mi aquiescencia al empleo de la terminología adolescente de Bangs? Supongo que las dos cosas. Pero más aún me ofende, creo, el motivo que me impulsó: mi deseo de agradar a Bangs.

Seguimos con nuestros penosos esfuerzos. Bangs me habló de algunos de los lugares donde había comprado sus chaquetas, y después tuvimos un sincero intercambio de opiniones sobre el mural del «luchador por la libertad» que Pabblem acababa de proponer para el patio de la escuela principal. (A juicio de Bangs, era bastante polémico pero podía ser divertido.) Después vino la camarera y tomó nota de lo que queríamos. Se produjo un tenso paréntesis desde que pedimos los platos hasta que llegaron pero, por suerte, se me ocurrió preguntar a Bangs por los nuevos libros de matemáticas para las clases superiores. Como tema de conversación, dio mucho de sí, y su parecer al respecto ocupó el primer y segundo plato. De hecho, todo iba tan a pedir de boca que cuando la camarera se acercó a preguntarnos si queríamos algo más, Bangs, con una cálida sonrisa, sugirió que nos saltáramos el postre y fuéramos a su casa a tomar el café. Sólo vacilé un instante.

—Desde luego —contesté—, ¿por qué no?

Pagamos a medias. Bangs calculó mentalmente que mi mitad sumaba 23,45 libras más 1,64 de propina (o 2,34, si quería ser «generosa»). Después se dio unas palmadas en el muslo y sonrió.

—Bien, ¿vamos?

Quizá estaba ofuscada por el vino. Quizá me aferraba a la esperanza de que las cosas fuesen a mejor. Quizá sencillamente no soportaba la idea de volver a mi casa, con el pelo todavía tieso de la peluquería, para tumbarme en la cama y ver carreras de caballos toda la tarde.

—Sí —dije, poniéndome en pie—, vamos.

Una vez Sheba y yo discutimos acerca de los hijos. Hablábamos de mi jubilación y yo hice un comentario en broma de lo triste que sería.

—Bah, no digas eso —atajó Sheba. Su pena parecía sincera. Pero, por alguna razón, la respuesta me irritó. Sentí que me mandaba callar.

—¿Por qué no? —pregunté—. Es verdad. Soy una vieja reseca, sin marido, con muy pocos amigos, sin hijos. Si al menos tuviese un hijo…

—Tonterías —dijo Sheba con una brusquedad que me sorprendió.

—¿Por qué «tonterías»? Si ni siquiera sabes lo que iba a decir.

—Sí lo sé. Ibas a decir que un hijo habría dado sentido a tu vida o valor o lo que sea, y eso no es verdad. Es un mito. Los hijos pueden darte muchas cosas, pero no sentido.

—¿Cómo es posible que no lo den? Oye, cuando te mueras, Polly y Ben seguirán vivos. Cuando yo me muera, se habrá acabado: no quedará nada.

Sheba se echó a reír.

—¿Crees que mis hijos son mi inmortalidad? No son yo, ¿sabes? Y si la vida no tiene sentido, traer hijos al mundo es sólo crear más falta de sentido.

—Pero yo estoy sola, Sheba, ¿es que no lo ves?

Se encogió de hombros. Enfrentar a una persona casada con el hecho irreducible de tu soltería suele ser la baza que acaba una discusión. Me sorprendió ver que Sheba no cedía.

—Estar solo no es lo peor que te puede pasar —dijo.

—Pero tiene gracia que eso siempre lo digan los que no están solos, ¿no? —A esas alturas mi enfado era ya considerable.

—No tiene tanta gracia —replicó Sheba—. Tal vez estén en una posición mejor para juzgar.

—Mira, Sheba, el único propósito indiscutible que tiene el ser humano en este mundo es reproducirse. Y yo no lo he hecho. Eso no tiene vuelta de hoja.

—Un propósito: eso se acerca más —dijo Sheba—. Los hijos sí te dan un propósito. Porque te mantienen ocupada, porque te obligan a levantarte cada día de la cama. Pero eso no es lo mismo que dar sentido.

Me eché a reír con cierta amargura, me temo. Lo que pensé fue: «Ése es el tipo de distinción que puede permitirse una mujer casada con hijos».

Pero tenía razón. Estar solo no es lo peor que te puede pasar. Visitas museos, cultivas tus intereses y te recuerdas a ti misma la suerte que tienes de no ser uno de esos niños sudaneses raquíticos con la boca llena de moscas. Haces listas de tareas pendientes: ordenar el armario de la ropa blanca, aprender dos sonetos. Te concedes pequeños caprichos: trozos de tarta helada, conciertos en el Wigmore Hall. Y de vez en cuando te despiertas y contemplas por la ventana otro maldito amanecer y piensas: «Ya no puedo seguir. No puedo recuperarme otra vez y pasarme las próximas quince horas de vigilia eludiendo la existencia de mi propio sufrimiento».

La gente como Sheba cree que sabe lo que es estar solo. Se acuerdan de cuando rompieron con un novio en 1975 y tardaron un mes entero en conocer a otro hombre. O la semana que pasaron en una ciudad de acero bávara a los quince años, en casa de una amiga alemana de pelo grasiento a quien hasta entonces conocían sólo por carta y de pronto descubrían que lo mejor de ella era su caligrafía. Pero no saben nada del constante goteo de una soledad a largo plazo, sin final. No saben lo que es organizar todo un fin de semana en torno a una visita a la lavandería. O sentarse en un piso a oscuras la víspera de Todos los Santos, porque no soportas exponer tu triste velada a un grupo de niños burlones que vienen a pedir caramelos. O que la bibliotecaria te sonría con cara de pena y diga: «¡Dios mío! ¡Qué rápido lee!», cuando devuelves siete libros, tras leerlos de principio a fin, una semana después de haberlos sacado. No saben lo que es que nadie te haya tocado desde hace tanto tiempo que el roce accidental de la mano de un conductor de autobús en el hombro te produce una sacudida de deseo que va directa a la entrepierna. He estado sentada en bancos de parques, en el metro y en sillas de aulas, sintiendo la gran reserva de amor sin emplear y sin objetivo alguno en mi estómago como una piedra, hasta tener la seguridad de que iba a gritar y caerme al suelo, sacudiendo los brazos y las piernas. De todo esto, Sheba y sus semejantes no saben nada.

—Pues aquí lo tienes —dijo Bangs, señalando con un amplio gesto—, el piso de soltero.

El salón en el que nos encontrábamos olía a frito pasado. El aire tenía la consistencia de una gasa. Había un viejo saco relleno de bolas de poliestireno y una silla de metal barata en medio, justo delante de un televisor y una estantería llena de vídeos. Estos cuatro objetos —el saco, la silla, el televisor y la estantería— constituían la totalidad del mobiliario en el salón.

—No es nada del otro mundo, pero es mi casa —observó Bangs alegremente, quitándose la chaqueta y colgándola con cuidado en el respaldo de la silla.

—¿Podría ir al lavabo? —pregunté.

Para llegar al cuarto de baño de Bangs, tuve que cruzar su dormitorio. Aquí el olor a frito daba paso a un olor corporal, igualmente intenso: una especie de bochorno viciado, hormonal. Cuando iba a ver a mi padre tras la muerte de mi madre, su bata sucia desprendía un olor parecido. Bangs no tenía una cama como Dios manda, sino sólo un colchón en el suelo y un edredón muy plano, como derrotado, con una funda de una fealdad casi siniestra: octágonos azules, líneas sinuosas de color mostaza. Tuve una breve visión de Bangs al comprarla: de pie, desconcertado en el departamento de ropa blanca de John Lewis, mientras una dependienta a lo Mata-Hari, con un peinado que parecía una colmena de lana de acero y un enorme sostén acorazado, le aseguraba que era una elección muy «masculina».

En el cuarto de baño, Bangs, o un ocupante anterior del piso, había adornado la tapa del váter con una funda —de piel naranja, mugrienta— que noté muy húmeda al tocarla. El lavabo tenía manchas de verdín bajo de los grifos, y en la bañera había un tendedero plegable del que colgaban calcetines y calzoncillos que habían quedado rígidos y ásperos al

205

secarse. Junto a la bañera, vi un pequeño estante de plástico. Allí, colocados con una simetría patética, estaban los artículos de tocador de Bangs. Una pastilla de jabón Imperial Leather. Un fijador para el pelo Silvikrin. Un tubo de algo llamado Pelo Loco. Y un juego de cepillos un tanto antiguos, de plástico rojo deslucido, que llevaban estampadas las palabras COLECCIÓN BURGUNDY. Realmente es curioso que se considere que no hay destino más patético que la soltería femenina cuando los hombres solteros son mucho menos aptos para la vida sin pareja.

Al regresar al salón, hice todo lo posible para disimular mi espanto, pero acaso mi expresión me delatase, porque Bangs, que preparaba café en la cocina larga y estrecha, rió nerviosamente y preguntó:

—¿Has encontrado todo lo que necesitabas?

Asentí con la cabeza y me senté en la silla.

—¿Te importa si fumo?

Para mi sorpresa, Bangs hizo una mueca cuando entró con las tazas de café.

—Bueno, vale —dijo en tono de resignación, como si el humo del tabaco pudiera hacer algo más que mejorar su apestoso pisito. Volvió a la cocina a buscar un plato para la ceniza.

—Bien, pues —dijo Bangs, pasándome el café y sentándose frente a mí en el saco—. Dime, ¿qué te gusta hacer en tu tiempo libre?

Enumeré las actividades que había realizado en uno u otro momento a lo largo de los últimos cinco años: leer, pasear, escuchar música. Por último, como parecía que esperaba más, añadí: nadar.

En cuanto lo dije, se enderezó.

—¿Ah, sí? Qué bien. ¿Adónde vas? ¿A la piscina del barrio? Fantástico.

Nadé por última vez en mi adolescencia. De hecho, ni siquiera tengo bañador. Pero no contaba con que Bangs mostrase el menor interés en mi respuesta. Pensaba que me lo había preguntado para encontrar una manera cordial de hablar de su tiempo libre.

—Pues si quieres que te diga la verdad —contesté—, tampoco voy tan menudo...

—Pero ¿vas con Sheba? —preguntó Bangs.

—No...

—¿Se pone bikini? Porque, en fin, seguro que llama mucho la atención en bikini...

Y soltó una carcajada como si hubiese dicho algo muy ocurrente y procaz.

—Voy a nadar sola —repuse con frialdad, dejándome llevar por un curioso deseo de proteger mi mentira. Se produjo un largo silencio, hasta que dije—: ¿Y tú, Brian? ¿Tienes algún pasatiempo?

La sonrisa que había conservado tras su ataque de risa se desvaneció.

—Ah, sí, varios —contestó con firmeza—. Me encanta el fútbol, claro. Nunca me pierdo un partido del Arsenal en casa. Y me gusta el humor. Procuro ir con frecuencia a un club donde actúan humoristas.

Asentí con la cabeza. Era inútil. Totalmente inútil.

—Ah, y me chifla *Seinfeld* —añadió.

Volví a asentir.

—¿*Seinfeld*? ¿No lo conoces? ¿La serie cómica americana? —Señaló la estantería—. ¿Ves todos esos vídeos? La mayoría son cintas de la serie. Soy un gran admirador. Es genial, nada que ver con esas americanadas cursis. Todos los episodios tratan de las típicas tonterías que te vuelven loco en la vida cotidiana... —Su voz, hasta ese momento alta y alegre, empezó a decaer.

Miré mi reloj.

—Cielos —exclamé, apagando mi cigarrillo.

Bangs se inclinó hacia delante en el saco con repentino apremio.

—¿Me permites que te diga una cosa, Barbara? ¿Me prometes que no se lo contarás a nadie?

—Bueno, supongo.

—No, tienes que prometérmelo de verdad.

Saqué otro cigarrillo.

—Vale, lo prometo.

Toda mi vida he sido la clase de persona en quien la gente confía. Y toda mi vida ese papel me ha halagado: me he sentido agradecida por la escalofriante sensación de importancia que produce recibir información privilegiada. Sin embargo, en los últimos años, he notado que mi gratificación disminuye a causa de cierta indignación derivada del hastío. ¿Por qué, me veo preguntando en silencio a mis confidentes, me lo cuentas precisamente a mí? Claro que en realidad sé la razón. Me lo cuentan porque me consideran inofensiva. Sheba, Bangs, todos, me hacen sus revelaciones de la misma manera en que se las contarían a un castrado o a un sacerdote: con la sensación de que estoy tan fuera de órbita, tan alejada de los asuntos del gran mundo, como para no representar la menor amenaza. El número de secretos que recibo está en proporción inversa al número de secretos que la gente espera que yo tenga. Y ésa es la verdadera causa de mi consternación. El hecho de que me cuenten secretos no es —nunca ha sido— señal de aceptación o afecto. Es más bien todo lo contrario: la confirmación de mi irrelevancia.

—Bueno, verás —dijo Bangs—, la cuestión es que estoy enamorado de alguien. De alguien de la escuela. —Se levantó del saco y empezó a dar vueltas por el salón.

Enseguida lo entendí. ¿Cómo no me había dado cuenta antes? Pero no intenté detenerlo. Cierta ira dentro de mí me impulsó a desear que aquello llegase hasta el final.

—Ah —dije.

—¿Adivinas quién es? —preguntó. Sonrió con coquetería. Si hubiese tenido un abanico, lo habría abierto.

—Mmm… —Alcé la mirada hacia el techo y parpadeé, fingiendo que pensaba—. ¿Yo?

Se le petrificó el rostro de la estupefacción.

—Intenta disimular esa cara de asco, Brian —dije.

Se echó a reír.

—Ah, tú. No pretendía que lo interpretaras así, ya lo sabes. De hecho, Barbara, creo que eres una mujer muy atractiva. Debiste de ser guapísima en tu juventud.

Miré por la ventana los árboles maltrechos que flanqueaban la calle. El viento los doblaba y los hacía crujir. Mientras los observaba, pensé que Bangs enseguida se daría cuenta de lo grosero que había sido y entonces yo tendría que ver asomar el bochorno a su cara. Pero pasó el momento. Los árboles de la calle siguieron con su lánguida existencia.

—No —prosiguió Bangs—, así que ¿quieres que te lo diga?

—Adelante.

—No te rías, ¿eh? Resulta que la persona de quien estoy enamorado es Sheba. —Hizo una pausa, en espera de alguna reacción. No la hubo—. De verdad, Barbara, estoy loco por ella —continuó poco después—. Ya sé que está casada y todo eso, pero no puedo quitármela de…

—Brian —interrumpí—, me lo cuentas como si fuera una noticia, en lugar de una confirmación de algo que, desde hace ya varios meses, salta a la vista y saben todos los profesores. No hay uno solo de tus colegas que no se haya dado cuenta de tu «enamoramiento», como lo llamas.

—¿Qué? —exclamó Bangs. Estaba justo delante de mí. La sangre afluyó a su rostro, tiñéndole las mejillas, enrojeciéndole las orejas, dándole un matiz morado a su erupción cutánea.

—Sí —asentí—. El hecho es, Brian, que has estado haciendo el ridículo. Nos hemos reído de ti hasta la saciedad. Es curioso que no te hayas enterado…

—Vale —dijo Bangs con voz tensa—, no sigas.

—No te enfades —dije—, sólo soy la mensajera…

—¡Está bien! ¡Calla! —gritó—. Basta ya, ¿quieres? —Se acercó a mí. Vi gotas de sudor en su nariz—. Yo le gusto a Sheba —musitó—. Lo sé.

En ciertas personas se percibe el germen de la locura: germen que ha permanecido latente sólo porque esas personas han llevado una vida cómoda, propia de la clase media. Desempeñan su papel en el mundo perfectamente, pero no resulta difícil imaginar cómo, bajo la influencia de un padre o una madre terribles o en un periodo prolongado de desempleo, se habría desarrollado esa locura potencial, cómo de ese germen habrían podido brotar retoños de rareza, o incluso —con la ayuda del tipo adecuado de antieducación— florecer y dar como fruto una auténtica locura. En ese momento, cuando vi a Brian Bangs hundirse en el saco, pensé que era una de esas personas.

Tomar conciencia de eso, debería ya por sí solo haberme disuadido de decir lo que dije a continuación. Pero no fue así.

—Oh, Brian —susurré—, ¿no me digas que albergabas la esperanza de que te correspondiera? Eres un encanto, Brian…

Bangs se tapó las orejas con los dedos como un niño pequeño.

—¡Cállate! —exclamó—. Ya sé que está casada. Pensaba que…

—Bueno…, está casada, pero no es ése el único problema. En fin, Brian, la verdad es que no eres su tipo.

—Ah, en eso te equivocas —repuso, cabeceando muy seguro de sí mismo—. Sheba no es una esnob. Ella se relaciona con todo el mundo.

—No me refiero a la clase social, Brian. No es que no seas lo bastante pijo...

—¿Qué es, pues? ¿A qué te refieres?

—Es sólo que... en fin, nada. —Solté una carcajada.

—¿Qué es?

—Bueno, es más bien una cuestión de edad. A Sheba le gustan los jóvenes, ¿sabes? Mucho más jóvenes. —Hice una breve pausa—. O sea... supongo que ya estás al corriente de su relación excepcionalmente íntima con uno de los chicos del penúltimo curso, ¿no?

La cara de Bangs pareció inflarse un momento antes de arrugarse por completo.

—No —susurró.

El azar lo es todo, ¿o no? Estuve a punto de no ir a casa de Bangs y luego, cuando fui, estuve a punto de marcharme antes de decir nada perjudicial. Me parece a mí que muchas veces el vicio —y de hecho la virtud— depende de las circunstancias.

Es muy posible que si se me hubiera acabado el tabaco antes, o si Bangs no hubiese sido tan provocadoramente abyecto, Sheba jamás habría sido traicionada. Las malas intenciones siempre salen, decía mi madre, pero en eso creo que más bien se equivocaba. Las malas intenciones pueden quedarse dentro, ocupándose de sus asuntos para toda la eternidad, si no surge la situación propicia.

Al salir de casa de Bangs me quedé en la calle, intentando recomponerme. Quería irme a casa: esconderme debajo de las sábanas, borrar lo que acababa de hacer. Pero entonces me acordé de *Portia*. ¡Pobre *Portia*! Cogí el coche y fui al veterinario a una velocidad peligrosa.

—Me temo que no está nada bien —dijo el veterinario en cuanto entré en su despacho—. Por lo visto, las radiaciones no han sido tan eficaces como esperábamos. —Me miró con la fundamentada indiferencia que suelen mostrar las personas con autoridad médica cuando dan una mala noticia—. Es una gata muy enferma.

—Pero usted me dijo que viviría más que yo —murmuré. Albergué la esperanza momentánea, infantil, de avergonzarlo hasta el punto de obligarlo a retrotraerse a su pronóstico anterior, más optimista.

—Bueno, es que no siempre es fácil saber lo que va a ocurrir —dijo, a la defensiva.

—¿No puede operarla? ¿Cuánto tiempo le queda? —pregunté. (¡Con qué facilidad caemos en el lenguaje de los melodramas de hospital!)

El veterinario hizo una mueca.

—No, sería inútil operar. Las radiografías muestran que el tumor ha crecido mucho. En un ser humano, se puede cortar un trozo de colon y practicar una colostomía, pero obviamente en este caso eso no sería apropiado.

—Los gatos no pueden llevar bolsas de colostomía —dije, aturdida.

—Exacto —coincidió el veterinario. Estaba de pie en una postura extraña, como si se hubiera olvidado de la suya natural. Seguramente pensó que yo iba a armar un escándalo. Tras una breve pausa, añadió—: La cuestión es: ¿Qué quiere hacer?

—No lo sé. ¿Está sufriendo mucho?

—En estos momentos, sí. Diría que bastante.

Los dos miramos a *Portia*. El pecho le subía y bajaba como a la Bella Durmiente del museo de Madame Tussaud.

—¿Podría…? ¿Cree que podría darle algo para aliviarla? —pregunté—. ¿Para el dolor?

—Sí, es posible. Pero… Oiga, puedo recetarle algo, pero tengo que ser sincero con usted. Dudo que en este caso la medicación sea la solución a largo plazo. Para quitarle el dolor por completo, seguramente habría que medicarla tanto que de todos modos estaría semicomatosa.

—Ya veo. —Cabía la posibilidad, me di cuenta, de que al final sí acabara llorando—. Así que… ¿aconseja dormirla ya mismo?

—Pues… —Se abrió la puerta y asomó la ayudante del veterinario. *Portia* se movió ligeramente al oírla—. Danos un minuto —dijo el veterinario, y la ayudante, después de lanzarme una mirada deferente, volvió a salir. El veterinario debía de habérselo contado.

Se produjo un silencio.

—Ya entiendo —dije—. No sería justo obligarla a aguantar. Lo sé. Sólo que… la cuestión es, no quiero, ya sabe… sacrificarla ahora mismo. ¿Puedo llevarla a casa esta noche? ¿Para despedirme? Usted podría darle algo para sedarla y yo la traería mañana. ¿Es posible?

Asintió, aliviado. La vieja no iba a armar un alboroto.

—De acuerdo —aceptó—. Mientras tanto, le daré morfina. Así se sentirá mejor. —Apretó un timbre y la ayudante entró de nuevo.

Mientras los dos preparaban la inyección, me acordé de una cosa que me había dicho Sheba de cuando llevaba a sus hijos a vacunarse. Nunca se quejaban hasta el último momento, contó, y entonces, cuando la aguja les atravesaba la piel, una terrible expresión acusadora aparecía en sus rostros. «Era algo muy adulto. Como si dijeran: *"Et tu*, mamá?".» *Portia* no estaba para esa clase de recriminaciones. Apenas si se estremeció cuando le clavaron la aguja. Y cuando la cogí para meterla en su jaula, no opuso la menor resistencia; simplemente soltó un maullido suave y adormecido y se dejó hacer.

En el camino de vuelta compré salchichas y medio litro de nata en el LoPrice, y cuando llegué a casa, preparé una pequeña cama con cojines y mantas en la cocina para que *Portia* pudiera tumbarse cómodamente y mirarme mientras cocinaba. Corté las salchichas en trozos muy pequeños y luego las freí con mantequilla: un antiguo festín. Pero todo eso lo hice más por mí que por *Portia*. Era evidente que no estaba en condiciones para una cena tan copiosa. Cuando puse las salchichas ante ella, permaneció inmóvil, mirándolas con indiferencia. La observé un rato y luego me arrodillé y la cogí en brazos. Emitió un leve murmullo de desagrado, pero no forcejeó. La llevé al dormitorio e intenté sentarme en la cama con las piernas cruzadas y ponérmela en el regazo. Como así no estaba cómoda, la dejé instalarse encima de la colcha y, tras acurrucarme a su lado, empecé a rascarle muy suavemente la zona de debajo de la barbilla. Bajó los párpados pero sin llegar a cerrarlos del todo —su habitual expresión de placer, un poco escalofriante— y al cabo de un rato empezó a ronronear.

En ese momento rompí a llorar por fin. Aunque, como el duelo nunca es —ni siquiera por animales mudos— ese acto genuino y bien definido que pretendemos, mis lágrimas sólo se debieron en parte a *Portia*. En cuanto se aceleró el motor del dolor, empezó a recorrer, como suele suceder con el sufrimiento, el abarrotado territorio de mis demás quejas y lamentaciones. Lloré porque me sentía culpable y me arrepentía de no haber sido una dueña mejor, más bondadosa. (De todas las veces que le había frotado la nariz a *Portia* en sus excrementos por no llegar a tiempo a la arena higiénica.) Lloré por haber asestado, como ahora lo veía, un golpe casi mortal a mi amistad con Sheba. Lloré porque, en mi desesperación, me había planteado una relación con un hombre ridículo que coleccionaba chaquetas de béisbol, y hasta él me había rechazado. Lloré porque era la clase de mujer de la que se ríen las chicas en la peluquería. Por último, lloré por la indignidad de llorar; por la simple estupidez de ser una solterona lloriqueando en su habitación un sábado por la noche.

No duró mucho. Al cabo de cinco minutos se apoderó de

mí esa conciencia de la propia identidad que embarga a los llorones solitarios. Empecé a observar el ritmo de mi llanto y las manchas húmedas que mis lágrimas habían dejado en el pelo de *Portia*. Poco después, mi entrega a mi propia desdicha comenzó a desvanecerse y ya no pude seguir concentrando la atención. Encendí el televisor y, durante media hora antes de dormirme, me quedé mirando el telediario de la noche, con los ojos totalmente secos.

Catorce

*E*n los días inmediatamente posteriores a mi cita, repasé una y otra vez lo que le había dicho a Bangs, intentando calibrar la posibilidad de que se lo contase a alguien más. La tarde en que enterré a *Portia*, volví a mi casa y redacté al menos tres cartas confesándome a Sheba, y acabé quemando las tres en el fregadero de la cocina. Me volvió la depresión, esta vez reforzada por la culpa. Me aquejó una serie de problemas menores de salud. Por la noche, cuando me metía en la cama, me temblaba la pierna derecha durante varias horas seguidas, dificultándome todavía más el sueño. Me sobrevino una jaqueca ligera pero constante. Poco después de llegar a Eastbourne para las vacaciones de Navidad, me salió un sarpullido en la piel y un hongo espantoso en las uñas de los pies. Obviamente eran reacciones psicosomáticas al estrés. Pero en ese momento tenía la certeza de que estaba pagando por mi pecado, de que era un castigo por haber traicionado a Sheba. El hecho de que ninguno de los remedios recomendados por el farmacéutico de Eastbourne ejerciesen el menor efecto en mis males fomentó esta interpretación supersticiosa. El día de Navidad se me cayó una uña negra del pie y lloré histéricamente en el cuarto de baño del piso de abajo, convencida de que tenía lepra.

Polly se escapó de casa el día de San Esteban. Yo estaba todavía con mi hermana y no escuché el mensaje de Sheba hasta que volví a Londres al día siguiente. En cuanto oí la voz de Sheba, que decía «Ha surgido una pequeña crisis en casa», imaginé lo peor.

Sentí alivio, debo admitir, cuando me enteré pocos segundos después de que Polly había desaparecido. Le devolví la llamada de inmediato.

—¡Ay, Barbara! —exclamó Sheba cuando se puso al teléfono—. Siento haberte asustado. Va todo bien. Hemos encontrado a Polly. La muy tonta se fue a casa de su abuela. Mañana cojo un avión a Escocia para ir a buscarla.

Iba sola, dijo. Richard se quedaba en Londres con Ben. Le pregunté si quería que la acompañase y al principio dijo que no. Su madre era de esa clase de personas que prefería no imponer a sus amigos, explicó, a menos que fuera absolutamente necesario. Pero después hablamos un poco más y ella empezó a pensárselo. Estaría bien ir acompañada, pensó. Y claro, sería ideal disponer de mi coche. ¿De verdad que no me importaba? No, claro que no.

Cuando fui a buscarla a su casa por la mañana, estaba demacrada, con los ojos hinchados. En la calle, antes de meternos en el coche, me detuve y la cogí de la mano.

—Lo siento mucho —dije.

Negó con la cabeza.

—Irá todo bien. Sólo ha caído en uno de sus estados. Dentro de diez años, se acordará de esto como una fase más.

—No, no te lo digo por Polly —dije—. Me refería a que siento lo que pasó entre nosotras. En el sótano. Es que estaba alterada por la enfermedad de *Portia*.

—Ah, eso —dijo—. Olvídalo. ¿Cómo tienes la cadera?

—Bien. Pero… —Me pellizqué la nariz en un intento de reprimir las lágrimas—. En fin, *Portia* murió. Tuve que sacrificarla antes de Navidad.

—¡Ay, Barbara! —Me cogió las manos como si fuera a abrazarme.

217

—Sí, es muy triste —dije, impidiéndoselo—. Pero ya ves.

—Lo siento mucho, Barbara.

—Vamos. —Abrí la puerta del coche—. Tenemos que irnos.

Había ido con la intención de contarle lo de Bangs. Sabía que tenía que hacerlo. Pero sentada en el coche, sentí que me faltaba valor. La perspectiva de su enfado me debilitó. ¿Cómo podía empezar? «Tengo que decirte una cosa, Sheba...» Imposible.

—¿Qué tienes en el mentón? —preguntó Sheba mientras atravesábamos el oeste de Londres. Se inclinó para examinar mi sarpullido—. ¿Es una alergia?

—No, no —contesté, apartándola con la mano—. Sólo estoy muy cansada, nada más.

—Entiendo cómo te sientes. Yo estoy agotada.

Asentí en un gesto de comprensión.

—Estarías muerta de preocupación...

—Pues sí —dijo Sheba. Hizo una pausa—. Claro que anoche, además, estuve hasta muy tarde con Steve. —Sonrió con expresión pícara.

—Ya —dije.

—Me temo que hice algo un poco peligroso —prosiguió—. Lo dejé entrar en casa cuando Richard y Ben se fueron a dormir. Pasamos una hora juntos en el sótano.

La miré, no tan sorprendida por el riesgo que había corrido como por la evidente satisfacción con que lo contaba.

—Steven llevaba un jersey horrible que le habían regalado sus padres para Navidad —siguió alegremente—. Azul pastel. Con el cuello en pico. ¡Espantoso!

—Por favor, Sheba —dije—. ¿Podríamos no hablar de Connolly ahora mismo?

Se encogió de hombros.

—Vale.

—No pretendo...

—No, si ya lo entiendo. No volveré a mencionarlo.

Miró por la ventanilla.

—¿Sabes? —dije por fin—. El otro día comí con Bangs.

—¿Ah, sí? —Sheba me miró—. ¿Cuándo?

—El sábado antes de acabar el trimestre. Me…

—¿El fin de semana? ¡Barbara! ¿No me digas?

Me sonrojé.

—No, bueno, él…

—Oye, me alegro mucho, Barbara. ¿Y lo pasaste bien?

—No se trata de eso. Sólo fue algo informal.

—¡Qué pilluela eres! ¡Con razón no sabía nada de ti últimamente!

Irritada, golpeé el volante.

—¡Por el amor de Dios, Sheba, no me trates con condescendencia! No estoy tan desesperada como para ocurrírseme salir con Bangs.

—Ah.

—Sólo te lo digo porque… —Me interrumpí. Sheba, vuelta hacia mí, me miraba de hito en hito—. La cuestión es que tuve la sensación de que Bangs sabe lo tuyo con Connolly.

No había planeado esta estratagema de último momento. Me sorprendí a mí misma al decirlo. Pero incluso mientras me instaba a callar, a dar marcha atrás, a enmendar la mentira, Sheba tenía ya la boca y los ojos muy abiertos.

—¿Qué? ¡No! ¿Cómo es posible? —susurró.

«Dile la verdad —me ordené—. Dile lo que has hecho.»

Pero ella, angustiada y presa del miedo, hablaba ya atropelladamente.

—¿Cómo que «tienes la sensación»? ¿Es que te dijo que lo sabía?

—No… no sé cómo lo sabe ni lo que sabe exactamente —dije—, pero me insinuó que sabía algo.

«Ahora ya es demasiado tarde. No puedes echarte atrás.»

—¿Qué insinuó? ¿Qué dijo? Dímelo. —Sheba se llevó la mano a la frente. No pude evitar sentir cierto placer al ver su horror.

—Pues dijo algo de que «nuestra común amiga» tenía «una relación inusual» con un alumno.

—¡Joder! ¿Y seguro que se refería a mí?

—¿Y a quién si no?

—¿Y por qué no me lo has dicho antes? ¿Qué le contestaste?

—Me hice la tonta, claro. Le dije que no sabía de qué me hablaba.

—Repíteme sus palabras exactas. ¿Cómo salió el tema?

—No te puedo reproducir la conversación frase por frase, Sheba. Estábamos comiendo y hablando de la escuela en general cuando de pronto dijo algo como «He notado que nuestra común amiga está muy unida a un alumno».

220 —¿Dijo «está muy unida»? ¿O «relación inusual»? ¿Cuál de las dos cosas? No me puedo creer que no me lo hayas contado antes, Barbara.

—Esto… las dos cosas, creo. Primero dijo «está muy unida», y yo le pregunté: «Pero ¿de qué estás hablando?». Y entonces me contestó: «Pues nuestra amiga tiene una relación un poco inusual con un alumno del último curso», o algo así.

—¿Cómo lo dijo? ¿En tono de desaprobación?

—Pues no parecía que le hiciera mucha gracia.

—Ay, Dios mío. ¿Y te pareció que tenía alguna prueba? ¿O sólo lo intuía?

—No lo sé, Sheba. Parecía bastante seguro. Oye, no te lo he dicho hasta ahora porque no quería preocuparte.

—¡Preocuparme! Pero ¿en qué pensabas?

—Quería que pasaras unas Navidades tranquilas…

—Barbara, joder. Esto es grave.

—Lo sé.

—¿Y cómo se enteró? ¿Crees que me delatará?

—No lo sé. No dijo que fuese a hacerlo. Pero de verdad, Sheba, creo que debes plantearte acabar con esta historia. Ahora mismo.

Sheba se apretó los ojos con la base de las manos.

—Maldito cabrón, ese Bangs.

El avión a Escocia iba lleno de gente que volvía a sus casas a pasar la Nochevieja y a bordo reinaba un ambiente festivo. Nos hicieron esperar media hora en la pista de aterrizaje, y en ese rato varios pasajeros sacaron sus petacas de whisky y empezaron a cantar. Tras las cortinas de la cocina, hasta las azafatas bebían sorbos a escondidas en pequeños vasos de plástico. A Sheba, visiblemente afectada por la noticia que acababa de darle, la alegría dominante la irritó.

Cuando el capitán habló por el sistema de megafonía para dar una larga explicación del retraso y agradecer nuestra paciencia, se volvió hacia mí y dijo con una vehemencia impropia de ella: «¿Por qué me da las gracias? Yo no tengo ninguna paciencia».

Poco después de despegar el avión, se oyó el tintineo del carrito de una azafata que recorría el pasillo y nos ofrecía sándwiches y bebidas.

—¿Carne o queso? —preguntó a Sheba.

—¿De qué es la carne? ¿De ternera? —quiso saber Sheba.

La azafata se limitó a suspirar y luego dijo:

—Pues tendrá que ser de queso.

A continuación tiró un paquete de plástico triangular en la bandeja de Sheba.

—Está bebida comentó Sheba entre dientes cuando la mujer se alejó.

Cogimos un taxi para ir de Edimburgo a Peebles. Fue un despilfarro, pero Sheba dijo que el tren tardaría demasiado. Tenía prisa por volver a Londres y hablar con Connolly. En el taxi intenté distraerla preguntándole por su madre. Al principio no se mostró muy comunicativa, pero tras insistirle un poco se animó a hablar del tema.

Su relación con su madre nunca había sido buena, dijo. Eddie había sido el hijo preferido. A ella siempre la había hecho sentir como una fracasada.

—No fui a Oxford, y acabé de estropearlo todo cuando, encima, me casé con un hombre que tampoco había estudiado en Oxford. Mi madre siempre habla de Richard con lástima, como dando a entender que en esta gran carrera del huevo y la cuchara por conseguir marido, Richard es un tercer premio. Mi madre es una esnob intelectual. Igual que lo son muchas esposas de académicos, pero en el caso de mi madre resulta especialmente patético. No tiene el menor fundamento para esnobismos. Lo único que ha hecho en su vida de adulta es organizar excursiones a pie para niños en el «norte del Londres histórico» a principios de los años setenta. E incluso entonces su amiga Yolande se encargó de casi toda la investigación.

Las dos nos echamos a reír.

—La cuestión —prosiguió Sheba— es que mi madre, en esencia, se apiada de toda persona que no se ha casado con Ronald Taylor. Cuando mi padre vivía, estaba convencida de que Richard lo idolatraba. Hacía todo lo posible para repeler a Richard, dando la impresión de que, si ella bajaba la guardia por un instante, él se habría puesto a babosearlo y le habría pedido un autógrafo o algo así. Era una locura. Vamos, que a Richard le aburre la economía y mi padre le importaba un rábano. Pero eso no se lo podía decir a mi madre. Cada vez que mi padre contaba una anécdota, ella apoyaba la mano en la rodilla de Richard, como para consolarlo por la mala fortuna de no ser san Roland.

—¿Crees que le caeré bien a tu madre? —pregunté a Sheba.

—¿Qué? —Sheba se mostró sorprendida—. Ah, no te preocupes por eso. Ni se fijará en ti. Estará demasiado ocupada metiéndose conmigo.

La «casita» de la señora Taylor en las afueras de Peebles en realidad era una finca georgiana con un jardín trasero de algo menos de una hectárea. Sheba y yo estábamos en el camino de entrada, sacando las maletas del coche, cuando salió la señora Taylor a la puerta.

—Ah, ya me parecía que os había oído —dijo—. ¡Pasad! Acabo de preparar un té.

Llevaba un jersey deforme de la isla de Arran y pantalones de esquí con trabilla que le hacían bolsas en las rodillas. Encuadraba su rostro aguileño un peinado a lo Juana de Arco.

—Te presento a Barbara, mi amiga del trabajo —dijo Sheba.

La señora Taylor me saludó con un gesto parco y fijó en mí sus grandes ojos.

—Hola —murmuró.

Subimos las maletas por la escalinata hasta llegar al vestíbulo.

—¿Ha sido muy espantoso el viaje? —preguntó la señora Taylor.

Sheba se encogió de hombros.

—No, no demasiado —contestó, mirando las botas Doctor Marten de Polly, que estaban debajo del perchero.

—Está arriba en su habitación —dijo la señora Taylor, siguiendo la mirada de Sheba.

—¿Y cuál es? —Sheba parecía un poco sorprendida de que Polly tuviese ya una habitación adjudicada.

—El desván —respondió su madre—. He vuelto a empapelar las paredes con unos cuadros escoceses maravillosos. Nada más verlo, Polly dijo que quería dormir allí.

—¿Y qué está haciendo? —preguntó Sheba.

223

—Duerme —dijo la señora Taylor—. ¡Hay que ver cómo duerme! Había olvidado el increíble fenómeno del sopor adolescente.

Sheba hizo una mueca.

—Desde luego, a mí nunca me dejaba dormir hasta las tres de la tarde —susurró cuando su madre se volvió y se alejó por el pasillo.

—Y ahora, querida —decía la señora Taylor—, te pondré una taza de té y charlaremos un ratito antes de que se despierte.

Nos llevó al salón, un espacio frío, un poco deprimente, con *kilims* de aspecto mugriento colgados en las paredes. Había un par de antigüedades de calidad, incluido un aparador precioso, pero todo lo demás parecía comprado en tiendas de muebles de oficina. De pronto la señora Taylor se acercó a su hija y, de una manera un tanto hostil, le tiró de la cintura.

—¿Es nuevo este cinturón? —preguntó.

—Sí —repuso Sheba—. Lo compré en la tienda de la esquina de casa. Es bonito, ¿verdad?

—Mmm —dijo la señora Taylor—. No te has puesto una combinación, como de costumbre. Si salimos tendrás que usar una mía. No vaya a ser que asustes a Clem, en la oficina de correos. Ahora, siéntate, querida, y déjame servirte una taza de té.

—El cinturón la ha puesto de mal humor —susurró Sheba en cuanto su madre salió del salón—. Mi madre nunca se compra ropa. Piensa que es vulgar interesarse en esas cosas. Cuando yo era adolescente y empezaban a interesarme el maquillaje y todo lo demás, no paraba de torturarme. Incluso me montaba un número si me duchaba más de una vez al día. Según ella, la higiene exagerada es muy de clase media…

—Ha sido una verdadera lástima que este año no pudieras venir en Navidad —gritó la señora Taylor desde la cocina—. Nos lo pasamos muy bien.

—¿Ah, sí? —respondió Sheba, también a gritos. Me miró y puso los ojos en blanco.

Eddie y su familia siempre van a Peebles para Navidad y el día de San Esteban, pero Sheba no se ha animado a ir en los últimos cinco años. Su excusa es que Richard tiene que pasar la Navidad con sus hijas. (Marcia y las chicas cenan en casa de Richard y Sheba en Nochebuena.) Pero eso sólo es un pretexto. La verdad, dice, es que la Navidad es una fiesta demasiado importante para que se la estropee su madre.

Se produjo un prolongado silencio durante el que escuchamos a la señora Taylor trajinar con las tazas de té.

—No queréis comer nada, ¿no? —gritó al cabo de un rato. Lo dijo en tono disuasorio, ligeramente molesto.

—No, gracias, mamá —contestó Sheba. Se volvió hacia mí—. ¿Te apetece algo, Barbara?

—No, no, estoy bien…

—No tengo gran cosa —prosiguió su madre—. Pero si queréis algo, me queda un poco de pavo frío.

—No, no —contestó Sheba—, no tenemos hambre.

Se produjo otro largo silencio. Por fin Sheba gritó:

—Mamá, quería decirte que te agradezco mucho todo lo que has hecho.

—No digas tonterías. —La señora Taylor volvió con una bandeja—. Me encanta tener a Polly aquí. Y bien sabe Dios que entiendo lo mal que una lo pasa cuando sus propios hijos deciden odiarla.

Sheba se cruzó de brazos.

—No sabía que Polly me odiaba.

La señora Taylor dejó la bandeja en la mesa.

—Vamos, querida, no seas tan susceptible —dijo—. Come una galleta. Desde luego, en estos momentos no eres su per-

225

sona favorita. Polly está pasando por una fase típicamente adolescente. No debes tomártelo como algo personal. —Sonrió, mostrando unos dientes un tanto sobrecogedores, semejantes a lápidas.

Sheba se comió una galleta con rabia.

—¿Conoce usted esta parte del mundo? —me preguntó la señora Taylor, volviéndose hacia mí.

—Bueno —contesté—, he estado alguna vez en Dumfries…

—Ya.

—Pero no…, no conozco Escocia muy bien.

Siguió un silencio frío.

—¿Y tiene hijos?

—No, no tengo.

—Ah.

—Tengo un sobrino y una sobrina.

226 La señora Taylor me observó por un momento en silencio y de pronto se volvió hacia su hija.

—Supongo que ha hecho un tiempo espantoso en Londres —comentó.

—Sí —repuso Sheba—, con granizo y todo. De hecho, a mí me gusta.

—¡Ah!

La señora Taylor apretó los labios como para indicar que, a su juicio, Sheba se comportaba de una manera un tanto retorcida, pero no iba a dejarse provocar.

—Supongo que Richard lo encuentra muy opresivo —dijo, todavía esperando encontrar a alguien a quien el tiempo le amargase la vida—. Pobre Richard, encerrado en su despacho. ¿Cómo le va con el libro?

—Ah, Richard está bien —contestó Sheba—. Ahora mismo se está tomando un descanso con el libro para escribir una conferencia. Se ha comprado un pequeño radiador portátil para su despacho y está encantado de la vida.

—¡Dios mío, qué lujos! —Según Sheba, uno de los temas preferidos de la señora Taylor es el inexplicable despilfarro del estilo de vida de su hija y su yerno—. ¿Y cómo está Ben?

—Bien —contestó Sheba. Me di cuenta de que se reconcomía por el comentario del radiador—. Tiene... —se notó que decidió no contarle a su madre lo de la novia de Ben— muchos intereses en estos momentos. Está en muy buena forma. —Se enderezó—. Oye, ¿no crees que debería ir a despertar a Polly? ¿Avisarla de que estoy aquí?

—No, querida, no lo hagas —respondió la señora Taylor—. Se pondrá de muy mal humor si la despiertas.

Sheba se volvió a reclinar en el sofá.

—Se pondrá de mal humor haga lo que haga —musitó.

Su madre ladeó la cabeza y chasqueó la lengua.

—Vamos, no digas eso.

Sheba se comió otra galleta. Y otra más.

Al final, su madre dijo:

—¿Sabes que cree que tienes un amante?

Algunas personas viven con el constante temor de que se descubran sus secretos; otras tienen una especie de certeza arrogante de que todo lo que desean mantener oculto seguirá estándolo. Sheba pertenece al segundo grupo. La desconcertó —creo que la enfureció por un instante— que su hija hubiera logrado saber de ella más de lo que ella había querido contar.

—¿Y por qué demonios piensa eso? —preguntó, riéndose.

Después me contó que había leído un artículo en una revista de cómo se podía detectar a un mentiroso observando ciertas expresiones y gestos involuntarios relacionados con el engaño.

Al contestar a su madre había hecho un gran esfuerzo para mirarla directamente a los ojos y dejar las manos totalmente inmóviles.

—No lo sé, querida —dijo su madre, devolviéndole la mirada—. ¿Intuición femenina?

—Por el amor de Dios —exclamó Sheba—. Eso es absurdo. La cosa es que Polly viene de una familia muy feliz y estable. Es obvio que siente que necesita algo para justificar esa conducta adolescente suya tan horrible, así que ahora se inventa historias... —Calló de repente. En algún momento, al pronunciar la última frase, había bajado la mirada hacia el suelo y empezado a desmenuzar una galleta en el mantel.

La señora Taylor miró la galleta destrozada en silencio.

—Por lo visto, piensa que le dices a Richard que has estado trabajando en tu taller cuando no es verdad —dijo. Me miró—. Lo siento, Barbara. Cosas de familia. ¿Te apetece otro té?

Sheba se inclinó hacia delante, acercándose al rostro sorprendido de la señora Taylor, y blandió el dedo índice.

—No —gritó—. No. No pienso tolerarlo, mamá. Está muy bien que hayas acogido a Polly y me alegro de que hayas desarrollado este nuevo interés por el bienestar de tu nieta, pero no te has ganado el derecho a empezar a interrogarme. A estas alturas no irás a representar el papel de consejera familiar.

La señora Taylor cerró los ojos como si le doliera algo y cabeceó lentamente.

—Querida —dijo cuando Sheba acabó—, ¿qué te pasa? —Me miró—. No sabe cuánto lo siento.

—Vamos, mamá, no sigas —prorrumpió Sheba—. Ya veo por dónde vas. Piensas que has creado un vínculo especial con Polly. Pero te aseguro que la única razón por la que Polly vino aquí es porque sabía lo mucho que me fastidiaría. —Sheba calló por un momento, como si tuviera que asimilar el asombro que le produjo su valor—. Y sé que te encantaría pasarte el día aquí sentada averiguando con quién estoy follando y transmitiendo mensajes con mucho tacto entre Polly y yo. Pero eso no va a suceder.

La señora Taylor miraba hacia el otro lado del salón. Tenía el rostro contraído en un gesto de consternación. Al principio, Sheba malinterpretó la expresión. Por un instante, me dijo después, estuvo segura de que su rabia había hecho mella: que su madre la había escuchado por una vez y se había producido algún tipo de avance. En uno de esos delirantes saltos de la imaginación que sólo duran un instante, se vio a sí misma por fin hablando con su madre de sus viejos resentimientos, encontrando en el otoño de su relación una manera nueva y cálida de estar juntas. Su madre iría a Londres los fines de semana. Visitarían galerías, se lo pasarían en grande comiendo en restaurantes italianos, hablarían de hombres, intercambiarían recetas...

Pero entonces vio a Polly en la puerta.

—¿«Follando»? ¿Mamá? —dijo Polly en el tono inexpresivo de una adolescente—. ¿«Follando»? —Se dio media vuelta, corrió escalera arriba y cerró la puerta a sus espaldas.

—Polly, cariño... —gritó la señora Taylor, levantándose para seguirla.

—No, mamá —dijo Sheba muy seria—. Ya voy yo.

Después de que Sheba saliera de la sala, la señora Taylor y yo nos quedamos sentadas a la mesa, intercambiando sonrisas abochornadas durante un minuto o dos. De pronto la señora Taylor se levantó.

—Creo que más vale que vaya a ver cómo les va —dijo.

Me levanté para acompañarla, pero ella me indicó con un gesto que volviera a sentarme.

—No, no, no la necesitamos —dijo con grosería.

Tamborileando con los dedos sobre la mesa, esperé lo que me pareció una eternidad después de que ella abandonara el salón.

No pude evitar ver lo que acababa de pasar con cierto ali-

vio. Si la propia hija de Sheba sospechaba que estaba come-
tiendo adulterio, mi delación a Bangs sin duda no era una
traición tan atroz como creía. ¿Quién sabe cuánta gente más
sospechaba que tenía una aventura?

Tras cinco minutos, oí gritos procedentes del piso de arriba. Me quedé allí un rato más, sin saber qué hacer, hasta que
por fin decidí desobedecer a la señora Taylor e ir a ver.

Mientras subía por la escalera (cubierta con una alfom-
brilla de coco sorprendentemente mugrienta), los gritos de
Polly empezaron a convertirse en frases comprensibles. «No
nos quieres a papá ni a mí», oí. Y luego: «Intentas hacerte la
buena y amable». Y por último: «¡Eres una bruja!».

Al llegar al segundo piso, encontré a la señora Taylor al
pie de la escalera de mano que conducía al desván. Se volvió
cuando me oyó y me dirigió su imponente mirada con los
ojos como huevos escalfados.

—¡Pero bueno! —exclamó—. Aquí nadie la necesita…

No servía de nada discutir con ella, así que me limité a
subir por la escalera de mano. Era más complicado de lo
que pensaba. La escalera estaba muy empinada y yo llevaba falda. Mientras ascendía con cierta torpeza, fui muy
consciente de la mirada furiosa que la señora Taylor dirigía a mis bragas desde abajo. Cuando llegué a lo alto, aso-
mé la cabeza en una pequeña habitación con el techo abu-
hardillado. Sheba estaba en un rincón y Polly en otro,
tumbada en una cama. El nuevo papel de pared a cuadros
escoceses de la señora Taylor tenía unos tonos rojos bastante chillones, y todo lo que contenía la habitación —in-
cluidas Sheba y Polly— quedaba bañado por su resplan-
dor reflectante.

—¿Sheba? —llamé desde la escalera—. ¿Necesitas algo?

—Ahora ella no, joder —exclamó Polly. El tono rojizo de
su rostro le daba un aspecto dramático. Parecía un pequeño
demonio.

—¡No te atrevas a hablar así de una amiga mía! —gritó Sheba.

Me halagó que se enfadara tanto por mí.

—Vete a la mierda —replicó Polly.

Sheba se cruzó de brazos.

—Te ruego que no me hables así, Polly —dijo.

—¿Y por qué no? —preguntó Polly.

—Porque no me lo merezco.

—¿Y qué te mereces?

—Pues, para empezar, un poco de respeto.

—¿Ah, sí?

Sheba se acercó y se sentó en la cama. Polly se apartó de ella.

—¡Lárgate! —gritó.

Sheba me miró y sonrió.

—Oye, Barbara —dijo—, creo que esto sería más fácil si estuviéramos solas.

—Claro —asentí—, si necesitas algo, estaré abajo.

Cuando llegué al pie de la escalera de mano, la señora Taylor me lanzó una mirada triunfal.

—Ya le he dicho que no…

—¿Mamá? —llamó Sheba desde arriba.

—¿Sí, cariño? —gritó la señora Taylor.

—Tú vete también, mamá, si no te importa.

—Pero cariño… —replicó la señora Taylor.

—Por favor, mamá, danos sólo un minuto.

A regañadientes, la señora Taylor me siguió por la escalera. Caminaba como un ogro. La casa entera vibraba mientras ella bajaba.

En el rellano del primer piso, se detuvo.

—Venga por aquí, Barbara, le enseñaré dónde dormirá esta noche. Le he puesto una cama plegable en el despacho de Ronald.

—Creo que será mejor que espere aquí un rato —dije.

—No diga tonterías, no es necesario. —Me cogió del codo—. Vamos.

Permanecí donde estaba.

—No, creo que debería quedarme. Por si acaso.

La señora Taylor me observó con expresión de indignada sorpresa. No estaba acostumbrada a que la desobedecieran.

—Por si acaso, ¿qué? —preguntó con frialdad.

—Por si me necesitan.

—¡Ah! —Se rió furiosa—. Pues, Barbara, no creo que…

La frase se vio interrumpida por unos gritos agudos procedentes de arriba. Era Polly. Las dos volvimos a subir rápidamente, primero yo, y la señora Taylor pegada a mis talones. Cuando llegamos a la escalera de mano, se produjo un breve y no muy digno forcejeo para ver quién iba primero. Gané yo.

Al final de la escalera, encontré a Sheba y Polly más o menos en el mismo sitio que antes, sólo que ahora Polly estaba sentada en la cama, con la mano en la mejilla. Cuando me vio, paró de vociferar por un momento.

—¡Me ha pegado! —dijo con un grito ahogado.

—¡Por el amor de Dios, Polly, cállate!

Polly se inclinó hacia delante e intentó torpemente arañar la cara de su madre. Pero Sheba fue más rápida. Cogió a Polly por las muñecas pequeñas y delgadas y la mantuvo a distancia.

Por unos instantes las dos se mecieron hacia delante y hacia atrás en la cama, como en un juego infantil.

—Basta ya. ¡Las dos! —grité, pero ninguna me hizo caso.

Sheba, obteniendo ventaja por un momento, empujó a Polly y la tumbó en la cama.

—Idiota —dijo Polly, sin aliento—. Te odio…

Antes de que acabara la frase, Sheba se abalanzó sobre ella y la abofeteó otra vez. Me pareció que lo hizo con no poca violencia.

Cuando su mano alcanzó la mejilla de Polly, se oyó un golpe nítido y no del todo insatisfactorio, y los gritos de Polly parecieron aumentar al menos una octava.

En ese momento la señora Taylor salía torpemente de la escalera.

—¡Sheba! —gritó—. ¡Sheba! ¿Qué has hecho?

Sheba miró a su madre con cara de confusión y luego rompió a llorar.

—¡Os podéis ir todos a la mierda! —exclamó.

Se dirigió a la escalera y empezó a bajar. Yo la seguí, claro, pero cuando llegué al rellano del último piso, me pidió a gritos que la dejara sola. A continuación, corrió escalera abajo y oí el golpe de la puerta de la calle.

Me quedé un rato inmóvil en la escalera, sin saber qué hacer. Al final opté por volver al salón donde, durante más o menos una hora, sentada en el sofá, me dediqué a hojear números atrasados del *New York Review of Books*. (Según Sheba, la señora Taylor nunca los lee; sencillamente es demasiado vanidosa para anular la suscripción de su marido.) Polly y la señora Taylor se quedaron arriba. Al final, la lluvia empezó a salpicar la ventana del salón. Para entonces yo tenía bastante hambre y empecé a pensar con añoranza en las sobras del pavo de la señora Taylor. Pero no quería arriesgarme a que me sorprendieran sirviéndome, así que me quedé donde estaba y leí un artículo muy extenso sobre los Balcanes.

Cuando Sheba volvió, yo desfallecía de hambre. En cuanto oí cerrarse la puerta, salí corriendo al vestíbulo.

—¿Dónde andan? —susurró cuando me vio. Estaba sonrojada y tenía el pelo pegado al cráneo como un casquete.

Señalé hacia arriba.

—¡Ay, Dios! —exclamó—. No sabes cuánto lo siento, Barbara. No sabía que te metería en algo así.

Negué con la cabeza.

233

—No tienes por qué disculparte. Y ahora debes ponerte ropa seca.

Se sentó en la escalera y empezó a quitarse los zapatos.

—¿Serías tan amable, Barbara, de llamar a la compañía aérea? ¿Para averiguar si mañana hay algún vuelo que salga antes?

Justo cuando empezaba a llamar a información para pedir el número de teléfono, oí una fuerte tos procedente del rellano del primer piso. Al alzar la mirada, vimos a Polly, que nos miraba fijamente.

—Has de saber que no pienso volver contigo —dijo.

—Por supuesto que sí —contestó Sheba.

En ese momento apareció la señora Taylor y se detuvo junto a su nieta.

——Sheba —terció—, tal vez lo mejor sería que se quedara aquí un poco más.

—Ni hablar —contestó Sheba.

Las dos se retiraron entre murmullos. Yo llamé a la compañía aérea y reservé las plazas para un vuelo más temprano.

Cuando colgué, las dos nos quedamos escuchando los suaves lloriqueos de Polly en el dormitorio de su abuela y los ruidos atronadores de mi estómago. Al cabo de un rato, Sheba dijo en tono apagado:

—Supongo que jamás habría tenido hijos si hubiese sabido que sería así.

Después, cuando todo el mundo se fue a la cama, me levanté para ir al lavabo y encontré a Sheba en el pasillo. Estaba sentada a oscuras, llamando por teléfono. Cuando me vio, enseguida colgó el auricular.

—¿Va todo bien? —pregunté.

—No —contestó—. Claro que no. Ya sabes que no.

—No, quería decir… como estabas hablando por teléfono. Es muy tarde, y he pensado que a lo mejor había pasado algo en tu casa.

Sheba hizo un gesto de negación con la cabeza.

—No. —Hizo una pausa. A continuación apoyó la cabeza en las manos—. Intentaba llamar a Steven —explicó.

El taxi que nos llevó al aeropuerto llegó a las seis de la mañana siguiente. La señora Taylor estaba aún en camisón cuando salió a la puerta a despedirse. Mientras el coche se alejaba por el camino de entrada, Polly, con una ligera señal roja en la mejilla izquierda, se arrodilló en el asiento trasero y, lastimeramente, se despidió con la mano a través de la luna trasera de la señora Taylor, que se perdía de vista poco a poco. Sheba, en el asiento del acompañante, mantenía la mirada fija al frente.

Cuando llegamos a Highgate, insistí en acompañar a las dos a la casa. Cuando entramos en el vestíbulo, Richard bajó de su despacho saltando los escalones de tres en tres.

—¡Polly! —exclamó, abrazando a su hija—. Querida, por favor, no vuelvas a hacerlo. Menudo susto nos has dado… —La apartó un momento para mirarla—. ¿Qué te ha pasado en la cara?

—Le he pegado —se apresuró a responder Sheba—. Tuvimos una discusión.

Conmocionada por el recuerdo de sus sufrimientos, Polly apretó el rostro contra el pecho de Richard y rompió a llorar. Richard miró a Sheba con expresión de desconcierto.

—¿Qué pasa? —preguntó Sheba, irritada—. ¡Por el amor de Dios!

Se volvió hacia mí.

—Barbara, muchísimas gracias por todo. Y ahora tienes que irte ya a casa.

Me ofrecí a quedarme un rato y preparar la cena, pero ella se negó en redondo.

—Has hecho más que suficiente —dijo, conduciéndome a la puerta de la calle.

Nos despedimos con un beso y me marché. Justo cuando llegué al final de la escalinata, Sheba volvió a salir.

—¡Barbara! —gritó—. Me avisarás si sabes algo más de Bangs, ¿verdad?

Asentí con la cabeza.

—Claro.

Cuando me marché, Sheba fue derecha a su habitación y llamó al busca de Connolly. Esperó cinco minutos, pero él no la telefoneó, y cuando volvió a bajar, Polly estaba acurrucada junto a Richard en el salón, contando en un susurro trémulo lo mal que se había comportado Sheba la tarde anterior. En silencio, Sheba cogió el bolso y el abrigo y salió de la casa.

Durante las siguientes tres horas, erró por Londres en su bicicleta sin rumbo fijo. Al principio, se detenía más o menos cada cuarto de hora para llamar al busca de Connolly, pero al cabo de un rato desistió. Lo habría apagado, decidió, o se lo habría dejado en casa. Faltaban dos días para la Nochevieja y Londres seguía sumido en la calma posnavideña. Las calles estaban casi vacías. El aire parecía afilado, de plata, y cuando Sheba respiraba hondo, tenía la sensación de que tragaba astillas. Poco a poco, conforme avanzaba la tarde, una neblina gélida cubrió la ciudad. El faro de la bicicleta de Sheba no funcionaba y, siempre que podía, iba por la acera. A veces se cruzaba con peatones: figuras arrebujadas que surgían de pronto de una densa nube gris. Una mujer le felicitó el Año Nuevo cuando pasó a su lado. Poco después, un hombre se detuvo y maldijo a Sheba, con una vehemencia sorprendente, por no llevar el faro de la bicicleta encendido.

A las cinco estaba aterida de frío. Atravesó la City vacía buscando una cafetería abierta. En Clerkenwell encontró una: un establecimiento pequeño, con la calefacción demasiado alta, en cuyo aire flotaban los humos de la cocina y el ruido de los cubiertos. Pidió huevos con tostadas y un té y luego, mientras miraba la calle oscura por las ventanas empañadas, se preguntó qué haría a continuación. Debería volver a casa, se dijo: apaciguar a su hija malhumorada, dar una explicación a su marido, que tendría no pocos reproches que hacerle. Sabía que a esas horas estarían preocupados por ella. Pero no podía. No soportaba la idea de volver a casa sin siquiera hablar con Connolly. Presentía que si no lograba hablar con él esa noche, ya no lo conseguiría nunca más. De pronto se le ocurrió una idea. ¡Iría a su casa! No podía presentarse sin más, claro. Pero sí podía llamar a su ventana; tirar piedrecitas si era necesario. Conforme el plan iba cobrando forma, la melancolía que la había poseído esa tarde empezó a desvanecerse. Se llenó de júbilo ante la perspectiva de ver a Connolly. Pagó su consumición y salió a la calle.

El barrio de Connolly estaba lejos, y cuando Sheba llegó, pasó una frustrante media hora dando vueltas por el laberinto de edificios. Cuando por fin encontró la plaza donde vivía Connolly, estaba agotada. Recorrió el callejón que discurría por detrás de la casa, como la primera vez que fue con Connolly, antes de acordarse de que su habitación daba al otro lado. Dio media vuelta y llevó la bicicleta a rastras hasta la fachada de la casa. Cuando vio una luz encendida en el dormitorio, soltó un ahogado grito de felicidad. Por fin, un golpe de suerte.

Se quedó unos minutos mirando la ventana, deseando que Connolly intuyera su presencia. Al final, lo llamó en voz baja. No sabía cómo modular la voz y primero le salió un graznido entrecortado. Volvió a intentarlo. Connolly no dio señales, pero en la ventana de la casa contigua se movió una cortina y asomó brevemente la cara de una mujer. Al verla, Sheba calló. No le convenía tener que dar explicaciones a una vecina. Miró alrededor en busca de algún proyectil que lanzar a la ventana. Pero no vio nada. Ni siquiera la chapa de una botella.

237

Entonces se le ocurrió otra idea. Iría a una cabina y llamaría a casa de Connolly. No sabía el número —Connolly y ella siempre habían preferido, por cuestiones de seguridad, usar sólo el busca—, pero sin duda lo encontraría en la guía. Si descolgaba el señor o la señora Connolly, se haría pasar por una amiga de la escuela. No entendía cómo no lo había pensado antes.

La primera cabina que encontró estaba averiada. Tuvo más suerte con la siguiente, en Albany Way, delante de una tienda de vinos y licores. Olía a cigarrillos mojados y orina vieja, pero funcionaba. Tras encontrar el número de los Connolly en la guía, esperó un minuto o dos, mientras practicaba una voz de adolescente. Luego levantó el auricular y marcó el número.

Notó el auricular húmedo al acercárselo a la oreja. Cuando contestó la madre de Connolly, quedó tan asombrada por su propia temeridad que, por un momento, fue incapaz de hablar.

238

—¿Diga? —repitió la señora Connolly. Sheba oyó un televisor de fondo.

—Ah, sí, hola. ¿Está Steve? —dijo Sheba. (Una vez convencí a Sheba de que hablara como una colegiala londinense; es muy poco convincente.)

La señora Connolly no contestó.

Sheba pensó por un momento que le había colgado. Pero luego la oyó gritar:

—¡Steven! ¡Al teléfono!

Poco después descolgaron otro teléfono y se puso Connolly.

—¿Diga?

—¿Steven? Soy yo, Sheba. Llevo todo el día intentando hablar contigo, pero tenías el busca apagado o algo así.

—Ah.

Por el crujido del nailon que oyó en segundo plano, Sheba dedujo que estaba tumbado en su habitación sobre la colcha del Grand Prix.

—¿Estás bien?

—Sí, claro. —La voz era inexpresiva.

—No te preocupes —dijo ella—. Me he hecho pasar por una amiga tuya. Oye, estoy cerca. En Albany Way. ¿Puedes salir un momento a verme?

Se produjo un largo silencio.

—¿Steven?

—No, la verdad es que no —contestó—. Es un poco complicado.

—Por favor, me muero de ganas de verte. Necesito que me abraces.

—No, no puedo.

—Polly se escapó de casa —explicó—. Tuve que ir a Escocia a buscarla.

—Ya.

—¿Steven?

—Vale, pues.

—Oye, Steven. —En ese momento, Sheba tuvo que hacer un esfuerzo, se acuerda, para disimular su ira—. Tengo que hablar contigo de algo importante.

—Pues gracias por llamar —dijo Connolly—. Ya nos veremos. Hasta otra.

Colgó.

Sheba se quedó mirando fijamente la pared de la cabina durante todo un minuto, cuenta. Luego colgó el auricular y salió. Llevó la bicicleta a rastras en dirección a casa de Connolly.

Cuando ya casi había cruzado la plaza y estaba a punto de adentrarse en uno de los callejones que conducían a Hampstead Road, de pronto oyó voces al otro lado de la calle. Al mirar alrededor, vio a dos jóvenes —un chico y una chica— que salían de la casa de Connolly. Detrás de ellos, en la puerta, estaba Connolly. «Hasta otra», lo oyó decir. Añadieron algo más que ella no entendió. Y después Connolly bajó por la escalera y besó a la chica. Sheba sujetó la bicicleta con fuerza. Le dio vueltas la cabeza. No había visto si el beso era en los labios o en la mejilla. El otro chico dijo algo más que ella no comprendió y los tres se echaron a reír. «No jodas, lo que te pasa es que estás celoso», dijo Connolly, alegre.

Los dos chicos se volvieron y empezaron a caminar por la calle hacia donde estaba ella. Sheba se marchó rápidamente. «Ay, Dios mío, Dios mío —gimió para sus adentros, recuerda, mientras emprendía una veloz carrera—, por favor, Dios mío, no permitas que se enamore de otra.»

Cuando Sheba llegó a su casa esa noche, Richard la esperaba. Lo encontró en el salón, sentado remilgadamente en la butaca de cuero.

—Por el amor de Dios, Sheba —dijo cuando llegó—. Esto es el colmo. No llamar ha sido una falta de responsabilidad. Ya tengo que lidiar con una adolescente, no necesito otra—.

—Por favor... —dijo Sheba. Seguía con el abrigo puesto. Tenía un picor en las manos por el calor repentino.

—Por favor, ¿qué? —preguntó Richard.

—Sólo... por favor.

Se apoyó cansinamente en la puerta.

—Siento muchísimo molestarte —dijo Richard—. Estás demasiado ocupada, claro, para molestarte con asuntos familiares sin importancia. A partir de ahora dejaremos de hablar y trataremos a nuestra hija a base de bofetadas...

—¡Vamos! —exclamó Sheba. Atravesó el salón y se sentó en el sofá—. Ya sabía que me castigarías por eso.

Richard se cruzó de brazos.

—De hecho, he evitado expresar cualquier opinión antes de oír tu versión.

Sheba se reclinó en el sofá y miró el techo.

—¡Un juez sabio! —dijo.

Richard y Sheba no asistieron a ninguna fiesta en Nochevieja. Habían hablado de invitar a unas cuantas personas para una pequeña cena. Pero los dos coincidieron en que no estaban de humor para ejercer de anfitriones. Polly se fue a un concierto en Brixton, y el resto de la familia cenó tranquilamente en casa.

Yo no fui a ningún sitio, pero eso era de esperar. Con el paso de los años, me he inventado mis propias tradiciones para los días señalados y los festivos. Esa Nochevieja, como la de cada año en la última década, compré una botella de jerez y me pasé la velada un poco achispada, releyendo *Persuasión* de Jane Austen.

Sheba y yo hablamos un par de veces por teléfono a lo largo de la primera semana del Año Nuevo. En ambas ocasiones la noté al borde de la histeria.

Connolly seguía sin devolverle las llamadas y Sheba se enfrentaba a la perspectiva de que la hubiera abandonado. Especulaba de manera obsesiva con las posibles razones por las que Connolly había perdido interés. ¿Es que lo repelía? ¿O tenía una amiguita nueva? ¿Tendría algo que ver esa lagarta que había visto salir de su casa? Como yo no tenía nada útil que decir acerca de estas divagaciones, en general me mantenía callada.

El único tema por el que Sheba también mostraba algún interés en estos días era Bangs: si tenía o no pruebas de su aventura, si la denunciaría o no. En ese momento yo me sentía más optimista con respecto a Bangs. Con el paso del tiempo, la amenaza que planteaba me parecía cada vez menos creíble. Empecé a sospechar que yo había exagerado mi indiscreción en su casa. Al fin y al cabo, tampoco había dicho tanto. Y quizá ni siquiera se había creído lo que dije. «A Bangs no le gustan los líos —le decía a Sheba una y otra vez—. Bangs es incapaz de matar una mosca.» A lo que Sheba siempre contestaba con una ansiedad patética: «Ah, ¿tú crees, Barbara? ¿De verdad lo crees?».

Quince

*E*l domingo anterior al comienzo del trimestre en la escuela, cuando volví de la lavandería me encontré con la luz del contestador parpadeando. Cosa inusitada, había recibido tres llamadas en mi ausencia. En las dos primeras, Sheba pronunció mi nombre un par de veces en un susurro sepulcral y colgó. En el tercer intento, dejó un mensaje más largo. «¿Barbara? ¿Dónde estás? ¿Barbara? Pabblem me ha llamado esta tarde. Lo sabe. Creo que lo sabe. Quiere verme 243 mañana a las ocho. Ha dicho que hay una acusación muy grave contra mí por una conducta inapropiada con un alumno. Por favor, Barbara, por favor, llámame en cuanto oigas este mensaje.»

Cuando la llamé, enseguida descolgó. Tenía el teléfono inalámbrico a su lado.

—Estoy en un lío —dijo. Estaba preparando la cena y tenía a sus hijos cerca, así que habló en voz baja—. Bangs debe de haber dicho algo, el muy cabrón. ¿Qué hago? Dime qué debo hacer.

—No sabes si fue Bangs —dije—. Puede haber sido cualquiera. Puede haber sido Polly…

—¡Qué más da! La cuestión es ¿qué hago?

—Óyeme —dije, intentando no mostrarme demasiado preocupada—. Tienes que preparar tu versión de los hechos. ¿Le has dicho algo a Richard?

—No, todavía no ha llegado. Además, ¿qué voy a decirle?

—No, no se lo cuentes. No pasará nada. Mañana, cuando veas a Pabblem, dile que eres amiga de Connolly, que has ayudado al chico con sus dibujos de vez en cuando, y que no has tenido el menor contacto físico con él. Debes mantenerte firme en eso. Indignarte.

—Pero ¿y si Bangs nos ha visto juntos en algún sitio? —objetó Sheba—. ¿Y si tiene pruebas?

—No creo que las tenga —contesté con cuidado—. Creo que me lo habría dicho. Y aunque os hubiera visto en algún sitio, es su palabra contra la tuya. Dile a Pabblem que Bangs está colgado de ti: que es su venganza porque lo has rechazado.

A su pesar, Sheba se rió.

—No puedo creer que esté pasando esto, Barbara —dijo cuando se apagó su risa.

—Ni yo —dije—, pero no te preocupes. No pasará nada.

En realidad no lo creía. Sabía muy bien que se avecinaban problemas. Pero jamás habría predicho lo rápido que llegarían. Menos de una hora y media después de hablar con Sheba por teléfono, sonó el timbre de su casa. En ese momento ella estaba en el piso de arriba, bañando a Ben. Desde su despacho, Richard gritó a Polly para que abriera la puerta y luego, cuando Polly no contestó, Sheba lo oyó soltar un par de tacos mientras bajaba pesadamente por la escalera. Después no escuchó nada más durante un rato y supuso que había sido una niña exploradora o un testigo de Jehová. Hasta que de pronto le llegaron voces airadas del piso de abajo. Dejó a Ben en la bañera y salió al rellano. Se oían la voz de una mujer y el murmullo grave de Richard.

Bajó un piso hasta el siguiente rellano y se inclinó sobre la barandilla para ver qué pasaba. La puerta de la calle seguía abierta y en el vestíbulo había una mujer rubia, de baja estatura, con un abrigo grueso y un sombrero de lana, que blandía un dedo ante Richard.

—A mí no me hable así —la oyó decir Sheba—. Tengo pruebas. La que miente es su mujer.

«Ya está —pensó Sheba—. Se ha producido el desastre.» Su primera reacción fue huir: atravesar corriendo el rellano hasta llegar a su habitación y encerrarse en el lavabo. De hecho, justo cuando se volvía para retirarse, la mujer alzó la vista y la vio.

—¡Usted! —gritó—. ¿Es usted? Venga aquí.

En ese momento Polly salió al vestíbulo, procedente del salón.

—¿Qué demonios pasa aquí? —preguntó a su padre, indignada.

—¡Fuera! —bramó Richard—. ¡Vuelve al salón!

Por una vez, Polly no replicó. Lanzó una mirada a su madre y volvió al salón.

Sheba permaneció inmóvil, contemplando el rostro furioso y congestionado de la mujer.

Después se fijaría en lo mucho que se parecían madre e hijo: la tez oscura, la complexión robusta, los ojos semejantes a los de una máscara de tragedia. Pero en ese momento los rasgos de la mujer le resultaban tan extraños y hostiles que por un instante Sheba estuvo segura de que en realidad ésa no era la madre de Connolly.

—Ahora está asustada, ¿eh? —se burló la mujer—. Vamos, baje. Quiero hablar con usted.

Era inquietante, cuenta, que una desconocida le diera órdenes a gritos en su propia casa. Richard también la miraba desde abajo, su rostro muy pálido en contraste con el de la mujer. Sheba se dio cuenta, por su cara de perplejidad, de que aún no había entendido nada. Todavía se consideraba aliado de su mujer en contra de aquella intrusa regordeta. «Sólo me quedan unos minutos de mi antigua vida», recuerda que pensó mientras empezaba a bajar por la escalera.

245

—Hoy nos ha llamado el director —dijo la señora Connolly—. Me ha pedido que vayamos a verlo mañana para
hablar de Steven. No ha querido explicar el motivo por teléfono. Yo le he dicho a Steven: «¿Y de qué querrá hablar-
nos?». ¡Y él se ha echado a llorar! ¡A moco tendido! Le he
sonsacado la verdad. Me lo ha contado todo. Incluso he visto esas cartas indecentes que usted le envió…

—Oiga, un momento… —intervino Richard.

—No, Richard —interrumpió Sheba.

—Exacto —dijo la señora Connolly—. No puede negar-
lo, ¿eh? ¿Por qué no le cuenta lo que ha estado haciendo con
mi hijo?

—¡Contrólese! —dijo Richard—. Hay un niño en la casa.

Sheba de pronto se acordó de Ben, que seguía en la bañera, con el agua enfriándose.

—¡Polly! —gritó—. Vete arriba a vigilar a tu hermano.

La señora Connolly abrió la boca en silencio y volvió a
cerrarla como un pez.

—¡A mí no me diga que me controle! Yo también tengo
hijos, ¿sabe usted?

Polly volvió a salir del salón.

—¿Podría alguien decirme qué está pasando aquí? —exi-
gió saber.

—Cállate, Polly, y vete arriba —ordenó Richard.

Polly pasó junto a Sheba con expresión hostil.

En ese momento Sheba ya estaba en el último peldaño de
la escalera. Las lágrimas le resbalaban por la cara.

—Eso, llore —dijo la señora Connolly—, degenerada,
mal bicho…

—Perdone —interrumpió Richard—, pero voy a tener
que… —Apoyó la mano en el brazo de la señora Connolly e
intentó conducirla hacia la puerta. Pero ella se zafó.

—¡Bruja! —gritó a Sheba.

Siguió un breve forcejeo durante el cual a Richard se le

cayeron las gafas y a la señora Connolly se le ladeó el sombrero.

—No... ¡Ni se le ocurra tocarme! —chilló a Richard.

Por un momento, los tres —Sheba, Richard y la señora Connolly con su sombrero torcido— permanecieron inmóviles.

Luego Richard se agachó para recuperar sus gafas. Justo cuando volvía a ponérselas y empezaba a decir algo a la señora Connolly en el tono enérgicamente apaciguador que Sheba identifica con las palabras «Tranquila, tranquila», la señora Connolly se abalanzó sobre ella.

El contacto sólo duró unos segundos, pero cuando Richard apartó a la señora Connolly, ésta tenía en la mano una cantidad sorprendente de pelo de Sheba.

—¡Ya basta! —bramó Richard. Cogió a la señora Connolly por los hombros. Hubo una refriega y gritos. Sheba, aferrada a la mesa del vestíbulo, sollozaba. Recuerda, con cierto asombro, que Richard sujetó a la señora Connolly por detrás e intentó llevarla, en un torpe abrazo, hasta la puerta. Las botas de invierno con las suelas de *crep* de la señora Connolly se arrastraban por la alfombra del vestíbulo como las de un cadáver.

Tras cerrarse la puerta, se produjo un breve silencio y luego sonó el timbre. Richard permaneció de espaldas a la puerta, respirando hondo. Sheba estaba sentada en el suelo. Se miraron fijamente, cada uno en un extremo del vestíbulo, al tiempo que oían las largas y apremiantes llamadas del timbre y, apenas audible, la ópera amortiguada de la señora Connolly, que gritaba detrás de la puerta.

Sheba no me llamó esa noche después de marcharse la señora Connolly. Estaría demasiado ocupada con Richard, supongo. Al día siguiente decidió —muy oportunamente—

247

quedarse en casa y saltarse la cita con Pabblem. Esa mañana intenté llamarla varias veces desde la escuela, pero no contestó. Por lo tanto, no supe nada durante gran parte del día y me vi obligada a deducir lo sucedido a partir de los retazos de los frenéticos chismorreos que intercambiaban mis colegas. Se había descubierto que Sheba tenía una aventura con Steven Connolly, decían. Su madre y ella se habían peleado a puñetazos. Era posible —y hasta probable— que hubiera seducido a más chicos. Habían llamado a la policía.

Durante el primer recreo encontré a Elaine Clifford en la sala de profesores, rodeada de varios colegas que la escuchaban con vivo interés mientras les transmitía los últimos partes de Deirdre Rickman, de la oficina del director. En ese preciso instante, contaba, Pabblem estaba «reunido» con la policía y la familia Connolly. Habían llamado a Sheba para que asumiese las consecuencias, pero ésta se había negado a ir y ahora la policía se dirigía hacia su casa para detenerla. A decir de todos, Pabblem estaba fuera de sí. Sólo una hora antes había chillado a una estudiante en prácticas por haberle puesto demasiada leche en el café. Deirdre Rickman atribuía esta conducta a sentimientos de culpabilidad e ira. Pabblem no podía perdonarse a sí mismo, dijo, que las morbosas fechorías de Sheba hubieran tenido lugar bajo su vigilancia.

Personalmente, yo dudaba de esa teoría. Si Pabblem estaba de mal humor, parecía mucho más probable que fuera porque lamentaba haber perdido la oportunidad de intimidar y humillar a Sheba. De no haber sido por la precipitada acción de la señora Connolly —su insistencia en irrumpir en casa de Sheba la víspera—, Sheba habría ido a la escuela la mañana siguiente y Pabblem la habría tenido a su merced durante al menos un par de horas para someterla a un interrogatorio abrumador. Pero ella se había librado de él, y a él no le quedó más remedio que ceder el control de la investigación a la policía. El pobre Pabblem se había visto privado de su momento de sadismo.

En medio de la actuación de Elaine entró Mawson para repartir copias del atrasado informe de Pabblem «En qué nos equivocamos». Pabblem había planeado ofrecer una charla introductoria a la hora de comer sobre las nuevas y desafiantes ideas contenidas en sus páginas, pero ahora, debido a lo que Mawson llamó, con una discreción innecesaria, «un imprevisto», no tuvo más remedio que anularla. Al oírlo, se oyó una ligera ovación entre los profesores, seguida de un gemido cuando Mawson anunció que se había convocado otra reunión para la siguiente semana. Pabblem, nos aseguró, seguía muy deseoso de conocer la reacción de los profesores a las iniciativas propuestas.

Al volver a mi aula, divisé a Bangs cuando se escabullía por la planta baja del Pabellón Antiguo. Aún no se había mencionado su nombre en las conversaciones que había oído entre los profesores. Todo el mundo parecía tener la impresión de que la señora Connolly era la responsable del descubrimiento de la aventura de Sheba. Yo sabía que no había sido ella. Su mirada se cruzó con la mía justo cuando iba a entrar en el lavabo de profesores. Se quedó inmóvil, como una cucaracha sorprendida. Abrió la boca para decir algo y luego pareció pensárselo mejor.

—¡Pedazo de mierda! —espeté cuando cerró la puerta del lavabo.

A eso de las cuatro, conseguí por fin hablar con Sheba por teléfono.

—¡Sheba! —dije cuando respondió—. Ya era hora. Llevo todo el día intentando hablar contigo. ¿Estás bien?

—No… Bueno, aquí tenemos un buen lío, como podrás imaginar.

—¿Has visto a la policía?

—Sí. Han venido esta mañana. Richard me ha acompañado a la comisaría. Tenían que hacer una serie de cosas. Tomar las huellas y demás. Hemos vuelto hace una hora.

Yo me esperaba lágrimas y gritos, pero la noté extrañamente serena. Sería por la impresión, supongo.

—¿Y él cómo se lo está tomando? —pregunté.

—No lo sé. Estoy muy preocupada. Sigue sin contestar…

—Pero ¿qué dices?

—Ah, lo siento, ¿te refieres a Richard? Pues… No lo sé.

—¿Quieres que vaya a tu casa?

—No, mejor que no. No creo que Richard esté para visitas. Y todavía no hemos hablado con los niños.

Al día siguiente salió un breve artículo sobre Sheba en el *Evening Standard*. No era gran cosa: sólo un párrafo al final de la página cuatro sobre una profesora del norte de Londres acusada de abusos deshonestos con un alumno. Pero supe entonces que estaban a punto de abrirse las compuertas. Hablé un momento con Sheba a la hora de comer. Estaba todavía más tranquila, casi catatónica. Tampoco ese día quiso que fuera a su casa, de modo que al salir de la escuela no me quedó más remedio que volver a mi apartamento y sufrir.

El miércoles por la mañana me dijeron que Pabblem quería verme. No se me ocurrió pensar que quería hablarme de Sheba. Supuse que era por el trabajo especial de historia de Irlanda del cuarto curso. Según un rumor que circulaba por esas fechas, Pabblem pretendía honrar el sufrimiento de los campesinos irlandeses durante la hambruna de la patata obligando a los niños a ayunar un día entero.

Esta vez Pabblem fue directo al grano. En cuanto entré en su despacho tan sólo asintió con la cabeza y empezó a hablar antes de que me sentara.

—Como ya sabes, Barbara, Sheba Hart se ha metido en un lío.

Asentí.

—Sí, lo sé.

—En un buen lío.

—Sí.

—Tengo entendido que eres amiga de ella.

—Sí, es mi amiga.

Me dirigió una mirada elocuente.

—¿Hay algo que quieres…? —empecé a preguntar.

—No, no me iré por las ramas, Barbara —dijo—. Me han comentado que es posible que estuvieras al corriente de la relación de Sheba con Steven Connolly desde hace un tiempo.

—¿Qué?

—Ya me has oído.

Se produjo un silencio denso.

—Brian Bangs me ha dicho que tú le hablaste de la relación antes de Navidad. ¿Es eso cierto o no?

—Comuniqué a Brian mis sospechas, eso sí.

—¿Ah, sí? Por lo visto, Brian pensó que era algo más que una sospecha. Parece creer que estabas bastante segura.

—Pues se equivoca.

—Muy bien. Pero ¿no se te ocurrió compartir tus sospechas con uno de tus superiores? ¿Conmigo?

—No, como ya te he dicho, eran simples sospechas. No soy una cotilla.

—Te das cuenta, claro, de que la conducta de Sheba con este chico constituye un delito. Un delito muy grave.

—Sí.

—¿Y también te das cuenta de que el hecho de no informar de un delito puede considerarse también un delito?

—Ya veo lo que insinúas, pero me temo que te equivocas. Yo no tenía información que dar. Como ya te he explicado, no tengo por costumbre intercambiar rumores sin fundamento.

—¿Y sin embargo, estuviste dispuesta a transmitir un «rumor sin fundamento» a Brian?

—Oye… —empecé a decir.

En ese momento, Pabblem se levantó.

—Tú y yo no nos llevamos bien, ¿verdad, Barbara? —dijo—. No es porque yo no lo haya intentado, desde luego. Sin duda lo he intentado. Sé que no estás contenta con mi manera de dirigir el Saint George. Sé que encuentras que mi modo de hacer las cosas es un poco… —entrecomilló la palabra con un gesto— «moderno». Pero reconocerás que me he esforzado por entender tu punto de vista, ¿no es así? ¿Lo reconoces?

Contemplé el jardín del director por la ventana. Un gorrión solitario picoteaba esperanzado la capa de hielo que cubría la pila para pájaros.

—Creo que los dos hemos intentado ser amables el uno con el otro —contesté.

—Sí, y aun así, las cosas no van bien entre nosotros, ¿no te parece?

—No tenemos por qué ser amigos.

Pabblem rodeó su escritorio y se agachó a mi lado.

—Te diré la verdad, Barbara. Me encuentro ante un pequeño dilema. Me cuesta mucho creer que has sido cómplice de Sheba…

—Perdona…

—Y sin embargo —continuó, alzando la voz—, tengo la obligación de informar a la policía de cualquier dato relevante. Es una situación difícil, como ves.

—No he sido su cómplice, no he hecho nada malo —dije.

Riéndose, se enderezó.

—¡Vamos, Barbara! Si me dices que no sabías nada de lo de Sheba, te creo. Pero debes entender que si te quedas con nosotros, tendré que comunicárselo a la policía para que se ponga en contacto contigo. Mientras seas miembro de mi profesorado, debo asegurarme de que no hay aquí el menor asomo de irregularidad.

—Eso es absurdo…

—No debería representarte ningún problema hablar con la policía de esto. No si es verdad que no lo sabías. Simplemente creía que tal vez preferirías evitarlo. Así que he pensado…

—Pero oye…

—¡Por favor! —Pabblem levantó la mano—. ¡Déjame acabar, Barbara! —Hizo una pausa antes de seguir—. Como te decía, he pensado en la manera de ayudarte. Se me ocurre que ésta podría ser una buena oportunidad para hacer un balance general… para, ya sabes, volver a plantearnos tu papel en el Saint George. Como ya tienes edad… y perdona… para ir planteándote la jubilación, estoy pensando, en fin… que tal vez sea lo mejor que puedes hacer en estos momentos.

Me quedé mirándolo.

—Pero ¿qué dices?

—Digo que tienes dos alternativas…

—Querrás decir una alternativa y dos opciones.

—Lo que sea. —Pabblem se encogió de hombros—. Te ofrezco una salida digna.

Como no confiaba en mi propia compostura, preferí no contestar.

—Oye —prosiguió—, no tienes que decidirlo ahora. Es una decisión importante. ¿Por qué no te lo piensas?

Cuando me levanté para irme, se plantó ante la puerta.

—Me alegro de que hayamos tenido ocasión hablar, Barbara. Ya me comunicarás tu decisión, ¿de acuerdo? ¿Cuanto antes?

No dije nada y él siguió delante de la puerta.

—¿Podemos acordar que me darás una respuesta, digamos, mañana por la tarde?

Al final asentí con la cabeza y se apartó.

—Buena chica —dijo.

Cuando había recorrido ya medio pasillo, volvió a llamarme.

—Por cierto, Barbara, ¿has podido mirar esto?

Me volví para ver que sostenía una copia de «En qué nos equivocamos». Negué con la cabeza.

—¡Vaya, Barbara! —dijo alegremente, y chasqueó la lengua—. A ver si intentas echarle un vistazo. Contiene cosas muy interesantes, si está bien que yo lo diga.

Dieciséis

Eddie llamó ayer a Sheba para decirle que su familia y él volverán de la India dentro de una semana. Sheba me comunicó la noticia con la mirada vidriosa y tal indiferencia que creí haber entendido mal.

—¿Una semana? —repetí. Siempre habíamos sabido que Eddie volvería en junio, pero supongo que yo había contado con un aplazamiento de última hora.

—Sí —contestó Sheba despreocupadamente—. Quería saber cómo estaba el jardín. ¿Lo has regado alguna vez, Barbara?

—No te preocupes por el maldito jardín —dije—. ¿Y nosotras qué? —Sheba me miró, sorprendida. Después se encogió de hombros.

—¿Crees que hay alguna posibilidad de que nos deje quedarnos un poco más? —pregunté.

—Ah, no —respondió—. No lo creo. Me dijo que dejara las llaves en la mesa de la cocina cuando me fuera.

—¿Y adónde cree que vas a ir, si puede saberse? ¿Qué vamos a hacer?

Sheba calló.

—¿Me estás escuchando, Sheba? No podemos acampar en la calle…

—Dios mío, Dios mío —exclamó de pronto—. No me grites. No lo soporto.

Se produjo un silencio en la habitación.

—En fin, no me hagas caso —dije al cabo de un rato—. Sólo soy una doña angustias, ya lo sabes. Ya encontraremos algo.

—No, no —prorrumpió de pronto, arrepentida—. No tenía que haber sido tan brusca contigo.

—No te preocupes —dije.

Ella negó con la cabeza.

—Pobre Barbara. De un tiempo a esta parte debe de ser una pesadilla vivir conmigo.

—No, qué va —repliqué, levantándome para poner agua a hervir—. En absoluto.

Tras tomar un té y ver que se había recuperado de su estallido, salí a comprar algo para la cena. La dejé apoltronada en una butaca, viendo la televisión. Pero cuando volví al cabo de una hora aproximadamente, la encontré tumbada en el suelo del salón con los ojos rojos de haber llorado. Al principio creí que se debía a nuestro inminente desahucio. Pero luego vi que había estado leyendo algo. Ante ella, en la alfombra, tenía mi manuscrito abierto.

En general llevo mucho cuidado a la hora de guardar mi manuscrito. Pero últimamente Sheba estaba tan ensimismada, tan indiferente a su entorno, que quizá me había relajado un poco en mis precauciones.

La noche anterior, en lugar de llevar el manuscrito a la cama y esconderlo debajo del colchón como siempre, lo había dejado en la estantería, dentro de uno de los grandes álbumes de fotos de Eddie.

—Se lo dijiste tú a Bangs —reprochó Sheba cuando entré. Le temblaba un poco la voz.

Dejé las bolsas de la compra en el suelo.

—¿Qué?

—Le dijiste a Bangs lo mío con Connolly.

—¿De qué demonios estás hablando?

—¡Basta! —gritó Sheba—. No mientas. Lo he leído todo

en... en... tu pequeño diario. —Se levantó con dificultad y agitó el manuscrito—. ¿Qué es esto? ¿Qué estás haciendo con esto?

—Sheba... no te pongas así. Lo he estado escribiendo... —empecé a decir.

—Ya lo veo. ¿Cómo te atreves? ¿Cómo te atreves? ¿Qué piensas hacer con esto? ¿Venderlo y ganar un dineral?

—Pensaba... pensaba que sería útil tenerlo todo por escrito. Pensaba que podría ayudar en el juicio. —Me acerqué para intentar quitarle el manuscrito, pero ella retrocedió de un salto.

—¿Ayudar? —repitió—. ¿Que sepan que yo compraba tangas y... y... pegaba a mi hija? ¡Qué malvada eres! ¡Me has traicionado! Se lo contaste a Bangs.

—Bendito sea Dios, Sheba —dije—. Te habrían descubierto de todos modos. Tu propia hija sabía que te traías algo entre manos. ¡Y las cartas! ¿Cómo pudiste pensar que no te descubrirían?

Sheba me miró fijamente.

—¡Qué idiota he sido al confiar en ti! Toda esa porquería y esas mentiras que has escrito...

—Ahí no hay mentiras, Sheba. Ahí no hay nada que no me hayas contado tú.

Emitió un extraño sonido gutural de exasperación.

—¡Estás loca! ¿Cómo no me he dado cuenta antes? ¡Estás loca! Realmente crees que todo esto es verdad. Escribes sobre cosas que nunca has visto, de gente a la que no conoces.

—Bueno, eso es lo que hacen los escritores, Sheba.

—Ah, ¿o sea que ahora eres escritora? —Se echó a reír. Me abalancé hacia ella para coger el manuscrito, pero volvió a apartarse ágilmente, sosteniéndolo por encima de su cabeza.

—Oye, Sheba —dije—, no lo has leído bien. No puedes

hacerte una idea clara de cómo es simplemente hojeándolo. Estoy escribiendo en tu defensa.

—¡Y una mierda! —refutó—. No estás defendiéndome; estás explotándome, eso es lo que haces. Todo este tiempo te has hecho pasar por amiga mía y en realidad lo que buscabas era material...

—¿Y tú cómo crees que me he sentido yo? —dije, de pronto también enfadada—. Desempeñando el papel de dama de compañía...

Pero no me escuchaba.

—Esas cosas tan horribles que escribes de mi familia... —siguió—. O de Richard. ¡Cómo debes de odiarnos! Supongo que así se consuela una solterona, ¿eh? Examinando cómo funcionan los matrimonios ajenos y señalando los fallos.

—Sheba, ¿cómo puedes decir eso? Yo sólo...

258

—¡No me digas lo que puedo decir y lo que no! —exclamó—. ¡Soy la mujer más odiada de Gran Bretaña! ¡Tengo todos los números para acabar en la cárcel! ¡Puedo decir lo que me dé la gana! —Deambulaba como loca por el salón.

—¡Sheba! —grité—. ¡He perdido mi trabajo por tu culpa! ¡Piénsalo! Yo también he sufrido, eh. Estamos en esto juntas, tú y yo. Para superarlo, tenemos que encontrar una manera...

—¿Qué? —gruñó—. ¿Cómo que «tú y yo»? ¿Cómo que «estamos en esto juntas»? ¡Estás loca! Richard tenía razón. Siempre dijo que eras un demonio.

—No me extraña. Richard siempre tuvo celos de mí... —Callé al ver que Sheba abría los ojos desmesuradamente en señal de indignación.

Cuando volvió a hablar, lo hizo en voz baja y amenazadora.

—Tienes verdaderos delirios de grandeza, ¿eh? Es fascinante. De verdad crees que eres alguien. Pues oye, voy a decirte una cosa. Tú no eres nada. Una vieja virgen amargada de Eastbourne. No le llegas a Richard ni a la suela del zapato.

259

Diecisiete

~~Que se vaya a la mierda. Que se vaya a la mierda. Esa fino-~~
~~lis. Esa estúpida. Ella siempre se esforzaba por restar impor-~~
~~tancia a sus privilegios, comportándose como si sólo fuéra-~~
~~mos dos mujeres maduras que se enfrentaban a la vida desde~~
~~la misma posición. ¡Ay, Barbara, no te desprecies así! Y en~~
~~cuanto le tomo la palabra, en cuanto doy por sentada nues-~~
~~tra igualdad, y no espero que ella me asegure con magnani-~~
~~midad que somos iguales, se pone fuera de sí. Se indigna.~~
~~¡Ja! Ella, que es incapaz de hervir un maldito huevo sin mí.~~
~~Zorra desagradecida.~~

Han pasado cuarenta y ocho horas desde que Sheba me
dirigió esas últimas palabras odiosas. Poco después salí y
cuando volví al cabo de un rato, ella había ido al piso de arriba, llevándose el manuscrito. Desde entonces ha estado encerrada en su habitación, negándose a salir, negándose a hablar conmigo y a comer lo que le preparo. Sólo sale para ir al
lavabo y picar algo cuando sabe que me he ido a dormir. A la
mañana siguiente encuentro los restos que deja en la cocina.
Anoche, muy tarde, me despertó con su llanto; bueno, en realidad, eran aullidos. Duró horas. Hubo un momento en que
me asusté tanto que estuve a punto de llamar a Richard. Al
final paró, en algún momento cerca del amanecer, pero esta
mañana tengo los nervios a flor de piel.

Por suerte las tareas domésticas me mantienen ocupada. Eddie llega dentro de un par de días y he estado pasando la aspiradora, quitando el polvo y lavando como una endemoniada para que la casa esté impecable a tiempo. He llegado a encariñarme con ella, me doy cuenta. El tiempo que hemos pasado aquí ha sido muy triste, por supuesto. Pero también muy intenso e incluso maravilloso a su manera. Ahora me quedo mirando las cosas fijamente, obligándome a recordarlas: la bata azul y deslucida que Sheba siempre deja tirada en el sofá o hecha un rebujo en el suelo del vestíbulo; las baldosas marroquíes antiguas de la cocina; las perchas forradas de terciopelo en los armarios. Claro que en realidad la memoria no es una facultad tan obediente. Uno no puede decidir conscientemente qué va a grabarse en ella. Ciertas cosas pueden parecer en su momento memorables, pero la memoria se ríe de nuestra presunción. «Ah, esto no lo olvidaré nunca», te dices cuando visitas el Sagrado Corazón a la puesta de sol. Y años después, cuando intentas recordar la imagen del Sagrado Corazón, la que surge es tan fría y abstracta como si sólo la hubieras visto en una postal. Si algo, dentro de unos años, desencadena en mí el recuerdo de esta casa, será un detalle —un fragmento minúsculo, algo que está en el ambiente— del que ni siquiera soy consciente en estos momentos. Eso lo sé y, sin embargo, insisto en hacer mi pequeño inventario, en un intento de consolidar mis recuerdos: el sabor extraño del dentífrico de hierbas que usa la mujer de Eddie; las largas sombras que proyectan los árboles de la calle sobre el suelo del salón por las tardes; el dulzor vaporoso del baño después de ocuparlo Sheba.

La señora Taylor ha llamado a las diez y media para anunciar que se va de viaje dentro de quince días, a casa de unos amigos en Francia. Estará fuera seis semanas, tal vez más. La infamia de Sheba le estaba haciendo mella, ha dicho. No «soporto estar en Gran Bretaña ni un minuto más». Al ver mi oportunidad, no me lo he pensado dos veces. ¿Sería posible, pregunté, que Sheba y yo nos instaláramos en su casa mientras ella estaba fuera? No le ha gustado nada la idea, se le ha notado. Pero ya había dicho que la casa quedaría vacía, así que lo tenía difícil para negarse. Ha puesto toda clase de pegas, claro. Seguro que habría otros sitios, más a mano, para nosotras, ¿no? Seguro que Sheba querría estar cerca de Ben, ¿no? Seguro que no sabríamos emplear su caprichoso hervidor, ¿no? Pero, al final, no le ha quedado más remedio que ceder. Siempre y cuando no tengamos absolutamente ninguna otra alternativa, está dispuesta a dejarnos su casa durante no más de un mes. He colgado, muy satisfecha de mí misma.

Desde entonces se me han ocurrido varios inconvenientes en cuanto a mi brillante plan. Para empezar, no sé si la libertad bajo fianza de Sheba impone restricciones que le impidan viajar tan lejos. Y aunque no sea así, quizá Sheba no quiera que yo la acompañe. Me he estado preparando para esa posibilidad, pero la idea se me hace insoportable. ¿Cómo se las apañará Sheba sola? ¿Quién hará la compra y las comidas? ¿Quién se asegurará de que se ducha todos los días? Si tengo que volver a estar sola, no sé si lo resistiré.

Dieciocho

$\mathcal{H}$a pasado la crisis. Sheba y yo nos hemos reconciliado. ¡Qué día tan agotador! Esta mañana, a eso de las nueve, Sheba ha salido de su habitación y ha subido al desván. Mientras ella trajinaba arriba, he aprovechado la oportunidad para entrar sigilosamente y recuperar mi manuscrito.

Como me temía, su habitación se hallaba en un estado lamentable. Había papeles arrugados, trozos de arcilla y ropa sucia esparcidos por el suelo y, en el centro, una lata medio vacía de judías estofadas.

Anoche Sheba dejó la ventana abierta a pesar de la lluvia, y la moqueta, junto a la ventana, estaba empapada. He encontrado el manuscrito enseguida. Lo había dejado encima del escritorio.

Justo cuando iba a cogerlo, he visto el modelo de arcilla en el suelo junto al pie de la cama. Ésa era la escultura secreta en que había estado trabajando Sheba: una madre con su hijo. Era más grande de lo que yo esperaba: más de un metro veinte de altura. Era impresionante. Luego he dado la vuelta para examinarla de frente y se me ha revuelto el estómago.

La figura «materna», con las piernas cruzadas, estaba moldeada a imagen de Sheba. Tenía los miembros largos y delgados, pestañas largas y románticas, la nariz ligeramente torcida. Hasta el pelo reproducía el moño descuidado de Sheba.

En cuanto al odioso hombre-niño rosado tendido torpemente sobre su regazo, guardaba un parecido vago pero inconfundible con Connolly. Hasta me atrevo a decir que incluso una persona que ignorase las circunstancias a las que aludía habría percibido algo malsano en la escultura. Para mí, era un objeto absolutamente obsceno.

No he oído a Sheba volver del desván hasta que estaba justo detrás de mí.

—¿Qué haces aquí? —ha exclamado, y al darme la vuelta, la he visto allí en camisón.

Llevaba el pelo suelto y despedía un desagradable olor a moho.

—Estaba… estaba mirando tu escultura —me he defendido, como una estúpida.

Tenía miedo.

—¡Fuera! ¡Fuera de aquí! —ha gritado. Nos hemos quedado mirándonos un momento y he pensado que iba a agredirme. Luego, de repente, se ha sentado, o más bien desmoronado, en el suelo—. ¿Qué será de mí, Barbara? —ha dicho entre sollozos—. ¿Qué será de mí?

—Pobre Sheba.

Me he arrodillado y la he abrazado. Unos mechones de pelo se le pegaban al rostro mojado.

—Fuera de aquí —ha susurrado sin mucha convicción.

—Sheba, por favor. Vamos, levántate.

Ha seguido sentada unos minutos y después me ha permitido ayudarla a ponerse en pie. Por un momento nos hemos sujetado mutuamente.

Cuando me ha parecido que podía sostenerse sin mi ayuda, la he soltado. Hemos contemplado juntas la estatua.

—Sabes que no puede quedarse aquí —he afirmado.

—¿Eh? —ha contestado con tono neutro y ensoñador.

He cogido el manuscrito del escritorio. Luego me he arrodillado y levantado la escultura entre mis brazos.

—Ya me ocupo yo de esto —he dicho mientras me la llevaba de la habitación.

Abajo en la cocina he dejado la escultura en la mesa y he escondido el manuscrito en un armario. Después he sacado la caja de herramientas de debajo del fregadero. Las herramientas de Eddie son extraordinariamente caras y magníficas.

He estado a punto de dejarme tentar por un mazo tallado a mano con el mango de marfil. Pero al final me he conformado con una pequeña hacha de acero. (Cuanta menos belleza, más poder.) He abierto la puertaventana y acarreado la escultura al jardín. Hacía una de esas mañanas nubladas con el cielo de color malva. El jardín tenía un aspecto maravillosamente selvático y exuberante. He vuelto a entrar para coger el hacha y un periódico viejo.

La escultura no estaba ni mucho menos tan dura o compacta como parecía. He fallado con el primer golpe, pero en cuanto he dado en el blanco, el torso del chico se ha partido en dos. Pequeñas esquirlas de arcilla han saltado por los aires. Un fragmento grande ha aterrizado en la pila de abono orgánico de Eddie.

En cierto momento he alzado la vista y he advertido que Sheba me miraba por la ventana: una solemne aparición victoriana. La he saludado alegremente con la mano y he seguido. Al segundo golpe le he rebanado al chico limpiamente la parte superior de la cabeza, como a un huevo. Al cabo de cinco minutos, ya no quedaba nada salvo las piernas cruzadas de Sheba y un resto del abdomen con el borde irregular.

En algún lugar lejano de Londres, ha empezado a tronar. He reunido todos los trozos que he podido, los he envuelto en el periódico y los he entrado justo cuando empezaba a llover. Sheba ya había bajado. Estaba de pie en la cocina.

—¿Hay alguna otra cosa cuya existencia desconozco?

Ha negado con la cabeza.

—¿Seguro?

No ha contestado.

He tirado el periódico a la basura y he subido corriendo a su habitación. Sheba debía de sospechar algo, porque no ha mostrado la menor sorpresa cuando he vuelto con su bolso. Me ha observado atentamente mientras yo sacaba las fotografías del fondo.

Cuando he cogido las tijeras de la cocina sí ha llorado un poco, pero incluso entonces han sido lágrimas de resignación más que de protesta.

Después de cortar las fotos, me he acercado a ella y la he estrechado con delicadeza entre los brazos. Últimamente Sheba está tan delgada que casi da la sensación de que se la podría aplastar.

—Vamos —he dicho—. Tranquila.

Se ha echado a llorar con más energía. Grandes sollozos trémulos. Pero yo seguía sujetándola y hablándole con suavidad, y al final se ha calmado.

—¿Qué será de mí? —ha vuelto a preguntar—. ¿Qué será de mí?

—Todo saldrá bien, cariño —he dicho, acariciándole el pelo—. Barbara está aquí.

Noté que se encorvaba, como en ademán de rendirse.

Nos hemos quedado en la cocina, meciéndonos muy suavemente un buen rato. Luego la he ayudado a sentarse y he preparado algo para comer. Huevos fritos con beicon. Tazones de té bien cargado. Una comida hogareña para un día gris.

Sheba debía de estar famélica, porque lo ha engullido como una troglodita y luego ha querido repetir. Mi querida niña. Mi queridísima Sheba. Después de comer la he obligado a echarse una siesta. Al levantarse, hace media hora, estaba mucho más animada. Ya había parado de llover y le ha apetecido salir a dar una vuelta. La he dejado ir sola. Me atrevo a decir que estará bien sola. Parece bastante tranquila y serena después del descanso. Y ahora sabe que no puede ir demasiado lejos sin mí.

Agradecimientos

Gracias a Juliet Arman, Jennifer Barth, Jonathan Burn-ham, Gill Coleridge, Lucy Heller, Clare Parkinson, Mary Parvin, Margaret Ratner, Colin Robinson, Mark Rosenthal, Claudia Shear, Roger Thornham y Amanda Urban. Gracias también a Larry Konner, sin cuyos consejos, ánimos y constante humanidad este libro nunca se habría escrito.